邻家

The Couple Next Door

夫妇

【加】莎丽·拉佩纳 (**SHARI LAPENA**) 著

苏心一 译

长江出版传媒 | 长江文艺出版社

图书在版编目（ＣＩＰ）数据

邻家夫妇 / （加）莎丽·拉佩纳著；苏心一译. --
武汉：长江文艺出版社，2019.8

ISBN 978-7-5702-0821-0

Ⅰ.①邻… Ⅱ.①莎… ②苏… Ⅲ.①长篇小说－加
拿大－现代 Ⅳ.①I711.45

中国版本图书馆 CIP 数据核字(2019)第 018898 号

策划编辑：陈俊帆
责任编辑：徐晓星　　　　　　　　责任校对：毛　娟
封面设计：古涧千溪　　　　　　　责任印制：邱　莉　　胡丽平
_____

出版：长江出版传媒｜长江文艺出版社
地址：武汉市雄楚大街 268 号　　　邮编：430070
发行：长江文艺出版社
http://www.cjlap.com
印刷：武汉市首壹印务有限公司
_____

开本：880 毫米×1280 毫米　　1/32　　印张：10　　插页：2 页
版次：2019 年 8 月第 1 版　　　　2019 年 8 月第 1 次印刷
字数：184 千字
_____

定价：38.00 元
_____

The Couple Next Door

第一章

　　梅感觉到胃酸在她的胃里翻腾，涌上喉咙口，头在发晕。她喝得太多了。辛西娅整晚一直拼命地给她斟满杯子。不过要是没有酒，梅难以想象要如何熬过这个晚上。每次辛西娅给梅倒酒，梅的丈夫就刻薄地看着她，但她故意不理他。现在，梅不知道这个冗长不堪的晚上，她到底喝了多少酒。第二天一早，她得把奶挤出来倒掉。

她眯眼看着她的女主人。辛西娅正公然与梅的丈夫尼克调情。为什么梅要容忍这种事？为什么辛西娅的丈夫格雷厄姆要容忍这种事？梅怒火中烧，却无能为力：她不知道该如何制止，又不想显得可悲可笑。他们都有点喝醉了。于是她忍住了，气憋在心里，酒喝得更多。要当众大吵大闹，梅做不到，她不是爱出风头的人。

辛西娅就不一样了……

三个人——梅、尼克和辛西娅的丈夫格雷厄姆都注视着辛西娅，似乎被迷住了。特别是尼克，他仿佛没法把目光从她身上移开。辛西娅俯身斟满尼克的杯子，靠得离他太近了些，她的紧身上衣领口开得很低，尼克的鼻子几乎在她的乳沟上摩擦。

梅提醒自己，辛西娅跟谁都调情。

可注视的时间越久，她越怀疑尼克和辛西娅之间是不是真的有什么事。梅此前从没怀疑过，也许是酒精让她多疑了起来。

不是这样，她断定——要是有事情要隐藏，他们就不会像这样调情。辛西娅比尼克更主动，他不过是在接受她的殷勤罢了。梅告诉自己，尼克当然忠于她。她知道，他全心全意地忠于他的家庭，她和孩子是他的一切。无论如何，无论事情变得多么糟糕，他都会支持她——她又喝了一大口酒。

然而看着辛西娅挂在她丈夫身上，梅越来越焦虑烦恼。由于怀孕，孩子出生六个月了，她却仍然超重二十磅。她原以为现阶段已经恢复到孕前的身材，可显然，至少还得等一年。她不能再看杂货店付款台的通俗小报，也不能再拿自己与孩子出生两三个月后便恢复曼妙身材的明星妈妈们相比。

可即使状态最好的时候，梅也没法与隔壁邻居辛西娅相提并论：辛西娅身材高挑，身段优美——修长的腿、收紧的腰、丰满的胸、蓬松下垂的深黑色头发。她总是踩着高跟鞋，穿着性感的衣服。她看上去像个脱衣舞女，梅刻薄地想。这么想已不是第一次了。

"真的，"格雷厄姆说，"……"

可是梅根本没注意格雷厄姆在说什么，他讨厌得很。她笨拙地伸手去餐桌上拿手机看时间：快凌晨一点了。半夜十二点她去看过孩子，十二点半时尼克又去看了一次。之后他就去后面的庭院抽烟，跟辛西娅在一起，而她跟格雷厄姆则相当尴尬地坐在一片狼藉的餐桌前，勉为其难地说着话。她本应跟他们一起去后院，但她没有，因为格雷厄姆不喜欢身边烟雾缭绕，而在格雷厄姆自己的宴会上，把他一个人扔在那里会显得无礼，至少是不得体。于是出于礼貌，她留了下来。格雷厄姆和她一样是欧裔美国人，礼节方面无可挑剔。他为什么要和辛西娅那种骚货结婚，这真是个谜。

尼克和辛西娅抽烟回来后，梅对丈夫冷漠以待。

此刻梅坐在桌子的一头看着婴儿监视器，小小的红灯像烟头一样发着光。猛然间，梅产生了怀疑，觉得一切都不正常。谁会把自己的孩子独自扔在家里，去参加隔壁的宴会？什么样的母亲才会做出这种事？她早熟悉了自我谴责的痛苦，此刻这种感觉又一次侵袭而来。她不是个称职的母亲。临时保姆不来了又怎么样？他们应该带上科拉，还有她的便携式游戏围栏，把她放在里面。但是辛西娅说过，不要带孩子，这是为庆祝格雷厄姆的生日举办的成人晚会。梅不喜欢辛西娅，这也是一个原因：宴会不欢迎六个月大的孩子，什么样的人才说得出这种话？梅又是怎么让尼克说服她，这样做没有关系？这是不负责任。她想知道如果告诉她妈妈群里的其他妈妈，她们会怎么想：我们把六个月大的孩子独自留在家里，去参加隔壁的聚会。她想象着她们全都惊讶得张口结舌，静得令人不安。然而她永远不会告诉她们，否则她会遭到排斥的。

宴会之前她和尼克争论过。临时保姆打电话取消预约时，梅提出待在家里看孩子——反正她也不想参加聚会。可是尼克不答应。

"你不能就待在家里。"他坚持说。她一言不发，他补充道："出去对你有好处。你知道医生是怎么说的。"

整个晚上，她一直想搞明白他这么说是小心眼，是狡诈，还是单纯地想要帮忙。最后，她让步了。尼克说服她，在隔壁开着监视器，孩子动了、醒了，他们都听得到。他们可以每半小时去看一下，什么都不会发生。

差不多一点钟了。她应该去看看孩子，还是直接让尼克离开？她想回家睡觉，结束这个晚上。

她拉了拉她丈夫的胳膊。"尼克，"她催促道，"我们得走了，一点了。"

"呀，别走嘛，"辛西娅说，"没那么晚！"她显然不想结束宴会。她不希望尼克离开，至于梅走不走，她一点也不介意，梅相当确定。

"对你来说也许不晚，"梅说，她尽量让自己的口气显得生硬些，尽管她喝醉了，"可我得早起给孩子喂奶。"

"你真可怜。"辛西娅说。出于某种原因，这话让梅大为光火。辛西娅没有孩子，也不想要。她和格雷厄姆不想要孩子，不知为何，这也让梅烦闷不安。

要尼克离开宴会，很难，他似乎决意留下来。他玩得很开心，可梅有些焦虑。

"再喝一杯。"尼克对辛西娅说着，又拿起酒杯，不去看梅。

今晚他快活得出奇——似乎有些不自然，梅想知道是为什么。最近他在家里安静得很，可今晚，跟辛西娅在一起，他是宴会上最活跃的人。有一阵子了，梅感到哪里不大对劲，要是他告诉她，那该有多好！可这些天，他什么也不跟她说，把她隔绝在外。或许他不跟她交流是因为她的抑郁，她得了产后抑郁症，他对她很是失望。谁又不是呢？今晚他显然更喜欢美丽活泼、妩媚动人的辛西娅。也许他怀念他们没有孩子时的那些无忧无虑的日子：在外面待到很晚，喝很多酒，不知不觉就睡到第二天早上。

梅看了看时间，失去了耐心。"我要走了。我一点钟得看孩子，"她看着尼克，"你想待多晚就待多晚。"她补充说，声音紧绷绷的，尼克看着她，锋利的目光里闪着怒火。梅突然觉得他看上去并没有那么醉，可她却头晕目眩。他们要为这件事吵一架吗？还当着邻居们的面。当真？梅开始四处找她的钱包，又去收婴儿监视器，这才意识到它还插在墙上。她俯下身去拔插头，觉得桌边的所有人都无声地盯着她肥胖的屁股。唉，管他们呢。她认为他们在合伙对付她，因为她扫了他们的兴。她的泪水涌了出来，又强忍住了。她不想在大家面前失声恸哭。辛西娅和格雷厄姆不知道她有产后抑郁症，他们不会理解。梅和尼克没有告诉过任何人，甚至梅的父母。起码，尼克是那么认为的。梅最近对母亲吐露了真相，而母亲不会告诉别人，甚至是她的父亲。梅不想让其他人知道，她认为尼克也不想，虽然他没这么说过。可一直作假让人疲惫不堪，她觉得自己像个骗子。

她背过身时，听见尼克改变了主意。

"你说得没错。太晚了，我们得走了。"他说。

梅转过身，拂开眼前的头发，假意笑道："下次我们做东。"她在心里默默补充道：等你来我们家时，孩子就跟我们在一块，但愿她整晚哭泣，搞砸晚会，等她出牙的时候，我一定邀请你。

他们立刻离开了。没有婴儿用具要收拾，他们自己走就是，带上梅的钱包和她好不容易插进去的婴儿监测器。他们去道别，辛西娅看上去有点恼火，因为他们走得太快。而后他们走出前门，沿着辛西娅和格雷厄姆家的小路往前走，走上他们自己房前的小路——他们两家是附联式半独立住宅，紧密相连，梅家就在隔壁。梅走在尼克前面，一言不发。她这一晚可能都不会同他讲话了。踏上门廊的台阶，她突然停了下来。

"怎么了?"尼克说着,来到她身后,口气很紧张。

梅目不转睛地看着:前门半开,开了大约三英寸。

"我明明把门锁住了!"梅尖着嗓子说。

"冷静点,"尼克说,"也许你忘了。你喝了很多酒。"

可梅不听。她跑上楼,沿着过道奔到婴儿房,身后紧跟着尼克。

来到婴儿房,婴儿床空空的,她尖叫了起来。

The Couple Next Door

第二章

　　梅感到这尖叫声在脑中回荡，又从墙上反射回来，无处不在。接着她陷入沉默，站在空空的婴儿床前面，浑身发僵，捂住了嘴。尼克在她身后摸索电灯开关，灯开了。他们都盯着婴儿床，孩子本该在里面，现在却空空如也。科拉不可能不在婴儿床里，她自己爬不出来，她才刚刚六个月大。

"报警。"梅低声说，然后吐了。她躬下身去，呕吐物流到她的手指和硬木地板上。婴儿房漆着柔和的奶油黄色，墙上印着小羊嬉戏的图案，此时充满了恐慌和呕吐物的味道。

尼克一动不动，梅惊恐地抬起头看着他。他惊愕得呆若木鸡，目不转睛地看着空婴儿床，似乎难以置信。看到他眼神中的恐慌和内疚，梅恸哭起来，发出刺耳的可怕声音，就像一只痛苦的动物。

尼克仍然没动。梅箭也似的从过道冲进卧室，抓起床头桌上的电话，拨通了 911。她的手在发抖，呕吐物弄得电话上到处都是。她注视着对面婴儿房里的尼克。他振作了一些，动了起来，离开了她的视线。她瞪着过道对面空空的婴儿床，可以听见他在房子的二楼迅速移动的声音。他检查了浴室，接着经过她身边，去过道那边的另一个房间，那里被他们改成了办公间。在此期间，梅却以一种超然的态度思忖着，他为什么要去那里，就好像她的大脑被切开了一部分，还能用符合逻辑的方式思考。他们的孩子不可能从婴儿床里出去，在房间里四处爬，然后再躲起来。她既不在浴室，也不在办公间。

有人把她偷走了。

紧急事务话务员接通电话，梅叫喊道："有人偷走了我们的孩子！"她勉强让自己平静下来，好回答话务员的问题。话务员告诉她，警察已经出发了。

梅挂上电话，浑身战栗，觉得又要吐了。她想着人们会怎么看这件事。他们把孩子一个人留在房子里。这是违法的吗？肯定是。她为孩子的事惊恐不已，但尽管如此，她大脑的一部分也还在考虑生存和自我保护。要怎么解释这件事？

尼克出现在卧室门口，脸色苍白如纸。

"都是你的错！"梅尖叫道，两眼圆睁，把他推开。她冲进楼梯顶上的浴室，又吐了起来，这次吐进水槽里，然后她把不停颤抖的手上的呕吐物洗掉，漱了漱口。她瞥了一眼水槽上方镜子中的自己。尼克就站在她身后，一脸惊恐。他们在镜子中四目相接。

"抱歉，"他低声说，"我非常抱歉。这是我的错。"

他很懊悔，她看得出来。即便如此，梅还是抬起手，使劲去打镜子中他的脸。镜子碎了，她控制不住啜泣起来。他想把她拉进怀里，但她推开他，跑上了楼。她的手在流血，在楼梯扶手上留下了一连串血迹。

接下来发生的一切都显出某种不真实的色彩。梅和尼克舒适的家变成了罪案现场。

孩子不见了。这怎么可能呢？他们的生活再也不会同往常一样了。

梅坐在起居室的沙发上。有人将一条毛毯披在她的肩头，但她仍哆嗦不止，极度震惊。一辆警车停在屋外，红灯闪烁，警告附近的居民发生了紧急事件。红色的灯光在落地窗上跳动，在起居室墙

10

上打着转。梅坐在沙发上出神，似乎被灯光催眠了。

尼克声音颤抖，双手摇晃，向警察简单描述了一下孩子的情况——六个月大，一头金发，蓝色的眼睛，约莫十六磅，穿着纸尿裤和浅粉色的简单连体服。婴儿床里有一块轻薄的夏季婴儿用毯，纯白色的，也消失了。

小房子里满是警察。他们分散开来，开始系统地在房中搜索。他们戴着乳胶手套，拿着证据箱。警察到来之前的几分钟里，梅和尼克疯了似的在屋里飞快地搜了一遍，全是徒劳。不过来的是一队法医团队。他们缓缓移动，找的不是科拉，而是证据。孩子已经不在这儿了。

尼克在沙发上坐下来，挨着梅，搂住她，把她抱紧。她想挣脱他，但她没有，任由他的手放在那里。推开他，那会成什么样子？她能闻到他身上的酒味。

梅现在自责起来：这是她的错。她想责怪尼克，可她是母亲，该负全责的是她，不是尼克。她应该待在家里。不——她应该把科拉带到隔壁，让辛西娅见鬼去吧。辛西娅真会把他们都撵走，不给格雷厄姆办聚会吗？她很怀疑。她想到这点，可惜太晚了。

警察会批评他们，人人都会批评他们。他们活该，把孩子独自扔在家里。如果别人出了这样的事，她自己就会这么想。她知道动辄评头论足的妈妈们有多么可怕，幸灾乐祸地对他人指指点点又是多么爽。她想起她的妈妈群，她们每星期带孩子出来一次，喝喝咖啡，嚼嚼舌根。她们会怎么谈论她呢？她再也不会去了。

一位警探在他们对面的椅子上坐了下来，身子前倾，做了自我介绍，说道："告诉我发生了什么事。"

梅立刻忘记了警探的名字，确切点说，她根本就没记住，只听到了"警探"。她尽量把注意力集中在警探关切的脸上，努力想要思考，可她没法思考。她紧张得发狂，又不知所措。她让尼克讲话。

"我们在隔壁，"尼克紧张地说起来，"在邻居家。"接着他停了下来。

"然后呢？"警探说。

尼克迟疑不决。

"孩子在哪里？"警探问道。

尼克没有回答。他不想说。

梅替他答了话，眼泪顺着脸庞往下淌："我们把她留在这里，留在婴儿床里，开着监控器。"她注视着警探的反应，但他没有任何表情。"我们在那边开着监控器，一直查看她的情况，半小时一次，"她看着尼克，"我们没想到……"可她说不下去。

"你们最后一次看她是什么时候？"警探问道，从西服外套的内兜里拿出一个小笔记本。

梅绞着手上一张弄皱的纸巾。"我半夜十二点看过她，"她说，"我记得这个时间。我们半小时看她一次，十二点那次轮到我了。她当时很好，正在睡觉。"

"十二点半时我又看过她。"尼克说。

"时间您绝对确定？"警探问道。尼克点点头。"在你们回家之事，方法还多得很。

"您 1:27 给 911 打的电话。"警探说。

"前门开着。"梅说着，记了起来。

"前门开着？"警探重复道。

"开了三四英寸。半夜十二点看过孩子，我确定我把门锁上了。"

"如何确定？"

梅想了想。她确定吗？看到打开的前门那一瞬间，她有把握她锁了门。但现在，发生了这一切后，她还怎么能够确定任何事情？她转向丈夫。"你确定你没有开着门吧？"

"我确定，"他简明地说，"我从来不用前门。我是从后门进去看她的，记得吧？"

"您用的是后门。"警探重复道。

"我未必每次都把后门锁了。"尼克承认道。

"你他妈是在逗我吗？"梅说着，责怪地看着他。

拉斯巴克警探仔细地观察着这对夫妇。孩子下落不明。如果这对父母——尼克和梅·康蒂，值得信任的话，大约凌晨 12:30 到 1:27，一个或几个陌生人把孩子从婴儿床上抱走了，而这对父母在隔壁参加宴会。前门是开着的，这位父亲也许没有锁住后门——警察来的时候，发现后门关着，但是没有锁。毫无疑问，这位母亲十分痛苦，而这位父亲看上去很恐惧。但整体来说，状况不大对劲，拉

14

斯巴克也不知道到底是怎么回事。

詹宁斯警官默默地朝他招手。"失陪一会。"拉斯巴克说，留下这对饱受煎熬的父母挤在沙发上。

"什么事？"拉斯巴克轻声问道。

詹宁斯拿起一小瓶药丸。"在浴室柜里找到了这个。"他说。

拉斯巴克从詹宁斯手里接过这个透明的塑料小瓶，仔细看了一下标签：梅·康蒂，舍曲林，20毫克。拉斯巴克知道，舍曲林是一种强效抗抑郁药——干他这一行，得了解这些东西。

"浴室的镜子碎了。"詹宁斯告诉他。

拉斯巴克点点头："还有什么吗？"

詹宁斯摇摇头："目前为止没有。房子看上去很干净。再过几小时，我们就能从法医那里了解到更多的东西。"

"好的。"拉斯巴克说着，把那瓶药还给詹宁斯。

他回到沙发上的那对夫妇旁边，继续询问。他看着那位丈夫——尼克·康蒂："尼克，您十二点半看过孩子后做了什么？"

"我回到隔壁参加晚会，在邻居的后院抽了根烟。"

"您抽烟的时候是一个人吗？"

"不是，辛西娅跟我一起。她就是邀请我们参加晚会的那位邻居。"

"那时刚过十二点半吗？"

"没错，刚过十二点半，就在我看过科拉之后。"

"是的，就在他回来之后，肯定是刚过十二点半。"梅同意道。

"您不抽烟吗，康蒂太太？"

"不，我不抽烟，可辛西娅抽，"梅说，"我跟她丈夫格雷厄姆坐在餐桌旁边。他讨厌香烟。他的生日宴会上把他一个人留在桌边，我觉得不礼貌。"接着，不知为何，她主动说道，"辛西娅整晚都在跟尼克调情，我为格雷厄姆感到难过，对尼克恐怕也有点儿不痛快。"

"我明白。"拉斯巴克说。他端详着那位丈夫，他看上去痛苦极了，紧张而内疚。拉斯巴克对他说："这么说，十二点半刚过，您在隔壁外面的后院。您在那里待了多久呢？"

尼克无助地摇了摇头："也许出入不到十五分钟。"

"您注意到什么动静了吗？"

"您这话是什么意思？"这位丈夫似乎有些震惊。他说话含糊不清，拉斯巴克想知道他到底喝了多少酒。

拉斯巴克警探说："显然有人在 12:30 到 1:27 之间带走了您的孩子。十二半刚过，您在隔壁外面的后院待了几分钟。"他注视着这位丈夫，等着他理清思路。"据我看来，不大可能有人在午夜时分把孩子从前门抱出来。"

"可前门是开着的。"梅说。

"我什么也没有看到。"尼克说。

"你们这边街道的屋子后面有一条小路。"拉斯巴克警探说。尼克点点头。"您注意到当时有人在那条路上吗？您听见汽车的声音没有？"

"我——我没有，"尼克说，"对不起，我没有注意到任何动静。"他用双手捂住脸。"我没有留意。"

在进入屋内询问这对父母之前，拉斯巴克警探已经察看了那片区域。他认为，房子在这样一条街上，陌生人不大可能抱着熟睡的孩子从前门出去，冒着被人看见的风险，纵然这种可能性也不是绝对不存在。这些房子多半是半独立式住宅，紧临街道。街道上灯火通明，即使深更半夜也车水马龙，人来人往。因而前门开着这件事很蹊跷——也许是在故意误导别人。法医小组正在那里提取指纹，但不知怎的，拉斯巴克觉得他们提取不到。

后门更有可能。街这边的房子后面有一条小路，大部分房子，包括康蒂家，都有朝向小路的车库。后院又长又窄，中间有栅栏。后面相对黑暗，不像前面有路灯。这天晚上没有月亮，厚重的云层遮蔽了星星。带走孩子的人如果从康蒂家后门出去，得从后院步行到车库，从门进去，那里可以通往小路。抱着劫持来的小孩从后门出去，来到等在车库的一辆车旁边，比抱着小孩从前门出来被人看到的可能性要小得多。

房子、院子和车库都彻底地检查过。目前为止，没有发现失踪孩子的任何迹象。康蒂家的车库空空的，门朝着小路大开着。后院两边的栅栏顶上装饰着格子，高约五英尺六英寸。康蒂和邻居家后面都没有平台，两家的后门出来就是地面，有一个石板露台，散放着几把柳条椅。就算有人坐在隔壁后面的露台上，也可能什么都发现不了，但可能性不大。这就把绑架的时间缩短到大约凌晨 12：45

前，那是最后一次有人看她？"

"是的，"尼克说，紧张地用手摸了摸他黑色的头发，"十二点半我看过她，那次轮到我了。我们排了时间表，按表行事。"

"他十二点半去过。"梅证实道。

"您今晚喝了多少？"警探问尼克。

尼克脸红了。"隔壁办了个小型宴会，我喝了一些。"他承认道。

警探转向梅："您呢？今晚喝酒了吗？"

她脸发烫：哺乳的母亲不应该喝酒。她想说谎："晚餐时喝了一些。我不知道到底喝了多少，"她说，"这是个宴会。"她不知道自己看上去醉成了什么样，警探又会怎么看她。她记起楼上婴儿房里的呕吐物。他能闻出她身上的酒味吗？就像她能闻到尼克身上的酒味那样。她又想起楼上浴室里砸碎的镜子，还有她沾满血的手。在他看来，必然是醉酒的父母抛弃了六个月大的女儿，这令她羞愧万分。他们会被控犯罪吗？她想着。

"这跟这件事情有关系吗？"尼克对警探说。

"这关系到你们的回答有多可靠。"警探平静地说，没有指责他，似乎只是在寻求事实。"你们什么时候离开宴会的？"他问。

"差不多一点半，"梅回答说，"我记得，因为我一直在手机上看时间，我想走。我本来应该一点钟去看她，轮到我了，但我随时想要离开，一直在催尼克。"她感觉内疚极了。如果一点钟时她去看了女儿，这一切是否就不会发生？不过话说回来，要想避免这到 1:27。

"抽烟的时候你们坐下来了吗？"拉斯巴克问。

"没错，我们坐在露台的椅子上。"

"您没发现动态探测器没开吗？"拉斯巴克问。

"什么？"这位丈夫一脸吃惊地问道。

"你们在后院装了一个动态探测器，如果后院里有人，确切地说，有人靠近后门时，监测器会亮灯。您发现它没开吗？"

"没有。"妻子轻声说。

丈夫猛地摇了摇头："不。我——我看孩子时，监测器还开着——它出了什么故障？"

"灯泡被弄松了，"拉斯巴克仔细看着这对父母，停顿了一下，"因此我相信，孩子是被从后门抱到车库，然后离开了这里，也许是放在汽车里经由小路走的。"他等待着，但丈夫和妻子都一言不发。

"你们的车在哪里？"拉斯巴克身子前倾，问道。

"我们的车？"梅重复道。

The Couple Next Door

第三章

拉斯巴克等着他们回答。

她先回答："车在街上。"

"您屋后明明有车库，您却把车停在街上？"拉斯巴克问道。

"人人都这么干，"梅回答道，"这比穿过小路停进车库省事，尤其是冬天。大部分人弄到一张停车证，就把车停在街上。"

"我明白了。"拉斯巴克说。

"怎么了？"这位妻子尖着嗓子问道，"这有关系吗？"

拉斯巴克解释道："这会给绑匪提供方便。车库空着，敞开着门，倒车进去把孩子放进车里会相对容易，因为车在车库里，别人看不到。如果车库里已经有一辆车的话，难度显然会更大，也更冒险，绑匪带着小孩在小路上会被人看见。"

拉斯巴克注意到，那位丈夫的脸色更白了，如果还能更白些的话。他的脸苍白得吓人。

"但愿我们能在车库里找到轮胎胎面的痕迹。"拉斯巴克补充道。

"听您的说法，这一切都像是精心策划的。"母亲说。

"您觉得不是吗？"拉斯巴克问她。

现在这位母亲的脸色也白了起来："我——我说不好。我认为她被偷走是因为我们把她一个人留在房子里。这是一次偶发性犯罪，就像我没留意时，有人在公园把她抢走了。"

拉斯巴克点点头，试图从她的角度来看这件事。"我明白您的意思，"他说，"比如，一位母亲把孩子留在公园里玩，她自己去冰激凌车取冰激凌。她甚至还请另一位妈妈代她照看一下孩子，可那位妈妈没有上心，母亲离开的时候，孩子被抢走了。有时就是这样，"他停顿了一下，"但显然，这里不是这种情况。"

她茫然地回头看他。他得记住，她很可能还处在震惊之中。不过这种事情他见得多了，他就是干这行的。他善于分析，而不是感

20

情用事。要想有成效，他就必须如此。他会找到这个孩子，不管是生是死，他会查明是谁带走了她。

他用平淡的口气告诉她："区别在于，抱走您孩子的人很可能知道她是一个人在屋子里。"他心里想，这就极大地缩小了调查范围，但他没有说出来。

这对父母看着彼此，震惊得目瞪口呆。

"可是没人知道。"母亲小声说。

"当然，"拉斯巴克说，"就算你们就在卧室里熟睡，她也有可能被人抱走。我们不知道。"

这对父母绝望地看着彼此，似乎想要相信虽然他们把孩子独自留在家里，但这不是他们的过错。无论如何，这种事情都是可能发生的。

拉斯巴克问道："你们总是这样开着车库门吗？"

那位丈夫答道："有时开着。"

"晚上也不关？不怕失窃？"

"车库里没放什么值钱的东西，"丈夫说，"如果车在里面，我们通常会关上门，不然那里就没有多少东西。我所有的工具都在地下室。这个社区不错，但总有人闯入车库，锁上又有什么意义？"

"有些人故意把车库门锁上，就为了防止涂鸦艺术家在里面签名。"妻子插话道。

拉斯巴克点点头，接着问道："你们的车是什么车？"

"奥迪，"尼克说，"我们觉得车停在街上也不大可能被人毁掉。怎么了？"

"我想去看一看。可以给我钥匙吗？"拉斯巴克问道。

尼克和梅困惑地看着彼此。然后尼克站起身，走到前门附近的一张小桌旁，从一只碗里拿起一串钥匙。他默默地把钥匙递给警探，坐了回去。

"谢谢你们。"拉斯巴克说。接着他把身子向前探去，审慎地说："我们会查出是谁带走了孩子。"他们凝视着他，与他目光相触，那位母亲的脸已经哭肿了，父亲面色苍白，因为悲痛和醉酒，眼睛胀得大大的，充着血。拉斯巴克仔细观察着这两个人，没有得到什么启发。

拉斯巴克对詹宁斯使了个眼色，他们一起离开房子去查看那辆车。夫妇俩沉默地坐在沙发上，看着他们离开。

梅不知道该如何评价这位警探。他似乎在暗示什么事情。她知道妻子失踪时，丈夫通常是头号嫌犯，反之亦然。但孩子失踪了，父母也通常是头号嫌犯吗？当然不是。谁会伤害自己的孩子？此外，他们都有不在场的可靠证明，辛西娅和格雷厄姆可以作证。显然，他们不可能把自己的女儿抱走藏起来。

她知道附近一带都被搜查过，有警官在外面到处搜寻、敲门、询问才从床上叫起来的人们。尼克给警方提供了一张科拉最近的照片，几天前才拍的。照片里，一个快乐的小女婴对着镜头笑，蓝色的大眼睛，束状的金色卷发。梅知道，她跟尼克迟早要对媒体讲话，也许很快，就在第二天早上。他们必须做好准备。她感到害怕。

梅在生尼克的气——她想冲他尖叫，用拳头揍他，但房子里到处是警察，她不敢。从他苍白黯淡的脸上，她看出他在自责。她知道，仅凭自己是熬不过去的，她需要他。她转向他，倒进他的怀里啜泣。他用胳膊搂住她，紧紧地把她抱在怀里。她感觉到他在哆嗦，他的心痛苦得怦怦直跳。她告诉自己，他们会一起熬过这段时光。他们得把女儿找回来。

如果找不回来，她就永远不会原谅他。

拉斯巴克警探身着轻便的夏装，从康蒂家前门出来，走进炎热的夏季夜晚，詹宁斯穿着制服，紧紧跟在他身后。他们共事很多年了，每人都经历过一些想要遗忘的事情。

拉斯巴克拿着车钥匙晃来晃去，詹宁斯点点头。他们一起朝街边走去，车子一辆紧接一辆停放成行。拉斯巴克按下按钮，他们要找的那辆车的前灯闪了一下。邻居们已经来到他们的前院，穿着睡衣和夏天的浴袍，热切地关注着康蒂家的动静。现在他们看着拉斯巴克和詹宁斯朝康蒂家的车走去。拉斯巴克希望这条街上有人知道些什么，或者看到过什么。

詹宁斯压低声音说："你怎么看？"

拉斯巴克平静地答道："我不乐观。"

拉斯巴克戴上詹宁斯递给他的乳胶手套，打开驾驶位的门，冲里面看了一眼，然后默默地走到车后面，詹宁斯跟着他。

拉斯巴克打开后备厢。两位警察看向里面，空的，非常干净。车龄才一年多，看上去还很新。

"我喜欢新车的味道。"詹宁斯说。

孩子不在车里，但这并不意味着她没在那里待过，不管多么短暂。也许法医可以从一件粉色的连体衣上提取到来自孩子的DNA——一根头发、一滴口水，或者一滴血。没有尸体，这个案子会比较棘手。但若有人把孩子放在后备厢里，那绝对是不怀好意。如果在后备厢找到失踪孩子的踪迹，这对父母就该下地狱。近二十年的职业生涯中，拉斯巴克学到的东西，就是人们什么事都干得出来。

他意识到孩子可能在宴会开始前就失踪了。他还需要详细询问这对父母前一天的情况，还需要确定父母之外最后一个见到孩子的人是谁。他会查明的。也许母亲的帮手来过，或是清洁女工、邻居——某个人那天早些时候见过孩子，当时还健健康康的。他就能确定孩子最后存活的时间，而后从那里着手。开着监控器，在隔壁吃晚餐时每半小时查看一下，动态探测器失灵，打开的前门，可能全是精心编造的谎言，是这对父母煞费苦心虚构出来的，好提供他们不在场的证明，让警方迷失方向。他们可能在那天甚至更早的时候就杀了孩子——蓄意或偶然，于是把她放进后备厢，去隔壁赴宴前就处理了尸体。或者如果头脑清晰，他们就不会把她放进后备厢，而是放在汽车座位上。一个死婴跟睡着的孩子看上去差别未必有那么大，不过这要看他们是怎么杀死她的。

拉斯巴克知道他有点悲观，先前他可不是这么想的。

他对詹宁斯说："把寻尸犬带来。"

The Couple Next Door

第四章

　　拉斯巴克和詹宁斯回到屋里。拉斯巴克看见梅仍然倒在沙发上，脸埋在双手中。尼克不在她身边。循着现磨咖啡的味道，拉斯巴克来到厨房。尼克在那里，站在咖啡机旁边，等着咖啡煮好。拉斯巴克进来时，尼克抬起头，又转过脸去，很明显，他想要醒酒，也许他感到不好意思。

令人尴尬的沉默。尼克的眼睛一直盯着咖啡机，然后平静地问："您觉得会有人找我们要赎金吗？"

在拉斯巴克看来，这是个有趣的问题。乍一看，这一点也不像赎金案。康蒂家并不富有，起码表面如此。他很快就会更仔细地调查他们的财务状况，但现在还不清楚，他对夫妇俩一无所知，除了显而易见的事实：他们把孩子独自留在家里，现在孩子失踪了，他们之间的关系似乎有点紧张，这位妻子可能有产后抑郁。到此为止，他只触碰到了冰山一角。以他的经验，在这种情形下，大部分夫妻马上会怀疑他们的孩子被某个性变态——一个色狼绑架了，这种恐惧才是让他们忧心忡忡的事。虽然这个孩子非常小，只是个婴儿。

"您希望有人要赎金？"拉斯巴克问道。

尼克近乎愤怒地回应道："我不知道该希望什么。我从没碰到过这样的事。"

这位丈夫不喜欢他，拉斯巴克看得出来。尼克拿起咖啡瓶，往柜台长桌上的三个杯子里倒咖啡。拉斯巴克注意到他倒的时候手在颤抖。尼克递给警探一杯咖啡，拉斯巴克欣然接受。

"您有惹眼的资产吗？"拉斯巴克问他。也许他有钱，警方却不知道。这位丈夫似乎另有所指，可能他知道些什么，但没有说出来。

不过只一瞬间，尼克就轻蔑地摇了摇头："不，我们没赚到什么钱。勉强维持生计而已，没有别的了。"尼克离开厨房，端着两杯咖啡回到起居室。

拉斯巴克一边看着他离开，一边思考着。他处理过几起儿童绑架案。这种案子他最不喜欢，因为总会成为媒体的焦点，而这唯一的效果就是让事情变得更难办，并且结局基本都不好。

拉斯巴克自己加了糖和牛奶，拿着咖啡杯进入起居室。他重新在夫妇二人对面的位置上坐了下来。尼克颤抖着双手把杯子端向嘴边，梅只是捧着杯子放在大腿上，仿佛暖和的杯子可以给她安慰。她看上去苦闷至极，或者说，她就像失魂落魄似的。

警车闪着灯开走了。法医小组安静而高效地忙活着。屋内的气氛抑郁阴森，屋外媒体开始聚集。孩子失踪时飞快启动的复杂的报警机制发动了，任何事情都要直接汇报给拉斯巴克。

拉斯巴克面前有个棘手的任务。他必须向这对夫妇说明，他是在为他们工作，尽一切可能寻找失踪的孩子。尽管他知道在大多数情况下，一个孩子这么失踪，父母是脱不了干系的。显然，很多因素让他起疑，但他还得保持开放的心态。

"我很遗憾，"拉斯巴克说，"我甚至没法想象，你们有多艰难。"

梅抬头看他，他的体恤让她立刻热泪盈眶。

"谁会抱走我们的孩子呢？"她痛苦地问道。

"我们一定会查明的。"拉斯巴克说。他把杯子放在咖啡桌上，

28

拿出笔记本:"您有没有注意到最近有人在附近转悠,您不认识的人?有人对你们的孩子表示出兴趣吗?"

他们都摇了摇头。

"有人想要伤害你们吗?"他看了看梅,又看向尼克。

这对父母交换了一下眼神,两人再次摇头,都茫然不知所措。

"请想一想,"拉斯巴克说,"不要急。抱走的是你们的孩子,不是别人的。肯定有原因,总得有的——我们得查出是什么原因。"

尼克似乎想要说话,又改变了主意。

"什么?"拉斯巴克问,"别吞吞吐吐。"

"你的父母。"尼克最后说道,转向他的妻子。

"我的父母怎么了?"她说,显然非常惊讶。

"他们有钱。"

"然后呢?"

"他们有很多钱。"

有线索了,拉斯巴克想。

"也许会有人找我们要赎金。"尼克说。

梅看着他,似乎惊呆了。她也许是个出色的演员。"我想这有可能。"她说。拉斯巴克仔细地观察着她。"那是件好事,"她说着,抬头看拉斯巴克,"不是吗?如果他们想要的是钱,我就可以找回我的孩子了吧?他们应该不会伤害她?"

她口气中的希望让人心碎。拉斯巴克几乎确信她跟这件案子无关。

"她肯定非常害怕。"梅说，接着她肝肠寸断，不能自抑地哭起来。

拉斯巴克想问问她有关她父母的情况。在绑架案中，时间就是生命。可她没法说话，他不得不让她尽情哭泣。

"她父母叫什么名字？"拉斯巴克问道，转向尼克。

"理查德和艾丽斯·威尔斯。"尼克告诉他。

拉斯巴克在他的笔记本上写下来。

梅终于又控制住了自己，说："我父母有很多钱。"

"有多少？"拉斯巴克问道。

"具体多少我不清楚，"梅说，"但我估计他们有两千万美元的财产，也许更多。不过不是人人都知道这个。"

拉斯巴克看着尼克。他的脸上毫无表情。

"我想给我妈妈打电话。"梅说。

梅跟她父母的关系很复杂。尼克和梅经常跟她父母闹矛盾，每当这时，尼克就对梅说，她跟父母的关系一塌糊涂。也许这是真的，但他们是她的父母，她需要他们。她尽力想把事情理顺，但没有那么容易。

尼克的家庭背景完全不同。他来自一个吵吵嚷嚷的大家庭，亲人们彼此相见时和善地叫嚷，不过他们并不经常见面。他的父母在尼克出生之前从意大利移居过来，开着一家干洗裁缝店。他们没有挣到什么钱，但还能勉强过活。他们没有像梅有钱的父母那样过度干涉尼克的生活，尼克和四个兄弟姊妹很小的时候就被推出了巢，自己谋生。从十八岁开始，尼克一直靠自己和他的小圈子生活。他供自己读书，偶尔见见父母，但他们只是他生活的一小部分。准确说，他并非来自贫民窟，可在花岗岩俱乐部，梅的父母和他们殷实的朋友偏这么认为。尼克来自中产阶层一个安分守法的劳动家庭，他们做得不错，但也就如此而已。梅大学的朋友们没人认为尼克来自贫民窟。

只有贵族世家会那么看他。梅的母亲就来自贵族世家，她的父亲——实际上，那是她的继父，她四岁时生父就死了——是一位成功的商人，而她母亲有数百万资产。她的继父起步时身无一物，白手起家。他喜欢把挥霍无度的生活归功于他生意上的成功，但其实并不全是这样。他是因为钱才结的婚——很多钱。

她的继父以白手起家成为百万富翁为荣。他喜欢他的钱、他有钱的朋友们、罗斯戴尔的房子、花岗岩俱乐部的会员身份、美好的假期和上层阶级的标签。他把梅送到私立女子学校，然后上了一所好大学。继父年纪越大，越喜欢假装所有钱都是他挣的。他给名利冲昏了头脑，总有点自吹自擂。

梅跟尼克交往时，她看父母的表现，就好像世界末日要到了。的确，尼克这种人看上去对哪个父母都像是一场噩梦。他帅气得几乎危险——作为意大利人，他可谓皮肤白皙，长着一头黑发、一双沉思的眼睛，外表有点桀骜不驯，尤其在他没刮胡子的时候。但看见梅时，他的眼睛热情地亮了起来，简直是一笑值千金。他就这么笑着，管她叫宝贝。他第一次骑着摩托车出现在她父母房前，接她出去约会，那成了梅青年时期决定性的时刻之一。她当时二十二岁。母亲向她提起一位年轻的棒小伙，是位律师，朋友的儿子，他愿意见见她。梅有点不耐烦地解释道，她在跟尼克交往。

"没错，但是……"母亲说。

"但是什么？"梅说着，双手交叠在胸前。

"你不能跟他来真的。"母亲说。

梅仍然记得母亲脸上的表情：灰心、尴尬。她考虑的不是梅的幸福，而是面子。想想看，女儿交上了一个骑着摩托车在意大利移民区当酒吧伙计的年轻人，她该怎么向她的朋友们解释？母亲就是这么看待尼克的。她忘了尼克是跟梅在同一所大学拿到的商业学位，配他们的女儿足够了。他靠晚上做酒吧招待供自己读完了大学，他们才不觉得这令人钦佩。也许没人配得上她父母的小姑娘。

那时一切都很完美：尼克的杜卡迪摩托轰鸣着，梅从屋里跑出去，扑进尼克的怀抱，她的母亲在窗帘后面观望着。他仍然跨坐在摩托车上，狠狠地吻她，递给她一个备用头盔。她爬了上去，他们呼啸而去，削平的砾石向后飞溅开去。就是那一刻，她确定她恋爱了。

可你不会永远二十二岁。你会成长起来，事情总会变化。

"我想给妈妈打电话。"梅重复道。距离他们回到家，发现婴儿床空空如也，居然才过了一个小时？可是竟发生了这么多事。她还

32

没给妈妈打过电话。

尼克把电话递给她，交叉着双臂坐回沙发上，看上去很紧张。

梅拨了号码，还没拨完就又哭了起来。电话通了，接听的是她妈妈。

"梅？"

"妈妈。"梅说着，哭得语无伦次。

"怎么了？出了什么事？"妈妈立刻警觉起来。

她终于说了出来："有人偷走了科拉。"

"你这话是什么意思？现在是午夜。"妈妈说。

"警察在这里，"梅告诉她，"你能来吗？"

"我们马上到，梅，"妈妈坚定地说，"你等一下。你爸爸和我就来。"

梅挂断电话，哭个不停。她父母要来了。他们总会帮她，即使他们对她发着火。他们现在也肯定恼着她和尼克，但主要是尼克。他们爱小科拉——他们唯一的外孙女。听说了她和尼克做的事，他们会怎么想？梅感觉自己坠入了黑洞。

"他们马上来。"梅对尼克和警探说。她看着尼克，然后转过脸去。

The Couple Next Door

第五章

　　尼克觉得自己像是个跟大腕配戏的微不足道的小角色：梅的父母在他家时，他常常是这种感觉。即便现在，扮演的角色是被绑架孩子的父亲，他仍然感觉被推下了台，无足轻重。而他们三位——他心烦意乱的妻子、她控制欲强的母亲和她盛气凌人的继父——亲密地组成了三人联盟。他们有时还只是对他稍加排斥，有时则不是。他是他们的卫星。跟她结婚时，他就知道自己陷入了怎样的境地。他原以为他还能忍受。

他窝囊地站在起居室的边上，注视着梅。她坐在沙发中间，母亲在她旁边，把梅拉进怀里安慰着。梅的继父更加超然，木板一样坐得笔直，拍着女儿的肩。没人看尼克，没人安慰他。尼克感觉在自己家中格格不入。

更糟糕的是他满怀恐惧，为他的所作所为感到恶心。如果可以退回从前，换一种行事方式，他不会这么做的。他现在只希望心爱的孩子能回到她的婴儿床上，他希望这一切都没有发生。

他觉得那位警探正盯着他，只有他在关注尼克。尼克故意不理他，虽然知道不应该这样。尼克知道自己成了犯罪嫌疑人，警探自从来到这里就一直在旁敲侧击。他无意中听到屋子里的警官们轻声谈话，说要带寻尸犬来。尼克不笨。他们是认为科拉在离开屋子之前已经死了，所以才会那么做。显然，警察认为他和梅杀了他们自己的孩子。把狗带来吧，他不怕。也许警察们天天处理这种案子，可他永远不会伤害他的孩子。科拉是他的一切，是他生活中一束明亮的光，是他永不枯竭的欢乐源泉。最近几个月里，生活变得支离破碎，梅越来越烦乱抑郁，他再也无法理解他的妻子。一切都糟糕透顶，可他和婴儿科拉组成了快乐的小联盟。

梅的父母会比以前更鄙视他。凭借经验，他知道他们很快就能原谅梅——无论她做什么，他们都能原谅她，即便她把孩子丢给一个色狼。但他们永远不会原谅他。他们会对他挑剔万分，不用说一句话。他们会坦然面对这次灾祸：他们总是很坦然，不像他们情绪化的女儿。他们甚至可能力挽狂澜，把梅和尼克从错误中解救出来。他们最喜欢这么做了。即便现在，他也能看到梅的父亲从梅和她母亲头上望过去，眉头紧锁，注意力集中在当下的困局——尼克制造的困局上，考虑该如何解决问题。他想着该怎样应对挑战，赢得胜利。也许紧要关头，他可以再给尼克一次教训。

尼克鄙视他的岳父。他们彼此看不起。

但重要的是把科拉找回来。这才是最关键的。

拉斯巴克警探注意到了梅的父母和女婿之间的隔阂。大多数案件中，这样的危机会打破彼此之间的屏障，哪怕只是暂时的。但这次危机非同寻常。情况是这样：表面看来，父母把孩子独自留在家里，然后孩子被抱走了。看着这家人在沙发上挤作一团，他立刻能看出，梅的父母绝不打算责备他们的宝贝女儿。丈夫则是个不错的替罪羊——单指责他就是，不管是否公平。看上去他也知道这一点。

梅的继父从沙发上站起身，带着近乎争强斗狠的自信走近拉斯巴克警探："您是警探？"

"拉斯巴克警探。"他补充道。

"我叫理查德·威尔斯。"男人说着，伸出手来。"为找我的外孙女，现在都做了什么？"男人威严地说。他习惯掌控局面，容不得无稽之谈。

拉斯巴克告诉他："我们派出几路人马搜查这片区域，尽可能询问每一个人，看有没有人看到了什么。"他停顿了一下："我们安排了一个法医小组，在屋里和附近仔细检查。我们已经把描述孩子长相的文告发往各处，媒体报道将很快通知公众。如果幸运，我们可能会在某处监控摄像头上找到点什么。希望很快就能得到一些线索。"说的时候，拉斯巴克很悲观。我们竭尽所能。也许还救不了您的外孙女，他想。凭借经验，拉斯巴克知道调查通常进展缓慢，除非早期能有重大突破。小女孩没有多少时间了，如果她还活着的话。

威尔斯坐近了一些，拉斯巴克甚至能闻到他的须后水。威尔斯瞟了一眼女儿，平静地说："所有的性变态你们都调查过了吗？"

拉斯巴克回头看着这个魁梧的男人。这是绝无可能的事，也只有他肯说出来。"我们在调查所有我们知道的性变态，但总有一些是我们不知道的。"

"这会要了我女儿的命。"理查德·威尔斯看着她，小声对警探说。

拉斯巴克想知道这位父亲对女儿的产后抑郁症了解多少。也许还不是问的时候。他等了一会，问道："您觉得这起案件是为了钱吗？"

男人似乎很惊讶，想了想："我不知道。我觉得不是。"

拉斯巴克点点头："您能不能想起什么人，也许是在生意往来中，对您心怀怨恨？"

"您认为有人抱走我的外孙女是出于对我的怨恨？"男人显然十分吃惊。

"我只是问一问。"

男人没有马上抛弃这个想法。他也许过于自大，也许这些年树敌太多，他认为也有这种可能。最后他却摇摇头："不，我认为没人会这样做。我没有什么敌人，起码我想不出。"

"虽然可能性不大，"拉斯巴克同意说，"但更离奇的事情都发生过。"他不经意地补充说："您女婿怀疑会有人来要赎金。"

"真的？"

"他说您财富可观，对吗？"

威尔斯点点头："可以这么说。"他扫了尼克一眼，尼克没看他，而是盯着梅。

"您做的是什么生意，威尔斯先生？"

"打包和贴标签，"他回答说，"但现在谁还关心这个？我们得找到科拉。她是我唯一的外孙女。"他转过脸，拍了拍拉斯巴克的肩，说道："有新消息及时告诉我，好吗？"他把名片递给拉斯巴克，"随时给我打电话。我想知道进展到哪一步了。"

就在这时，詹宁斯走到拉斯巴克身边，在他耳边低声说："寻尸犬来了。"

拉斯巴克点头："失陪一下。"他对威尔斯说着，离开了起居室。

他来到街上见驯犬员。警犬队的卡车停在屋外，他认出了驯犬员——一位能干的警察，名叫坦普尔。他以前跟坦普尔合作过。

"出了什么事？"坦普尔问。

"据说有个婴儿午夜时从婴儿床上失踪了。"拉斯巴克说。

坦普尔点点头，神情严肃。

"只有六个月大，还不会爬。"她不是学步的孩子，也不是半夜醒来的幼童，她不会去街上闲逛，累了就藏在涵洞里。如果她是，他们会用跟踪犬去追踪孩子的气味。可这个孩子是被人从房子里抱出去的。

拉斯巴克找来寻尸犬，是想看看它们是否可以确定孩子已经死在了屋内或车里。人死后两三个小时之内，训练有素的寻尸犬可以在尸体的表面和衣服上嗅到死亡的气息。死亡后体内化学物质变化很快，但不会立刻发生。如果孩子遇害后被很快转移，狗就嗅不到踪迹，但如果不是马上转移，那就值得试一下。没有相应的物证——比如尸体，从寻尸犬那儿得到的信息作为证据是无效的。可是拉斯巴克急切地想要得到他能找到的任何信息：他想知道这个孩子是否在离开房子之前就死了。拉斯巴克会穷尽所有的调查工具，他要不遗余力，追求真相。

坦普尔点头："我们开始吧。"

他来到卡车后面，打开格子门。两只狗跳了下来，长相相似，都是黑白相间的英国史宾格猎犬。坦普尔用手势和声音指挥着两只狗，它们都没有系皮带。

"就从那辆车开始。"拉斯巴克说。他领它们来到康蒂家的车边。两只狗紧跟在坦普尔旁边，十分忠顺。法医小组已经在那里了。看见狗，他们静静地向后退去。

"我们可以来这里吗？能让两条狗看看吗？"拉斯巴克问道。

"嗯，我们完工了，去吧。"法医们说。

两只狗开始行动。它们围着那辆车专注地嗅起来。它们跳进后备厢、后座、前座，再迅速地跳出来，坐到驯犬员旁边，抬起头。他犒劳了它们，摇了摇头："这里什么也没有。"

"我们看看里面。"拉斯巴克说着，深感宽慰。他但愿失踪的孩子还活着，他是冤枉了她的父母，他想找到她。这时，他提醒自己不要抱有希望。他必须保持客观。他不能在案子中投入感情。不然，他挺不过去。

走上前面的小路，两只狗一路嗅着空气，进入屋内。一进去，驯犬员就带它们上楼，它们从孩子的卧室开始。

The Couple Next Door

第六章

　　两只狗进来时，梅动了动，挣出母亲怀抱的庇佑，摇摇晃晃地站起身。她看着驯犬员：他带着两条狗，一言不发地上了楼。

　　她感觉尼克向她身边靠拢过来。"他们带了追踪犬来，"她说，"谢天谢地，现在也许能有一些进展。"她感到他把一只手放在她的胳膊上，但她挣脱了："我想去看看。"

　　拉斯巴克警探伸出一只手拦住她。"您最好待在这里，让狗完成工作。"他温柔地告诉她。

"您需要我去拿些她的衣服来吗？"梅问，"她最近穿的，还没有洗的衣服，我可以从楼下的洗衣房拿一些出来。"

"它们不是追踪犬。"尼克说。

"什么？"梅说着，转向尼克。

"它们不是追踪犬，是寻尸犬。"尼克说。

这时她明白了。她转向警探，脸色煞白："您认为我们杀了她！"她几乎歇斯底里。

她的爆发惊住了所有人，人人惊骇万分。梅的母亲用一只手捂住她的嘴巴，她的父亲就像遭了霹雳似的。

"这太不像话了，"理查德·威尔斯脱口而出，脸成了毛糙的砖红色，"您实在不应该怀疑我女儿会伤害她自己的孩子！"

警探一句话也没有说。

梅看着父亲为她挺身而出。自她记事以来，他总是维护她。但现在他没什么可帮她的，有人带走了科拉。

梅看着他，意识到生平第一次，她看出继父害了怕。看得出来，他很害怕。他是担心科拉吗？还是担心她？他会认为是她杀了他的外孙女吗？她不敢看她的母亲。

"您得尽您的本分，把我的外孙女找回来！"继父对警探说，他显然试图用敌意的态度掩盖他的恐慌。

很长时间没人说话，没人说得出来，真是奇怪的时刻。他们听着两只狗在楼上走来走去，脚趾甲敲击着硬木地板。

拉斯巴克说："我们在竭尽全力寻找您的外孙女。"

梅无比紧张，好像一根快要折断的线。她想找回她的孩子，毫发无损地找回来。让孩子受苦、受伤，她根本无法想象。要是科拉已经死了呢？梅觉得要昏过去了，又倒在沙发里。母亲马上关切地用一只手搂住她，不肯再看那位警探。

两条狗噔噔地从楼梯上下来了。梅扬起脸，转过头去看着它们。驯犬员摇了摇头。两只狗来到起居室，梅、尼克、理查德和艾丽斯·威尔斯全都一动不动，似乎不想吸引狗的注意。梅担心地坐在沙发上，两条狗嗅着空气，沿着毯子跑来跑去，在起居室搜寻。接着它们靠过来，嗅着梅和她的衣服，寻找蛛丝马迹，看她的孩子是否已经死了，是不是她杀了她的孩子。一位警官站在她身后观察狗的行动，也许准备当场逮捕她和尼克。要是狗开始吠叫怎么办？梅想。她满心焦虑。

天翻地覆，她要晕倒了。梅知道，她和尼克没有杀孩子，可她无能为力，心存恐惧。她知道狗能闻出恐惧。

还是个小女孩时，她经历过一段备受困扰的时期。那时她相信别人可以看穿她的心思。看着两只狗那人一般的眼睛，她又记起来了。狗嗅着她，嗅着她的衣服，她能感受到它们急促的呼吸，暖烘烘地散发着难闻的气味，气流冲到她的身上。她尽力屏住呼吸。狗撇下她，转向她父母那里，然后去嗅尼克，尼克站得远些。梅又缩回沙发里，看到狗似乎在起居室扑了个空，朝着厨房去了，她感到宽慰。她听见它们的爪子抓着厨房油毡，然后轻快地跑向后楼梯，进入地下室。拉斯巴克跟着狗离开了房间。

其他人坐在起居室里，等着事情告一段落。梅谁都不想看，于是盯着壁炉架上方的钟。每过去一分钟，她就愈发绝望。她感到孩子离她越来越远。

梅听见后门开了。她想象着狗穿过后院、车库和小路。凝视着壁炉上的钟，她又看到车库里那两只狗，它们把打碎的陶罐和生锈的耙子翻了个遍。她僵直地坐着，等着，听着狗的叫声。她焦急地等着，又想起失灵的动感探测器。

最后拉斯巴克回来了。"狗什么都没有找到，"他说，"这是好消息。"

梅感觉得到，旁边她母亲如释重负。

"那么我们现在可以认真地找她了吗？"理查德·威尔斯说。

警探说："我们在认真地找她，相信我。"

"我们现在不是嫌疑人了，"尼克带着一丝苦楚说，"接着怎么办？我们能做什么？"

警探说："我们得问你们两人很多问题。有的事情你们也许知道，但还没意识到，可能会对我们有帮助。"

梅犹疑地看着尼克：他们能知道什么？

拉斯巴克补充说："你们可以跟媒体交流一下。我们得带你们出去，请大家提供信息。我们需要引人注目的高姿态。或许有人之前看到过什么，也可能如今看见了什么，得把事情摆在他们面前，否则他们不会把它串起来。"

"好。"梅表示同意。尽管害怕接触媒体，她仍会不遗余力地找回孩子。尼克也点头同意，不过看上去有些紧张。梅想起她凌乱的头发，还有哭肿了的脸。尼克抓住她的手，攥得紧紧的。

"酬金呢？"梅的继父建议道，"我们可以给提供信息的人酬金，钱由我出。如果有人看见了什么，又不想站出来，如果钱够多，他们或许会再考虑考虑。"

"谢谢你，爸爸。"梅轻声说。

梅紧紧地握住尼克的手。跟媒体见面之前，她有些呼吸急促。她不得不坐下来，把头放在两膝之间。现在是早上七点，科拉被抱走才几个小时。媒体等在街上，就像一群豺狼。梅是个孤僻的人，媒体曝光对她来说是可怕的。她从不希望吸引别人的注意。她非常害羞，生性多疑。但是梅和尼克需要媒体来吸引公众兴趣，他们要把科拉的照片刊登在报纸的各大版面，发布在电视和网络上。肯定有人看到过什么。在某个地方，肯定有人知道些什么。午夜时分从别人家里抱走一个孩子，却没有一个人注意到，这是不可能的。社区很热闹，会有人站出来提供信息。梅和尼克必须这么做，即使明知道一旦报道出来，他们会遭到某些低俗媒体的嘲笑。身为父母，他们抛弃了自己的孩子，把她——一个婴儿独自留在家里。现在，有人把她抱走了。他们成了备受关注的对象。

坐在咖啡桌旁，凭着拉斯巴克警探的帮助，他们事先拟了一份声明。声明没有提及被绑架时孩子是独自在家，不过这总会曝光出去，梅深信不疑。怎么能阻止得了呢？他们打开了潘多拉的盒子。她有一种感觉：一旦媒体侵入生活，他们就将永无宁日。私密不复存在，想阻止泄密，就像试图把魔鬼放回瓶子里，绝无可能。她害怕接下来会发生的事情：她和尼克声名狼藉，超市的通俗小报上印着他们的脸。但他们必须继续下去，不管有多艰难。为了科拉，他们得坚强。为了找回科拉，他们得竭尽所能。

梅和尼克走出前门，来到门厅，两侧守着警察，拉斯巴克警探在梅身旁，詹宁斯挨着尼克。梅紧紧抓住丈夫，仿佛她要摔倒似的。他们同意由尼克来读声明——梅根本做不到，仿佛一阵强风就会把她吹倒。尼克向前走去，注视着人群，似乎想要退缩。他低下头，看着手中那张抖个不停的纸。相机频频闪动。

梅抬起头，惊讶不已。街上满是记者、汽车、电视摄影机、技师、设备和电线，人们把麦克风举到他们那表情极不自然的脸旁。这样的场景她在电视上早就见过，但现在，她成了关注的焦点。她觉得很不真实，就好像她并非身陷其中，而是置身事外。她感到奇怪，灵魂似乎出了窍，仿佛她一面站在门厅朝外看着，一面又从左上方的位置看着这一幕。

尼克抬起一只手，示意他要说话。人群安静下来。

"我要读一份声明。"尼克咕哝道。

"大点声！"有人在草地上喊道。

"我要读一份声明。"尼克说，声音变得更大也更清楚。他读起来，声音越来越洪亮："今天凌晨，十二点半到一点半之间，我们漂亮的小女孩科拉，被人从婴儿床上抱走了，目前尚不清楚作案的人数和身份。她六个月大，金黄色的头发，蓝色的眼睛，大约十六磅重，穿着纸尿裤和朴素的淡粉色连体衣。她没有胎记。婴儿床里的一条白色毛毯也不见了。

"我们爱科拉胜过一切。我们想把她找回来。谁抱走了她，拜托，拜托请把她毫发无损地送回来。"尼克的目光离开那页纸，抬起头来。他哭了，不得不擦干眼泪再继续读。梅在他旁边轻声啜泣，没法面对人山人海。

"我们不知道是谁偷走了我们美丽天真的小女孩。我们向你们求助：如果有谁了解或者看到过什么，请给警察打电话。我们会向提供重要线索的人支付巨额赏金。谢谢你们！"

尼克转向梅。镁光灯越发闪个不停，他们倒进彼此的怀抱。

"赏金是多少？"有人缺心眼地问道。

The Couple Next Door

第七章

康蒂家前门廊的记者招待会后不久，一位警官走进起居室，来到拉斯巴克面前，戴着手套，手上拿着一件淡粉色的连体衣。先前为何没有发现，这可没人知道。房间里的每个人——拉斯巴克警探、尼克、梅和梅的父母，都立刻目不转睛地看着这件衣服。

拉斯巴克忽而兴奋起来：也许总算找到了点什么。"在哪里找到的？"他简单地问道。

"噢！"梅脱口而出。

人人都把目光从那位拿着粉色连体衣的警官身上转向梅。她面色苍白，毫无血色。

"是在婴儿房的洗衣篮里吗？"梅问着，站起身来。

"不是的，"拿着衣服的警官说，"衣服塞到桌子后面。我们一开始没注意到。"

拉斯巴克有点恼火：怎么可能没注意到？

梅的脸上恢复了血色，似乎有些困惑："抱歉，肯定是我忘了。科拉傍晚时穿的是这件衣服。最后一次喂完奶，我给她换了一件，因为她把奶吐在这上面了。我指给您看。"梅朝警官走过去，想拿那件连体衣，但警官往后退，不让她碰。

"请别碰它。"他说。

梅转向拉斯巴克："我给她换下这一件，穿了另一件。我还以为我把这件连体衣放在了桌子旁边的洗衣篮里。"

"这么说，我们刚才的描述并不准确？"拉斯巴克说。

"正是。"梅承认道，显得有些不解。

"那么她穿的是什么衣服？"拉斯巴克问。梅有些迟疑。他重复道："她穿的是什么衣服？"

"我——我不确定。"梅说。

"您不确定，这是什么意思？"警探追问道。他尖着嗓子，口气充满了责备。

"我不知道。我喝了点酒，疲惫得很，天又黑了。最后一次我是摸黑给她喂的奶，她还没有全醒。她把奶吐在了连体衣上，我摸

49

黑给她换了尿裤，衣服也换了。我把那件粉衣服扔进洗衣篮里，从抽屉里拿出了另外一件。她有很多这样的衣服，什么颜色我不知道。"

"您知道吗？"拉斯巴克转向尼克问道。

尼克茫然地摇摇头："我没注意她给孩子换了衣服。我看孩子时没开灯。"

"我可以看看抽屉，找出她穿的是哪一件。"梅充满愧疚地提议道。

"好的，"拉斯巴克说，"我们需要精确的描述。"

梅跑上楼，拉开婴儿衣橱的抽屉。连体衣、睡袋、小T恤和紧身裤袜全放在那里，到处都是花花朵朵、圆点花纹，还有蜜蜂和小兔子。

警探和丈夫跟着她，看她跪在地板上，抽噎着把所有东西都拿出来。但是她记不起来，搞不清楚。哪一件不见了？她女儿穿的是什么衣服？

她转过身看向尼克："也许得把要洗的衣服从楼下拿上来。"

尼克转身下楼，照她说的做。很快，他带着一篮脏衣服回来了。他把衣服倒在婴儿房地板上，地上的呕吐物都清理过了。孩子的脏衣服和大人的混在一起，梅拿出所有的小衣服，放到一边。

最后她说："是那件薄荷绿的，前面有污迹。"

"您确定吗？"拉斯巴克问。

"应该是，"梅极不愉快地说，"只有那一件不在这里。"

科拉被抱走后的几小时里，法医在梅和尼克家中调查了一番，没有得到什么线索。没有证据表明曾有身份不明的人待在科拉的房间，或者是康蒂家里。什么证据也没有——屋里的指纹印、纤维材料全都能得到合理的解释。除了他们自己和一位清洁女工，似乎没人来过他家。他们的清洁工是位菲律宾老妇人，没人认为她会绑架孩子。尽管如此，他们还是对她和她的家庭进行了仔细的调查。但在屋外，他们有所发现。康蒂家的车库里有崭新的轮胎花纹印，一看就不是康蒂家的奥迪车留下的。拉斯巴克还没有把这个消息告诉丢了孩子的父母。

拉斯巴克警探告诉他们，屋子里没有发现有人闯入的物证。尼克说："他可能戴了手套。"

上午十点。由于绑架案，梅和尼克极度紧张，整夜无眠，筋疲力尽，但还不想休息。梅的父母被请去厨房喝咖啡，警探进一步询问梅和尼克。很显然，他们给问烦了。警探不停地向他们保证，这是在竭尽所能找回孩子，而不是白白浪费他们的时间。

"很有可能，"警探附和道。但接着，他指出，"不过，我们仍然期待能在屋里屋外找到一些和你们不相符的足迹、指纹，或者是在后院的泥地里、草坪上，也可能是车库里。"

"除非他从前门出去。"梅说。她记起她当时看到前门开着。这一点她越发确信了，现在她清醒得很。她认为绑匪是带着孩子出了前门，来到木制门廊，沿着水泥路，走向了人行道，故而他们才没有找到可疑的脚印。

"即使是那样，"拉斯巴克说，"我们也应该能找到些什么。"他看着他们两人。"我们竭尽全力，问了所有的人。没人承认见过有人带着孩子从您家前门出去。"

　　"那也不意味着这种事就没发生过。"尼克说着，语气里显然充满沮丧。

　　"你们也没找到有谁说看见她给人从后门带出去，"梅尖刻地指出，"你们一丁点线索也没找到。"

　　"动感探测器的灯泡松了。"拉斯巴克警探提醒他们。他顿了一下，补充说："我们还在车库里发现了车轮印，和你们的车配不上。"他等待着，指望他们能理解这条信息。"你们知道最近有人用过你们的车库吗？你们让别人在那里停过车没有？"

　　尼克转过脸。"没有，我不知道。"他说。

　　梅摇了摇头。

　　他们都很失望。钟在滴答作响。显然，梅和尼克都很紧张，筋疲力尽，惴惴不安。

　　"抱歉，但我必须问问您浴室柜子里的药品，"拉斯巴克说着，转向梅，"舍曲林。"

　　"怎么了？"梅问。

　　"您能告诉我这药是用来做什么的吗？"

　　"我有轻度抑郁，"梅怀有戒心地说，"这是我的医生开的药。"

　　"您的家庭医生？"

　　她有些迟疑。"我的精神科医生。"她承认道。

"我明白了，"拉斯巴克补充说，"您能告诉我您的精神科医生叫什么名字吗？"

梅看着尼克，说："安妮·拉姆斯登。"

"谢谢。"拉斯巴克小声说道，在小笔记本里记了下来。

"许多母亲都有产后抑郁症，警探，"梅为自己辩护道，"这种情况相当常见。"

拉斯巴克含糊地点了点头："浴室里的镜子呢？您能告诉我镜子是怎么回事吗？"

梅再次不安地看着尼克。"我打碎的，"梅承认道，"我们回到家，发现科拉不见了，是我用手打碎了镜子。"她抬起她包扎着绷带的手。

拉斯巴克又点了点头，记了下来。

根据这对父母之前的说法，除了他们两人之外，其他人最后一次见到活生生的孩子是在绑架案当天下午两点。梅在街角的星巴克要了杯咖啡，她说给她拿咖啡的服务员应该记得她。按她的说法，那天下午两点，孩子在小推车里。孩子醒着，微笑着吮吸自己的指头，服务员朝小女孩挥了挥手。

拉斯巴克当天早些时候已经去过星巴克了。幸好那位服务员已经上了班，拉斯巴克跟她谈过。她记得梅和婴儿车里的婴儿。但现在看来，没有别人可以证明孩子在失踪当天的下午两点以后还活着。

"昨天您在星巴克里待了一会后又做了什么？"拉斯巴克问道。

"我回家了。科拉有点烦躁不安——她下午经常这样——所以我一直抱着她四处走，"梅说，"我想把她放下来，让她打个盹，但她不睡。于是我又抱起她，在屋子里转来转去。"

"然后呢？"

"我一直抱着她四处走动，直到尼克回到家。"

"那是什么时候？"

尼克说："我到家时大约五点。我下班早了些，因为是星期五，我们要出门。"

"然后呢？"

"我回到家，从梅手里接过科拉，让梅上楼去小睡一下。"

"您有孩子吗，警探？"梅问道。

"没有。"

"那您就不知道他们有多么累人。"

"是的。"

"你们什么时候去隔壁参加的宴会？"拉斯巴克问道。

"大约七点钟。"尼克回答。

"五点到七点之间你们在做什么？"

"您为什么问这个问题？"梅说，"我想我们已经不是嫌疑人了吧？"

"发生过的事我都得知道，请你们尽可能回答我。"拉斯巴克说。

尼克说："我跟科拉玩，梅睡觉。梅睡到六点左右才醒。"

梅深吸了一口气："然后因为要不要参加宴会，我们发生了口角。"

她旁边的尼克明显紧张了起来。

"你们为什么争吵？"拉斯巴克问。

"临时保姆来不了了，"梅说，"如果她能来，这一切就都不会发生。"她说。她就像是第一次意识到这个问题似的。

这可是新信息。拉斯巴克不知道还有一位临时保姆。为什么他们现在才告诉他？"你们之前为什么不告诉我？"

"我们没有告诉您吗？"梅说。

"临时保姆是谁？"拉斯巴克问。

尼克说："一个叫卡利奥波的女孩。她定期来我家做临时保姆。她是十二年级的学生，住在离这里大约一个街区的地方。"

"您跟她谈过吗？"

"嗯，什么？"尼克似乎注意力不集中。也许他现在太累了。

"她什么时候说不能来的？"

"她大约六点时打的电话。那时已经太晚了，我们没法再找一个临时保姆。"尼克说。

"谁接的电话？"

"我。"尼克说。

"我们本来应该再去找一位临时保姆。"梅伤心地说。

"那时我觉得没有必要。当然，现在……"尼克看着地板，声音越来越轻。

"可以给我她的电话吗？"拉斯巴克问道。

"我去拿。"梅说着，去厨房取号码。

"你们为什么争吵？"拉斯巴克问。梅回来后，递给他一张小纸片，上面是手写的名字和地址。

"我不想把孩子一个人留在家里，"梅脱口而出，"我说我想跟她一起在家待着。辛西娅不想让我们带孩子去，她总是小题大做。辛西娅希望宴会只有成人参加，于是我们雇了一位临时保姆。但紧要关头，保姆来不了了，尼克觉得带孩子去不礼貌，我不想留她一个人在家，于是我们吵了起来。"

拉斯巴克转向尼克，尼克痛苦地点了点头。

"尼克认为只要在隔壁开着监视器，每半小时看她一下，就不会有问题。你说过，不会发生什么坏事。"梅说着，突然把气撒在丈夫身上。

"我错了！"尼克说着，也和梅一样恶语相向，"我错了！都是我的错！你要我说多少遍？"

拉斯巴克警探看着这对夫妇之间的裂缝越来越宽。他们的女儿报告失踪之后，他就发现他们之间关系紧张，而现在已经变本加厉，成了互相责备。调查刚开始时，他们之间的统一战线就开始崩溃。哪能不这样呢？他们承受着巨大的压力：女儿不见了，警察守在家里，媒体敲着前门。这位母亲显然在责怪孩子的父亲，责怪他不该把孩子独自留在家里。

拉斯巴克能用这个来对付他们，像埃古①那样。如果这里能找到些什么，他会找到的。

_____

　　①　莎士比亚悲剧《奥赛罗》中狡猾残忍的反面人物，暗施毒计诱使奥赛罗出于嫉妒和猜疑，将无辜的妻子杀死。

The Couple Next Door

第八章

　　拉斯巴克警探离开他们，去询问临时保姆，想印证他们的说法。临时保姆的家就在不远的地方。走过去的路上，他脑中反复思量着这桩案子。到目前为止，没有证人站出来。屋里没有入侵的痕迹，院子里也没有，但是车库的水泥地板上有轮胎印。他先前觉得这对父母很可疑，不过现在又有了关于临时保姆的新线索。

他找到了梅提供的地址，应门的是个女人，看上去心慌意乱，显然哭过。他向她出示了警徽。

"我听说卡利奥波·杰尔马纳科斯住在这里。"女人点头。"她是您的女儿吗？"

"是的。"女孩的母亲说着，缓过气来。"抱歉，现在时候不大好，"她说，"不过请进。"

拉斯巴克走进屋内。打开门就是起居室，里面似乎满是哭泣的女人。三个中年妇女和一个十几岁的女孩坐在一张咖啡桌旁边，桌上放着一盘盘食物。

"我们的母亲昨天去世了，"杰尔马纳科斯太太说，"我们姐妹几个正在安排后事。"

"非常抱歉打扰你们，"拉斯巴克警探说，"但恐怕我有要事。您女儿在这里吗？"不过他已经发现她跟姨妈们一起坐在沙发上。十六岁的女孩身材丰满，看见警探进入起居室，她的手在一盘巧克力饼上方停住了。

"卡利奥波，有一位警官找你。"

卡利奥波和她的姨妈们都转过脸盯着警探。也许她们还没听说绑架案件，也说不定已经听说了。

女孩流下了真诚的泪水："关于科拉？"

拉斯巴克点头。

"居然会有人把她偷走，这简直难以置信，"女孩说着，双手揉着肚子，"真是糟透了。我外婆去世了，我不得不取消预约。"

很快，姨妈们都围到女孩身边，母亲跪在她前面的地板上。

"你什么时候给康蒂家打的电话？"拉斯巴克问，"你还记得吗？"

女孩哭得肝肠寸断："不记得。"

她母亲转向警探拉斯巴克。"大概六点钟。那时我们接到医院的电话，让我们过去，说病人不行了。我让卡利奥波打电话取消预约，跟我们一起去医院，"她拍了拍女儿的膝盖，"对于小科拉，我们感到很抱歉。卡利奥波很喜欢她，可这不是卡利奥波的错。"母亲希望所有人都明白这一点。

"当然不是。"拉斯巴克强调说。

"我希望您能找到她，"女孩的母亲说，担心地看着女儿，"希望她一切正常。"

"我们会竭尽所能，"拉斯巴克说着，转身离开，"谢谢你们。"

康蒂夫妇的说法得到了证实。几乎可以肯定，孩子下午六点时还活着，不然他们怎么应付约来的临时保姆？拉斯巴克意识到，如果这对夫妇杀害或者隐藏了孩子，事情应该发生在六点钟的这个电话之后。要么是七点钟，他们去隔壁家之前，要么就是宴会期间。那意味着他们或许没有足够的时间处置尸体。

也许，拉斯巴克想，他们说的是实话。

科拉失踪后的第一天，下午三点左右，拉斯巴克警探出去了，还没有回来。警探不在房间里，梅感觉呼吸顺畅了一点。他似乎在注视着他们，等待他们马失前蹄，做出错事。可他等的是什么样的错误呢？他们没有伤害科拉。梅认为他盯着他们，仅仅是因为他没有找到其他线索。她想，如果找到了有人闯入的物证，他就不会错把注意力放在他们身上。但带走科拉的人显然非常谨慎。

　　又或许是警察无能，梅想。她担心他们会搞砸一切。

　　警方终于给他们留了一点空间，也许这样他们就会犯下预期的错误。梅的父母觉得不自在，她让他们先回家了，虽然他们想待在地下室的空房间里。梅依赖父母，尤其是在备感压力和困扰的阶段，但同时，他们也让她感到焦虑，而她已经够焦虑了。有他们在旁边，尼克越发为难，他已经和行尸走肉差不多了。他们整晚没合眼，白天已经过了一半。梅筋疲力尽，但要说睡觉，她连想都没想起来。

　　"我们必须想一想，尼克！谁会带走科拉？"

　　"我不知道。"尼克无助地说。

　　"我不明白他们为什么没找到有人闯入的证据，这说不通。你觉得呢？"梅不顾一切，想要相信孩子并没有被性变态抱走。很明显，她太小了。"他们只找到了动感探测器上松掉的灯泡，"她补充说，"这显然证明有人闯进来了。"

　　尼克抬头看她："他们认为是我们自己弄松了灯泡。"

　　她盯着他："荒唐！他们就想拿我们当替罪羊，因为他们找不

61

到她！"她的声音有点歇斯底里。

"不是我们干的。我们明白，"尼克说，"抱走她的人十分谨慎，在我看来不像是性变态。那位警探说对了一件事——这看来是有预谋的。可如果抱走她是为了钱，为什么我们还没有收到他们的消息？"他看着手表。"差不多三点了。她失踪已经超过了十二个小时。"他的话音里听得出恐惧。

梅也是这么想的。到这时候，本该有人发消息给他们。什么样的绑架案才算是正常？她问拉斯巴克警探。警探说："绑架案就没有正常的。每个案子都极不寻常。如果有人要赎金，几小时——也许几天内就会要。但一般来说，绑匪不会愿意把受害者长时间留在身边。时间越长，风险越高。"

警察在电话上安装了窃听器，绑匪可能会打来电话，那样就能把对话录下来。不过到目前为止，没有一个电话自称是绑匪打来的。

"应该是认识你父母的人，"尼克说，"也许是你父母的熟人。"

"你想把这事怪在他们头上，是吧？"梅厉声说道。

"等一等，"尼克刻薄地说，"我不是怪他们，不过你考虑一下，我们几乎不名一文，说得上的有钱人就只有你的父母。有人带走孩子，不可能是想找我们要钱，而是找你父母。那么就应该是认识他们的人，知道他们有钱。没人会蠢到认为我们有钱。"

"你这么说是什么意思？我们不名一文？"梅说。

尼克用双手捂住脸："别介意，忘了这个吧。我们很好。"

"我们很好吗？"

"是的，看，还是把注意力集中在科拉身上吧。"

"也许他们应该去监听我父母家的电话。"梅说着，站起身，在起居室地板上走来走去。

尼克抬起头看着她，说："也许我们支付酬金应该更主动些。"

"你这是什么意思？我们已经提供了酬金——五万美元。"

"是的，但这五万美金是给那些提供信息帮我们找科拉的人……要是没有谁看到了什么，这还能起多大作用？要是当真有人看见了什么，你不觉得吗？他们现在早该告诉警方了。"梅思量着，他等了片刻。"我们得让事情动起来，"尼克急迫地说，"他们把科拉留得越久，就越有可能伤害她。"他看得出梅眼中的恐慌。"警察似乎更想显得是我们有罪，而不是把科拉活着带回来，"尼克愤愤地说，"他们就是想抓个人。至于抓得对不对，我想他们并不在乎。他们就想装装门面，显出他们是在工作，根本不介意做得对不对。"

"他们认为是我做的，"梅突然说，"他们认为是我杀了她，因为我有产后抑郁症。"她的目光咄咄逼人："他们处理过很多产后抑郁的妈妈杀死自己孩子的案子——把他们淹死在浴缸里、勒死或者刺死——警探那么看着我，我看得出来，他已经吃定了我。他大概正在尽量搞清楚你参与了多少！"

尼克从沙发上跳起来，想要抱住她。"嘘，"他说，"他们不是那么想的。"可他担心他们就是那么想的。产后抑郁、抗抑郁药、

63

精神科医生，他不知该说些什么来安慰她。他感觉得到，她越发焦虑起来，她想要化解危机。

"要是他们去见拉姆斯登医生呢？"梅说。

他们当然会去见拉姆斯登医生，尼克想。他们怎么可能不去拜访她的精神科医生？她想都不该想。

"他们可能会去，"尼克说，他刻意保持平静，不带一点感情，"不过那没关系，因为科拉失踪跟你没关系，我们都知道。"

"但有些事她会告诉他们。"梅说，显然很害怕。

"比如什么事？"尼克担心地问。

梅没有回答他，又开始在起居室里来回走动，一面绞着双手。拉姆斯登医生是她的精神科医生，断断续续很多年了。而她治疗产后抑郁症，没错，就是这一年。

"没事，"尼克说，"她是位医师。她不能告诉他们你说过的事情，这是医患之间保密的特权，就是这么回事。你告诉她的事情，他们没法让她说出来。"

梅点点头，平静了下来："对，我明白。"她深吸几口气，但又焦虑起来了。拉姆斯登医生或许不能告诉警方她们会面期间说了什么，但也许她得告诉他们她的精神病史，还有她给梅看了多久的病、为了什么原因。她会被迫说出这些吗？恐慌的感觉涌向了梅的喉咙口。

尼克站起身，不让她再走下去。他把手放在她的双肩上，断然地按住了她。"你跟科拉失踪没有任何关系，我们两人都明白这一点。你什么也不用怕，什么也不用隐藏。他们发现你有抑郁问题——孩子出生之前就有——那又怎么样？他们那里一半的人都抑郁，那个讨厌的警探或许自己就有抑郁症。"

他的眼神暖暖的，直到她的呼吸恢复平常，点了点头。

尼克垂下手臂："我们得把注意力放在找回科拉上，那才是最重要的。如果能找回来，他们就不会怀疑我们了，警察也不会干扰我们的生活。我们得把她找回来。"

"但是怎么找？警方似乎没做多少事。"梅说。她又一次绞着双手，他突然想到了麦克白夫人。

尼克说："我刚刚说过酬金的事情。也许我们方法错了，不该拿五万美金给提供信息的证人。要是没人看见什么呢？也许我们应该直接跟绑匪打交道——直接给他提供一大笔赎金，看他会不会联系我们。"

梅想了片刻："要是绑匪绑走了孩子，他无论如何都会索要赎金吧？"

"不知道！也许慌了。想到他也许会杀了科拉，把她扔了，我吓得要死。"

梅坐在他旁边。"如果绑匪不联系我们，我们怎么开始跟他谈判呢？"梅问道。

尼克抬起头："通过媒体。"

梅点点头，想了起来："你觉得把她找回来需要多少钱？"

尼克绝望地摇了摇头："我不知道。不过只有一次机会，非要做到值得一试才行。也许两三百万？"

梅没有畏缩："我父母会给钱。我们把他们和拉斯巴克警探叫来。"

尼克拨通拉斯巴克的手机，请拉斯巴克过来。拉斯巴克急匆匆地来到康蒂家的起居室。

尼克和梅都站着，脸上带着泪痕，看上去心意已定。短短一瞬间，拉斯巴克以为他们要坦白。

梅说："我已经叫我爸妈过来了。尼克和我认为，我们应该直接向绑匪提供金钱，给一笔大数目。就算有性变态带走了她，如果我们给的钱够多，答应不起诉，他也会把她送回来的！"

她的眼神很无助。尼克站在旁边，看着妻子，却不看警探。"我们得做点什么，"她可怜巴巴地说，"我们不能干坐在这里，等着他把她杀掉！"

这时梅的继父来了。他走进起居室，就像要灭火似的。"怎么了？"他说。看看女儿，再看看警探，他的表情有些惊慌："你们找到她了吗？"

梅的母亲艾丽斯就在他身后。

"没有，爸爸，"梅说，"但我们需要你的帮助。"

拉斯巴克注意观察着。尼克什么也没有说。

"我们认为应该直接向绑匪提供金钱，"梅说，"一大笔钱。我们需要您帮忙，爸爸。"

"没问题，梅。你们需要多少？"

"您怎么看？"梅说着，转向拉斯巴克警探。"您觉得要给多少钱，绑匪才能把她放回来？"

回话之前，拉斯巴克仔细地思考起来。如果他们是清白的，自然想要给绑匪钱，不管多少。这个家庭似乎财力雄厚。这当然值得一试。警方没有线索，这对父母也许没有牵连其中。剩下的时间不多了。

"关于数额，你们是怎么想的？"拉斯巴克问。

"尼克和我觉得也许需要两三百万。也许还要更多？"梅看着母亲和继父，就像孩子想要一只小狗，期待得到肯定的答复。

理查德看着妻子，妻子点了点头。"筹钱需要时间，但是当然，亲爱的，我们办得到。为了科拉，我们做什么都行，"理查德说，"也是为你，梅。"

"谢谢你，爸爸！"梅泪汪汪地说，紧紧地抱住了继父。她又转身拥抱了母亲，肩头抽噎得上下起伏。

有那么一瞬，拉斯巴克想，对有钱人来说，生活真是容易得多了。

理查德转向他的女婿。他显然也希望尼克能重重地感谢他一回。

"谢谢，理查德。"尼克哽咽着，几乎说不出话来。

看到这一幕的人都会觉得他感动坏了。

The Couple Next Door

第九章

　　他们把数额定为三百万美元。这是一大笔钱，但还不至于让理查德和艾丽斯·威尔斯破产。这对夫妇还有数百万，他们付得起。这对他们不值一提，但对梅和尼克却意味着一切。当然，还有科拉。如果真进入协商阶段，他们还可以再多付些。他们一定要把孩子找回来。

　　距离第一次报告孩子失踪还不到二十四小时，也就是她失踪后第一天的傍晚，梅和尼克再次面对媒体。那天早上七点之后，他们没再跟媒体联系。在警探的帮助下，他们坐在咖啡桌前，又精心拟订了一则消息，然后带着准备好的声明，到前门廊来直面媒体。

这一次，梅换了新衣服。她洗了澡，洗了头，还化了淡妆，尽量装出一副勇敢的样子。尼克也洗了澡，刮了胡子，换上了新衣服。

六点钟的新闻广播之前，他们来到门廊。和之前一样，相机频频闪烁。一天之内，人们对这桩案子产生了广泛的兴趣。等喧闹声停止，尼克对记者们讲起话来："我想发表另一份声明。"尼克大声说。不过他还没开始就被打断了。

"你怎么解释把孩子穿的衣服弄混了？"有人问道。

"你们怎么能犯那样的错误？"另一个声音询问道。这些问题听上去并不友好，像责难似的。

尼克犹豫不决。他看着拉斯巴克，恼怒地回答道："对于这件事，我相信警方已经发表了声明，不过我可以再说一次。傍晚时科拉穿的是那件粉色连体衣。十一点钟时，我太太给她喂奶，孩子把奶吐在了睡衣上。我太太摸黑给她换了一件——一件薄荷绿的连体衣。她被人抱走，我们悲痛至极，忘了换衣服的事。"尼克态度冷漠。

听到这里，这群记者沉默了。他们揣摩着这个消息，表示怀疑。

趁着沉默的当口，尼克读起他准备好的文本："梅和我爱我们的孩子。我们会尽一切努力把她找回来。我们请求带走她的人把她还给我们。我们愿意提供三百万美元。"人群中一阵惊叫，尼克等待着："我们愿意直接给带走孩子的人三百万美元。我向带走科拉的人直接喊话——给我们打电话，我们谈谈。我知道你很可能还在观望。请联系我们，让我们的女儿安全回到我们身边，我们会安排妥当，把钱给你。"

尼克抬起头，直接对着镜头说道："带走她的人，我保证你不会受到指控，我们只想要她回来。"

最后这一点他没有采用准备好的脚本，拉斯巴克警探微微挑起了右眉毛。

"就这些。"

尼克放下手中那页纸。照相机快门疯狂闪动，记者们向他问个不休，不过他不理他们，只带梅返回屋内。拉斯巴克和詹宁斯跟在后面，也回到屋内。

拉斯巴克知道，不管尼克说什么，也不管绑匪是谁，他都不能免于起诉。这对父母没必要做出这种承诺，绑匪也无疑明白这一点。这个计谋是想让带走孩子的人拿到钱，把孩子完好无损地还回来，谁也别惊慌，也别做蠢事。之后，拉斯巴克有一辈子的时间去追捕绑匪，绑架没有诉讼时效。但绑架是非常严重的罪行，对于绑匪来说，形势一旦恶化，杀掉受害者，丢弃尸体，以免被抓，这么做还是很诱人的。

回到屋内，拉斯巴克说："现在，我们等着吧。"

梅终于给人说服，去了楼上。她喝了点汤，吃了几块饼干——她每天要吃很多东西。这一整天，她不得不定期把奶挤出来，这事她得躲到婴儿室悄悄地做。但是用手挤奶没有给乳儿喂奶那么有效率，现在她涨奶，乳房肿胀，摸起来又热又疼。

她坐在哺乳椅上，泪流满面。怎么可能呢？她竟坐在椅子上，而不是低头看着小女儿吮吸她的乳房，女儿的小手一张一合，两只又大又圆的蓝眼睛抬头凝视着她，多长的睫毛啊——她用手把奶挤入塑料罐，好倒进浴室的下水道。这需要很长的时间。先是一只乳房，然后是另一只。

终于弄完了。她重新整理了衣服，从哺乳椅上站起来，走进楼梯顶上的浴室。她把母乳倒入水槽，盯着破镜子中的自己。镜中的她破碎扭曲，镜子确切地反映出了她的心情。

她觉得她再也见不到女儿了，可她没法相信。她的脑中同时有两种互相矛盾的信念。

现实似乎令人忍无可忍。

调查只表明，车库里新留下的轮胎花纹跟康蒂家的奥迪配不上。但是，车库门几乎总是开着的——任何人都可能用开着门的车库在窄道上调头。

但是突然有了突破。傍晚，拉斯巴克的一位警员拨打他的手机。"或许有证人了。"他说。几分钟后，拉斯巴克来到街另一头的房子门口，几乎就在康蒂家的正后方。

拉斯巴克敲了敲门，很快，一位看上去四十多岁的女人打开了房门。她的金发扎成了马尾，看上去非常性感。

"我是拉斯巴克警探。"他说，并向女人出示他的警徽。另一位警官——戈达德警官，就是刚刚给他打电话的那位，站在她身后的起居室里。

"我是保拉·登普西。"她说。

"登普西女士看见了一些或许很重要的东西。"戈达德说着，向前走了一步。

"请进，警探。"女人说着，把门拉开，领他进入起居室。她看上去通情达理，不像是靠不住的样子。

三人在起居室落座后，戈达德说："请把您告诉我的情况再对拉斯巴克警官说一遍，就是您昨天看见的情景。"

"好的，"她说，"我不知道重不重要，相不相干，"她有些抱歉，"也许跟那个小宝贝失踪没有一点关系。我可不想浪费您的时间。"

"没关系，"拉斯巴克说，"请尽管告诉我您看到了什么。"

她点点头，舔了舔嘴唇："我当时在楼上的浴室。我上去拿泰诺，因为当天早些时候种花种草，腿有点疼。"

拉斯巴克鼓励着她，点了点头。

"晚上热得很，我们一直开着浴室的窗户，让风吹进来。这扇窗户可以看到后面的小路。康蒂家的房子就在这栋房子和那边两栋的对面。"

72

拉斯巴克又点点头，也注意到了她家与康蒂家的方位关系。他仔细地听下去。

"我从药柜里拿了泰诺出来，正好看了眼窗外，可以清楚地看到那条小路，很清楚，因为我没开浴室的灯。"

"您看到了什么？"拉斯巴克问道。

"一辆车。我看见一辆车从小路上下来。"

"车的具体位置在哪里？往哪边开？"

"车从小路上冲着这栋屋子开过来，就在康蒂家后面，也许是从他们的车库里开出来的，或者是更远处的房子——我想这条小路更远一点的地方还有十几个车库。"

"那是一辆什么车？"拉斯巴克说着，拿出他的笔记本。

"我不知道。我对车不是太了解。要是我丈夫看见就好了，他能帮得上忙。"

"您能描述一下那辆车吗？"

"相当小的一辆，应该是深色的。但车前灯没开——就是这样，我才注意到了这辆车。我觉得不开前灯比较奇怪。"

"您能看到司机吗？"

"不能。"

"您能判断乘客座有没有人吗？"

"我觉得没有，但不确定。我看不清，天很黑，前灯没有开。我觉得那是一辆电动车，或者是油电混合车，因为车动静很小。"

"您确定吗？"

"不，我不确定。不过声音是从小路上传来的，这辆车非常安静，也可能是因为开得太慢了。"

"那是什么时候，您知道吗？"

"哦，我上楼时看了眼时间。我床头桌上有电子闹钟。当时是半夜12:35。"

"对于这个时间您绝对有把握吗？"

"是的。"

"登普西女士，昨天晚上孩子失踪后，我们很多警官都在附近一带。我们敲了小区每一扇门，为的就是寻找目击者。那时您跟警察谈过吗？"

她看上去有些尴尬："谈过。"

"那时您提到这辆车了吗？"拉斯巴克知道，她没有。

"没有。"

"为什么没提呢？"

"我当时觉得这不重要。一直有车从小路上开过来。我不想显得傻里傻气，连这种事也要提一下。但接着我开始想了，也许前灯不开另有原因。"

"您给我们打电话是对的。"拉斯巴克向她断言。

"抱歉我没有早点提这件事。"

"关于这辆车，您能记起更多的细节吗？任何细节都好。车是双门的吗？或者四门？"

"抱歉，"她说，"我不记得。我没有注意。车很小——倒也不像智能汽车那么小，但没有小轿车大。不过那绝对不是面包车，也不是运动车。"

"如果您不介意，我想去浴室窗口看一下。"拉斯巴克说。

"当然可以。"

她带他们上了楼，来到房子后面的小浴室。拉斯巴克从打开的窗户向外看去。视野不错——他可以清楚地看见那条小路。他能看见左边康蒂家的车库，也能看出车库门仍然开着。真倒霉，如果事实如此，再早几分钟，她或许就能看见没开前灯的那辆车从康蒂家的车库出来。要是有证人能证明凌晨12:35有一辆车进了康蒂家的车库，或者从车库出来，那就好了。但这辆车可能是从小路另一端的任何地方开来的。

谢过女人，留下他的名片后，拉斯巴克和戈达德一起离开了屋子。他们在门前的人行道上停了下来。已是晚上，气温开始下降。

"你怎么看？"戈达德问。

"很有意思，"拉斯巴克说，"一来是时间，二来是车的头灯没开这件事。"另一位警官点头表示同意。尼克十二点半时看过孩子，车是半夜12:35从康蒂家车库方向开走的，前灯关着。这有可能是个同谋。

尼克成了他的头号嫌犯。

"找几位警官来，哪家的车库门通向小路，就去跟哪家谈一谈。我想知道半夜12:35是谁开着车从小路上下来，"拉斯巴克说，"再去那条街上四下问问，着重找找，看有没有其他人在那个

75

时间从窗口看到了小路，问问他们有没有看到什么。"

戈达德点点头："好的。"

"我去跟法医组核对一下我们要找的是什么样的轮胎，他们现在应该已经知道了。"

拉斯巴克独自到附近的一家餐馆，一面飞快地吃着饭，一面回顾着已知的信息。临时保姆晚上六点才突然取消预约，他得假定孩子那个时间还活着。康蒂夫妇七点就到了邻居家，从收到临时保姆的电话，直到到达邻居家，这段时间或许不够杀害婴儿并处理尸体。尼克和梅都认可尼克十二点半时看过孩子——从后门进去的。尼克声称动感探测器那时还在运转。法医组在车库找到了新留下的车轮印，与康蒂家的车配不上。12：35，保拉·登普西看见一辆没有开前灯的车悄悄地从康蒂家的方向沿小路开过来。动感探测器的灯泡显然被弄松了。这意味着绑匪是十二点半之后来的，那么保拉·登普西看到的车就跟这件事不相关，或者是尼克撒了谎，自己弄坏了灯。房里只有孩子的父母，后院也没有其他人，车库里的脚印和其他证据都能证明。这意味着如果有那么一位司机，或者帮凶，那他肯定不是从车里出来的。

拉斯巴克是这么想的：十二点半时，尼克弄坏了灯，进入屋内，从婴儿床上抱起孩子，抱到后门，来到车库。同伙的车已经等候在此，孩子给放进车里。这辆车很可能是电动车，或者是油电混合车，前灯关着，沿着小路开了出去。尼克回到宴会上，漫不经心地坐在邻居屋外的后院抽烟，跟邻居家的妻子调情。

他对案子的推测有理吗？有一个问题，就是临时保姆。尼克不可能知道临时保姆来不了。有了临时保姆，就说明这起绑架案不是精心谋划的。

但是——他也许应该考虑一些无心的行为。

要是这位丈夫或妻子发火时无意杀害了孩子呢？或者争吵中孩子受到了伤害。也许就是六点到七点之间，也许是他们晚上看孩子的时候。很多患有产后抑郁症的妈妈在心智失常时会杀害她们的孩子，这里发生的也是这种情况吗？可这位妻子不像有精神病。如果出了这样的事，她丈夫难道是凌晨时匆忙安排，让别人帮他处理掉了孩子的尸体？

粉色的连体衣也困扰着她。母亲说她把衣服扔在了换衣桌旁边的衣物篮里，但发现时衣服是塞在墙和换衣桌后沿中间的缝隙里。为什么？也许她醉得可以，没办法把弄脏的睡衣放进衣物篮，而是掉到了后面。可如果她醉到这种地步，会以为她把连体衣放进了衣物篮，实际又没放进去，她是否也会扔掉孩子呢？也许她失了手，孩子掉下去，碰到头死了，也可能是母亲闷死了孩子。如果发生了这样的事，这对父母又怎么能如此迅速地安排人把孩子带走？他们会给谁打电话？

他得找到那名帮凶。他得调查尼克和梅认识的所有人，还得找到他们家庭电话和手机的记录，看他们是否有人在当晚六点到十二点半之间给可疑人士打过电话。

如果孩子并没被父母中哪一方杀害，无论有意无意，他们又为什么要筹划一场绑架案呢？

　　拉斯巴克猜得出来。作案者可以得到三百万美元，也许更多。几乎对任何人来说，这动机都足够了。孩子的外祖父母可以给这对苦恼的父母这么多钱，这足以说明问题。也许孩子被杀害了，无心或有意，尼克处理掉了尸体，既可以保护他们自己，兴许也可以制造一起绑架案，希望得到一些赎金——大错既成，不妨捞点好处。

　　拉斯巴克已经安排人去调查梅和尼克·康蒂的财务状况了。

　　现在，该去问问隔壁家了。

The Couple Next Door

第十章

拉斯巴克来到康蒂家，顺便叫上詹宁斯。一位警探、一位警官不约而至，来到邻居家，却发现丈夫格雷厄姆·史迪威不在家。

前一天深夜，拉斯巴克在这对夫妇的房子和院子里跟他们打过照面。辛西娅·史迪威当时穿着长长的丝质浴袍和高跟拖鞋，让他想起20世纪50年代的电影明星。发现孩子失踪后，警察搜查康蒂家的房屋时，她和丈夫就站在旁边。有人绑架孩子，这件事惊诗得他们说不出话来。那时，拉斯巴克把注意力放在了后院、栅栏和两栋房子之间的通道上。但现在，他想跟前一晚宴会的女主人辛西娅谈谈，看她对那一晚和凌晨的事情有多少了解。

她是个漂亮的女人，拉斯巴克看得出来。三十出头，头发又长又黑，一双蓝眼睛大大的。她这样的人足以引得路人驻足，哨声连连。对于自己的魅力，她有着充分的认识，而且惹得别人想认识不到也难。这会儿她穿着一件衬衫，低低地敞开着，还有她的亚麻裤和高跟凉鞋，更显出她的美貌。她妆化得很精致，虽然昨晚客人在她家时，有人偷了客人的孩子。不过完美的妆容之下，她显然很疲惫，似乎没睡好，或者根本没睡。

　　"你们找到什么了吗？"一请他们进来，辛西娅·史迪威就立刻问道。她把他们领到起居室，一道坐了下来。她坐上扶手椅，优雅地跷起一条腿，摆动着一只穿凉鞋的脚，脚趾甲上涂着漂亮的鲜红色指甲油。

　　拉斯巴克遗憾地笑道："我无权讨论细节。"拉斯巴克看着他对面的这个女人，感觉她似乎有点紧张。"我想您是一位职业摄影师？"拉斯巴克问道。

　　"是的，没错。主要是自由摄影师。"

　　"出了一件可怕的事，孩子被偷走了，"拉斯巴克说，"您肯定非常担忧。"

　　"我没法不想这件事。我是说，事情发生时他们在这里。我们玩得很开心，无知无觉。我很难过。"她舔了舔嘴唇。

　　"您能给我讲讲昨天晚上的情况吗？"拉斯巴克问道，"从您的角度说一说。"

"好的，"她深吸了一口气，"为了格雷厄姆的四十岁生日，我筹备了一场晚会。他不想要大排场。于是我邀请了尼克和梅来参加晚会，因为我们有时一起吃饭，都是好朋友。他们有孩子之前，我们经常一起吃饭，有了孩子就不那么频繁了。"

"是您建议他们把孩子留在家里吗？"拉斯巴克问。

她脸红了："我不知道他们找不到临时保姆。"

"据我了解，他们有一位临时保姆，但她最后一刻取消了预约。"

她点点头："是的。可要是他们没有临时保姆，我就不说让他们别带孩子了。他们来的时候带着婴儿监视器，说临时保姆不能来，他们要接通监视器，经常察看孩子的情况。"

"对此您是怎么想的？"

"我怎么想？"拉斯巴克点头，等待着。"我什么也没想。我还没做父母，我以为他们知道自己在做什么，他们看上去对这样的安排很满意。我忙着料理食物，没多想这件事。"她停顿了一下，补充说："老实说，每隔半小时，他们中的一位就要去看看孩子，要是把孩子带到这里，恐怕还会少一些搅扰，"辛西娅停了下来，"话说回来，她是个相当难伺候的孩子。"

"梅和尼克——您说他们每半个小时就要去隔壁看一下孩子？"

"是的。他们对这事严格得很，是一对完美的父母。"

"每次去看孩子，他们会离开多长时间？"拉斯巴克问。

"没准儿。"

"您这么说是什么意思？"

"是这样，尼克去的时候就非常快，五分钟不到，但是梅会待得久一些。记得有一次，我跟尼克开玩笑，说她或许不会回来了。"

"那是什么时候？"

"我想大概十一点。她离开了很长时间。我记得我还在纳闷，她离开太久了，不知还会不会回来。她回来时，我问她是否一切正常。她说都很好，她刚喂过孩子。"她坚定地点了点头。"没错，就是十一点，因为她说她总是十一点喂孩子，然后孩子会一直沉睡到早上五点左右。"辛西娅似乎不太确定，补充说："十一点钟哺乳回来后，她看上去像是哭过。"

"哭？您确定吗？"

"我觉得是的，我认为她之后应该是洗了脸。尼克尖刻地看着她，仿佛有点恼火。"

"您为什么觉得尼克有点恼火？"

辛西娅耸了耸肩："梅情绪多变。我想她是发现做母亲比她预想的要难。这些天她在社交场上一点也不活跃。"

"这之后梅和尼克私下谈过吗？"

"您是指什么？"

"在宴会期间，您和您的丈夫有没有去厨房打扫卫生，或是去做其他事情，让他们两个单独待在一起？他们有没有一起坐在角落里，或者是别的地方？"

"不知道，我觉得没有。尼克几乎一直跟我在一起，因为看得出来，梅心情不好。"

"因而您不记得他们晚上一起谈过什么事情？"

"不记得。怎么了？"

拉斯巴克对她的问题置之不理。"如果您不介意，请描述一下晚会接下来的情况。"

"我们大部分时间闲坐在餐厅里，因为那里开着空调。主要是尼克和我在说话。我丈夫非常沉默，这一点上他和梅很像。他们合得来。"

"您和尼克合得来？"

"尼克和我当然更外向。我能让我丈夫活跃一点，尼克对梅也是一样。异性相吸，我猜就是这么回事。"

拉斯巴克等待着，沉默笼罩着整个房间。接着他问道："梅十一点钟哺乳回来后，除了像是哭过以外，她的情绪有什么变化吗？她看上去和先前有没有一点不一样？"

"我没注意到。我是说，她整晚都很安静。她似乎很疲惫。"

"接下来是谁去看的孩子？"

辛西娅想了想："哦，梅大概是十一点半回来的，因此尼克没有去。他半点时去，梅整点时去——他们是这么安排的。于是十二点梅又去了，尼克十二点半去的。"

"十二点梅去看孩子时去了多久？"

"哦，不长，几分钟。"

"然后十二点半时尼克去了。"

"是的。"

"他十二点半离开时您在哪里？"

"我在厨房打扫卫生。他悄悄从后门出去，说要看下孩子，马上回来。他对我使了个眼色。"

"他对您使眼色？"

"是的。他喝得有点多。我们都喝多了。"

"他离开了多长时间？"

"不长，两三分钟，也许五分钟。"

"他不在的这段时间您在哪里？"

"在厨房。"

"他回来时心情如何？"

"很好，没有变化。"她在椅子上动了动，交叉起双腿。

"请继续说。"

"他邀请我到后院露台抽根烟。"

"然后呢？"

"他给我点了支烟。"拉斯巴克一言不发地等待着。"他开始摸我的腿。我穿的是裙子，侧开衩，"她似乎不太自在，"我觉得这跟案子不相关，是吧？这跟孩子被绑架有什么关系呢？"

"请只管告诉我们发生了什么。"

"他摸我的腿。然后他欲火中烧，把我拉到他的腿上，吻了我。"

"请继续说。"拉斯巴克说。

"他非常兴奋。我们都有点把持不住。天很黑，我们喝高了。"

"这持续了多久？"拉斯巴克问道。

"我不知道，几分钟吧。"

"您不担心您丈夫或梅出来，发现您和尼克……在拥抱吗？"

"老实说，我觉得我们都不大清醒。我们喝得太多了。"

"所以，没人过来发现你们。"

"没有，我最后把他推开了，但还是客客气气的。这可不容易，他整个压在我身上，一直在纠缠我。"

"您跟尼克有暧昧关系吗？"拉斯巴克直率地问道。

"什么？没有，我们并不暧昧。我觉得那只是调情，无伤大雅。他以前从没碰过我，可我们那天喝得太多了。"

"您推开他后发生了什么？"

"我们整了整衣服，回到了屋内。"

"那是什么时候？"

"差不多一点钟。梅想离开，她不喜欢尼克一直和我待在屋后的露台。她妒忌心很重。"

"那一晚之前，你们去过外面的露台吗？"

"没有。怎么了？"

"我想知道的是，那天晚上早些时候，尼克进到您家，您有没有注意到动感探测器的灯泡亮没亮。"

"哦，我不知道。他进屋时我没留意。"

"除了您和您丈夫，当然还有尼克和梅，还有其他人知道孩子独自留在隔壁吗？"

"我没注意。我是说，谁还会知道这事？"

"还有什么要补充的吗，史迪威女士？什么事情都可以。"

她摇摇头："抱歉。那天晚上在我看来十分正常。谁想到会发生这样的事？真是难以置信。"

"占用您的时间了，"拉斯巴克说着，起身离开，与此同时，他把他的名片递给她，"如果您记起了什么，不管是什么事，都请给我打电话。"

离开房子后，詹宁斯斜眼看着拉斯巴克，挑了挑眉毛。

"你相信她吗？"拉斯巴克问他。

"具体关于什么？"另一个男人问。

"关于在后院调情。"

"我说不好。她为什么要说谎？她倒真够火辣。"

"以我的经验看来，通常就是为了莫名其妙的原因，有的人会一直说谎。"拉斯巴克说。

"你觉得她在说谎？"

"不是。但她有点怪，我也不知道是哪里怪。她似乎很紧张，仿佛是在隐瞒什么事。"两位警探在门口的人行道上停了下来，低声交谈。拉斯巴克说："问题在于，假设她说的是实话，为什么尼克十二点半刚过就要向她献殷勤？他那么做，要么是因为他还不知道孩子大概在那个时候被人抱走了，要么就是因为他刚刚把孩子递给了同伙，得表现得一切跟他毫不相干。"

"或许他是个反社会者①，"詹宁斯提出自己的想法，"也许他把孩子递给同伙，却根本不放在心上。"

拉斯巴克点头："也许。"

---

① 指知道自己在做错事但毫不在乎的精神变态者。

The Couple Next Door

第十一章

　　梅和尼克在起居室的电话旁边等待着。如果绑匪打来电话，拉斯巴克——要是拉斯巴克不在那里，那就是别人——会在那里教尼克如何应答。然而没有绑匪打来电话。打电话的有家人，有朋友，有记者，还有古里古怪的人，但没人自称是绑匪。

　　如果绑匪当真打来电话，尼克会去接听。梅觉得她对付不了，谁都认为她对付不了。警方不信任梅，觉得她没法保持冷静的头脑，不能听从指示。她太情绪化，有时近乎歇斯底里。尼克则更理性。

晚上十点左右，电话响了。尼克接起来，人人都看得出，他的手在颤抖。"喂？"他说。

电话的那一头什么也听不见，只有呼吸的声音。

"喂，"尼克说着，提高了声音。"哪一位？"

打电话的人挂断了电话。

"我做错了什么吗？"尼克惊恐地说。

拉斯巴克很快到他身边："您没有做错任何事。"

尼克站起身，在起居室里走来走去。

"那可能不是绑匪，"拉斯巴克说，"这更像是骚扰电话，您或许会接到很多这种电话。如果是绑匪，他会再打过来。他也紧张。"

拉斯巴克警探注视着尼克。尼克相当紧张，这倒可以理解。他承受着很大的压力，肩负着重担。如果这是一出戏，拉斯巴克觉得他倒是个非常好的演员。他不像是反社会者。实际上，拉斯巴克碰到的所有反社会者——工作中他碰到过几个——都有一种自信的态度，甚至是自大。尼克看起来不堪重负，像要垮下来一样。梅在沙发上无声地哭泣，前后摇晃。

没有物证，无处着手，这真令人无比沮丧。没有指纹，没有头发，没有纤维，没有脚印——只有车库地板上与康蒂家的奥迪不匹配的轮胎印。

经过仔细的排查工作，警方确定那些车库门开向小路的人家没有人前一晚半夜 12：35 开车从小路上下来。但除了这些车库的主人，其他人也会走这条路——小路连通着两头的街道，走这条小路可以解决单行道的问题。保拉·登普西是他们找到的唯一一个在那个时间看见那辆车的人。不过，拉斯巴克觉得她是位可靠的证人。

　　拉斯巴克认为，也许不会有绑匪打来电话了。可能是这对父母杀害了孩子，让人帮忙处理掉了尸体，一切都只是精心策划的把戏，用来转移对他们的怀疑。问题在于，拉斯巴克调出了他们的手机和住宅电话的通话记录，前一晚六点后，他们没给人打过电话，除了 911 以外。

　　这说明如果他们真这么做了，就绝不应该是心血来潮。也许早就计划好了，或许尼克用了难以追踪的预付费手机。他们没有找到，但不意味着他就没有。如果他让人帮忙处理了尸体，他肯定给人打过电话。

　　电话又响了好几次。有人说他们自己就是谋杀犯，不要再糊弄警察了，有人让他们去祈祷，也有人要给他们提供付费通灵服务。但是，没有自称是绑匪的人打来电话。

　　最后，梅和尼克上楼去睡觉了。过去的二十四小时里，还有前一天，他们都没有睡觉。梅试着躺下来，但睡不着。各种思绪一直在她脑中萦绕。孩子显现在她的脑海中，她却触碰不到，这简直难以置信。她不知道孩子在哪里，也不知道她好不好。对一位母亲来说，这太折磨人了。谁会这样对她？谁这么恨她？

现在梅和尼克和衣躺在床上，准备电话一响就跳起来。他们紧抱彼此，低声说话。

"我想去见拉姆斯登医生。"梅说。

尼克把她往怀里拉，他不知道说什么好。他明白，梅应该去见她的医生，但该怎么去见？梅怎样才能走出屋子，又不被媒体发觉？难道他要让记者们跟随她去她的精神科医生那里？他惴惴不安，担心如果事情拖得太久，她会给毁掉。如果不尽快把科拉完好无损地找回来，梅会出什么事？

"可是，宝贝，"尼克说，"那些记者都在外面，不知你怎么去看医生？"

"我也不知道。"梅忧郁地低声说。她也不希望记者跟随她到她的精神科医生那里去，她担心媒体发现她有产后抑郁。连体衣的问题上出了错，她看到了他们是什么反应。目前为止，知道她有产后抑郁的人只有她、尼克、母亲、她的医生和药剂师。当然还有警方——孩子被带走后，他们检查房间时发现了她的药。

如果她没在接受产后抑郁治疗，警方现在还会像狼一样围着他们吗？也许不会。他们遭到怀疑是她的错，不然警方没有理由怀疑他们。除非是因为他们把孩子独自留在家里，那是尼克的错。因而他们受到不公正的怀疑，两人都有责任。

梅觉得不能接受。她是生了病，但她非常爱自己的女儿。她对于新生儿的爱——那种快乐，那种兴奋——比她以前感受到的任何东西都更有力量、更强烈。但她感受到的责任也是莫大的。科拉是一个难带的孩子，比大多数孩子都更难满足。睡眠时常被打断，这让人精疲力竭。尼克去上班后，白天似乎长得让人难以忍受。梅尽可能地填满时间，可是很寂寞。她能感到自己在下坠、下坠……每一天开始变得一模一样。她不记得有什么不同，也想象不到会有什么不同。她不想请母亲过来帮忙，她母亲也没有提出要来帮忙。朋友、花岗岩俱乐部和高尔夫球，她全都应酬不过来了。养一个孩子需要众人一道努力，但这些人呢？消失了。梅挣扎着。她应付不好，觉得耻辱。她本来可以雇人帮忙，但那会产生不必要的高额开销，也令她觉得自己不够称职。于是她一个人坚持下去，因为这正是别人对她的期望，也是她对自己的期望。她独立支撑，快被压垮了。

唯一的宽慰是她的妈妈群。她们每周三早上碰面，在一起待三个小时。但除此之外，她没有联系过其中的任何一位妈妈额外会面。她们似乎都比她应付得好，看上去由衷的开心，做起母亲更称职，虽然她们也是第一次当妈妈。

另外，每周的某个傍晚，她会去见拉姆斯登医生。那时由尼克照看科拉。可现在，她不敢离开这个家。

她只想倒退二十四小时。她看着床头桌上的电子钟：11:31。二十四小时前，她刚离开婴儿床里的科拉，返回宴会。一切还没有发生，样样都好。要是她可以把时光倒转二十四小时就好了。如果可以找回孩子，她会感激不尽，十分开心，她觉得她再不会抑郁了。她会珍惜跟孩子在一起的每一分钟，从此不再抱怨。

躺在床上，梅跟上帝达成了一项私人交易，尽管她不相信上帝。而后，她哭着睡了。

最后，梅睡着了。但是尼克在她旁边清醒地躺了很长时间，他没法让脑中嗡嗡的响声停下来。他们为什么没有打来电话？怎么花了这么长时间？他们什么时候能让科拉回来？

他看着妻子，她侧睡着，背对着他。这是她三十六小时以来第一次真正的睡眠。要应付这事，她需要睡觉。他得要她保持冷静，别再做出出格的事来。他觉得他也撑不住了。他不能让警察怀疑她，或者怀疑他们。她说起拉姆斯登医生，这令他颇为困扰。她眼中显出恐惧。她对医生说过什么？她说过想伤害孩子的话吗？肯定没有。但那是产后抑郁的女人有时会有的想法。尼克明白这一点。梅迟疑不决地告诉他，医生说她有产后抑郁症时，尼克在网上读了相关知识，读到的内容令人不安。他再没法安下心来了。

天哪，天哪，妈的。

还有他办公室的电脑。他用谷歌搜索过产后抑郁，访问链接时看过一些产后精神病的案例，读了很多有关女人杀害儿女的可怕故事。伦敦有个女人，闷死了她的两个孩子；美国有个女人，把孩子们溺死在浴缸里。靠，天哪，如果警察去办公室看他的电脑，他们会发现的。

尼克躺在床上，开始出汗。他汗涔涔的，很不舒服。如果警察发现那些，他们会怎么看？他们会认为是梅杀了科拉吗？他们会认为他在帮她掩饰吗？如果他们看见他的浏览历史记录，会不会认为他几个星期以来一直在为梅担心？

他躺在床上，睁大双眼。在警察发现以前，他要告诉警察吗？他不想让人认为他在掩盖什么事情。他们会想知道，为什么他要在上班时搜索这些东西，而不是用家里的电脑。

现在他心跳加速地下了床。黑暗中，他摸索着走下楼去，留下梅在他身后轻轻打鼾。拉斯巴克警探坐在椅子上，在笔记本电脑上忙活着什么。尼克纳着闷：警探难道不睡觉吗？他想知道他什么时候才会离开他家。他和梅肯定不能把他赶出去，虽然他们都想这么做。

尼克走进房间时，拉斯巴克警探抬起头来。

"我睡不着。"尼克咕哝道。他在沙发上坐下来，想着该怎么开口。他觉出警探在注视着他。他说还是不说？他们去过他的办公室吗？看过他的电脑没有？他们有没有发现，他生意做得一团糟？他们知不知道，他的公司有维持不下去的危险？即使现在还不知道，他们马上也会知道。他知道他们在怀疑他。但遇到了财务问题，并不意味着你就是罪犯。

"有点事情我想告诉您。"尼克紧张地说。

拉斯巴克平静地看着他。

"希望您不会误解我。"尼克说。

"好的。"拉斯巴克警探说。

尼克深吸了一口气，说道："几个月前，梅被诊断为产后抑郁时，我真是吓坏了。"

拉斯巴克点头："可以理解。"

"我是说，我没有经历过这种事。她非常抑郁，您看，她老是哭。她显得无精打采。我很担心她，但以为她只不过是太累了，这是暂时的，还会恢复过来。我建议她白天找人帮下忙，比如找位女仆，但她不听。"

拉斯巴克点头，倾听着每一个词。

尼克继续说着，感觉更紧张了："她告诉我，她的医生说她有产后抑郁，而我不想小题大做，您明白吧？我想帮她支撑下去。但我很担心，她没告诉我多少事。于是我上网去查，不是在家里，因为不想让她知道我在查这些，知道我很担心。我用了办公室的电脑。"这显得很不对劲。他听起来像是在怀疑梅，仿佛不信任她似的。似乎他们彼此都有秘密。

拉斯巴克凝视着他，一双眼睛神秘莫测。尼克不知道他在想什么，这可真是恼人。

"如果您去看我上班时用的电脑，我希望您知道，为什么我要浏览有关产后抑郁的网站。我只是想了解她在经历些什么。"

"我明白了。"拉斯巴克点头，似乎完全理解了。但是尼克没法断定他究竟在想什么。

"为什么您要告诉我您在办公室研究过产后抑郁症？处在您的位置，这是再自然不过的事。"拉斯巴克说。

尼克打了个冷战。他是不是把事情弄得更糟了？是不是激起了他们去他办公室看电脑的心思？他是要进一步解释打开链接看到的谋杀案，还是就这样算了？这一瞬间，他有点恐慌，不知道该做什么。他觉得他已经搞得一团糟了。"我只是觉得应该告诉您，没别的。"尼克生硬地说。他对自己发了火，起身要走。

"等等，"警探说，"您介意我问您点事吗？"

尼克坐了回去："请问。"

"昨天晚上，您十二点半看过孩子后又回到了邻居家。"

"怎么了？"

"您跟辛西娅在外面谈了些什么？"

这个问题让尼克感到不安。他们谈了什么？他为什么问这个？"您为什么想知道我们谈了些什么？"

"您记得吗？"

尼克不记得。他根本不记得说过多少话。

"我不记得。只是些琐事，随便聊聊，没什么重要的。"

"她是个很有魅力的女人，您觉得是吗？"

尼克沉默了。

"您觉得是吧？"

"我想是的。"尼克说。

"您说昨天晚上十二点半刚过到一点之间，您回去后，你们两人回到室内，当时不记得留意到过什么动静。"

尼克垂下头，没有看警探。他知道话头要指向哪里，开始出汗。

"您说过，"警探向后翻了翻笔记本，"您说'没有留意'。为什么您没有留意？"

他到底应该怎么做？他知道警探的用意是什么。他就像个懦夫一样，一言不发。但他感到太阳穴上脉搏在跳动，不知警探是否也注意到了。

"辛西娅说您在露台上向她献殷勤，对她进行性挑逗。"

"什么？不，我没有。"尼克陡然抬起头，看着警探。

警探再次查阅他的笔记，快速地翻了几页："她说您摸她的腿，亲她，还把她拉到您的腿上。她说您无休止地纠缠她，完全失去了自制力。"

"不是这样的！"

"不是这样？您没有亲她？您没有失去自制力？"

"不。我是说——我没有对她献殷勤，是她对我献殷勤。"

警探一言不发。尼克结结巴巴地组织语言，急切地为自己辩护，同时他想着：那个一派胡言的婊子。

"事情不是那样的。是她对我献殷勤。我还记得，她过来坐在我的腿上。我告诉她不要这样，而且想把她推走。但她抓住我的手，放到她的裙子里面。她穿着侧开到大腿的长裙。"尼克现在真的流汗了，思忖着他该是副什么样子。他想放松一点，并尽量告诉自己，不管警探会觉得他多么卑鄙，他都没有理由认为这跟科拉有关。"她亲了我。"尼克停了下来，脸红了。看得出来，拉斯巴克一个字也不信。"我一直在抗议，告诉她我们不能这么做，但她不听。她把我的拉链拉下来，我害怕被人看见。"

拉斯巴克说："您喝了很多酒。您的记忆可信吗？"

"我喝醉了，但还没有那么醉。我知道发生了什么事。我没有轻薄她，是她向我献殷勤。"

"她为什么说谎？"拉斯巴克直白地问道。

她为什么说谎？尼克也在问自己同样的问题。为什么辛西娅要这样对他？是他的拒绝惹恼了她？"也许她生气了，因为我拒绝了她。"

警探努起嘴唇，看着尼克。

尼克无助地说："她在说谎。"

"嗯，你们中有一人在说谎。"拉斯巴克说。

"这样的事我为什么要说谎？"尼克愚蠢地说，"您又不能因为我亲别的女人而逮捕我。"

"是的。"警探说。他等了一两分钟，说："您跟辛西娅有暧昧关系吗？"

"没有！绝对没有。我爱我妻子，我不会那么做，我发誓，"尼克怒视着警探，"这是辛西娅说的吗？她告诉您我们有暧昧关系？那纯粹是胡扯。"

"不，她没这么说。"

黑暗中，梅坐在楼梯顶的台阶上，听到了这一切。她全身战栗。她现在才知道，昨天晚上，他们的孩子被偷走，也许被杀害时，她丈夫在亲吻爱抚隔壁屋的那个婊子。她不知道是谁起的头——据她前一晚的观察，他们哪一个都有可能，或者是两人一起。他们都有罪。她感觉遭到了背叛，一阵反胃。

"我们说完了吧？"尼克说。

"是的，当然。"警探回答道。

梅赶忙在楼梯顶站起身来，光着脚，快步走回他们的卧室。她哆嗦着，爬上床，假装在睡觉，但又担心急促的呼吸会暴露自己。

尼克走进卧室，步履沉重。他猛地瘫在床上，坐在床沿，并没看她，而是盯着墙。她微微睁开眼睛，盯着他的背。她想象着他坐在露台的椅子上，爱抚着辛西娅，而她当时无聊至极地在餐厅跟格雷厄姆待在一起。他把手放进辛西娅的裤子里时，梅假装在听格雷厄姆说话，而有人正要带走科拉。

她永远不能再信任他，永不。她翻过身，把被子拉得更高些，默默流泪，泪水顺着面颊滚滚落下，积在她脖子旁边。

隔壁，辛西娅和格雷厄姆在卧室里激烈地讨论着。他们的加宽双人床上开着一个手提电脑。

"不，"格雷厄姆说，"我们应该直接去警局。"

"你说什么？"辛西娅说，"有点迟了，你不觉得吗？你不在的时候，他们已经来问过我了。"

"还没有那么迟，"格雷厄姆辩驳道，"告诉他们我们后院有一个监控摄像机，其他不必说。他们不需要知道我们为什么把它装在

99

那里。"

"好的。但我们究竟要如何解释，为什么直到这个时候才提起来？"

"我们就说忘了。"

辛西娅笑了，可笑得一点也不好看。"确实，因为孩子被绑架了，警察挤满了这个地方，我们就忘记了装在后院露台的针孔照相机，"她从床上站起来，走来走去，"他们不会相信的。"

"为什么不信？我们可以说我们从没看过它，或者以为它坏了、电池没电了。我们就说以为它早失灵了，只是装门面的。"

"只是为了装门面——把小偷吓跑。它藏得真好，连警察都没有注意到，"她恼怒地看了他一眼，咕哝道，"你和你该死的照相机啊！"

"你也很爱看那些影片嘛。"格雷厄姆说。

辛西娅没有纠正他。没错，她也喜欢看那些影片。她喜欢看自己跟别的男人调情，她喜欢丈夫看见她跟别的男人在一起后欲火中烧的样子。但她更享受的是，这样她就可以与其他男人谈情说爱，那些男人比丈夫更有魅力，也更有趣。这些天，他必须得看她和别人在一起的镜头，才能够兴奋起来。但是前一晚，她跟尼克的交情没有深入下去，格雷厄姆倒希望他们打成一片。辛西娅知道照相机的确切位置，知道如何选出最好的角度。

格雷厄姆的工作就是让妻子别闲着。那一贯是他的工作，单调乏味，不过值得一做。

但现在，他们遇到了问题。

The Couple Next Door

第十二章

星期天下午。没有新线索，绑匪没有联系他们。

梅走到起居室前面的落地窗前。为保护隐私，窗帘拉上了，过滤掉了房里的光。她站在边上，把窗帘拉开一点点，往外看去。外面有很多记者。

她现在好像生活在玻璃鱼缸里，人人都在敲击玻璃。

已有迹象表明，梅和尼克不会成为媒体报道期待的传媒宠儿。梅和尼克不欢迎媒体，他们显然觉得受到了打扰，视媒体为一种不可避免的灾祸。他们也不是特别上相，虽然尼克相貌堂堂，梅之前漂亮可人。但光是英俊还不够，一个人最好要有个人魅力，起码要热情。尼克现在没什么个人魅力，他看上去像个疲惫不堪的幽灵。他们两人都颇显内疚，羞愧难当。跟媒体交流的过程中，尼克表现得冷淡，而梅没有说过话。他们对记者不热情，于是记者也对他们不热情。梅意识到，这或许是一个战术错误，他们有生之年都会追悔莫及。

　　问题是他们当时不在家。科拉被从婴儿床里抱走时，他们在邻居家。如果孩子被从房里抱走时，他们在自己家酣睡，那就会得到来自记者和公众的大量同情。可事实上，他们在邻居家参加派对，这对他们相当不利。当然，添乱的还有产后抑郁。梅不知道这些事情是怎么曝光的。她肯定没有告诉记者。她怀疑辛西娅泄漏了他们把孩子独自留在家的消息，但她不知道媒体是怎么发现她有产后抑郁的。警方当然不会透露她的私人医疗信息。她问过他们，他们说消息不是从他们那里传出去的，可梅不信任警察。不管是谁泄漏的，总之，这进一步毁坏了梅在所有人——公众、记者、父母、朋友——眼中的形象。她感觉遭到了公然的羞辱。

　　现在梅不看记者和他们的汽车，而是去看院前的草坪一头越堆越多的毛绒玩具和其他五光十色的垃圾。一束束枯萎的花，还有颜色不一、大小各异的毛绒玩具——她可以看见泰迪熊，甚至还有一个超大号的长颈鹿——上面附着便条和卡片。那都是些堆积成山的陈词滥调。支持汹涌而来，还有恨意。他们再也不能离开这栋房子了。

这天早些时候，尼克出去拿了一堆玩具和字条进来给她，想让她高兴起来，想给她希望。他不会再犯这种错误了。很多字条恶意满满：

这是给科拉的，肯定是你们杀了她，你们禽兽不如。

我们看着你们呢，杀害孩子的刽子手！

杀害自己的孩子，但愿你们下地狱！

现在天堂里多了一位天使。没人会感谢你们。

你们逃不掉的。安息，科拉宝宝。

星期一早上九点钟，孩子报告失踪已将近五十六个小时。拉斯巴克警探要求尼克和梅去警局，要对他们进行正式问讯。

梅显然不愿去。想到要遭受家门口记者们的批评，去警局就她失踪的孩子接受正式的问讯，她几乎受不了了。她像个布娃娃一样瘫了下去。

拉斯巴克警探试图安慰她："您没有被逮捕。我们只是给你们两人做一份正式的笔录，再问几个问题。"

"为什么不能在这里做？"她问，"您之前一直是这么做的。"

"为什么我们必须去警察局？"尼克重复道。尼克枯槁得像一具行尸走肉，眼睛下面是黑眼圈。他的皮肤似乎松了下去，一个星期他就上了年纪。

"这是标准程序，"拉斯巴克说，"你们需要时间先梳洗一下吗？"他提议道。

梅耸了耸肩，不在意。

尼克什么也没做，只是盯着他的脚。

"那好，我们走。"拉斯巴克说着，带头往前走。

拉斯巴克打开前门，引起了一阵骚动。记者们涌到前面的小路上，照相机一闪一闪的。"他们被逮捕了吗？"有人大声问道。

拉斯巴克没有回答任何问题，带着尼克和梅穿过那群记者，来到停在屋前的警车边，一直冷酷地保持着沉默。他打开后车门，梅先进去，滑到后座上。尼克在她后面，也进去了。没人说话，除了那群记者，记者们吵嚷着让他们回答问题。拉斯巴克溜进乘客座，车便开走了。记者们冲到街上追着车拍照片。

梅注视着窗外追逐他们的记者，哆嗦起来。尼克从另一扇窗户望出去，没有说话。他想握住她的手，可她挣脱了。

他们到达警察局，车子在前门停了下来，拉斯巴克带他们进去。这里没有记者——警察没有事先放出尼克和梅要过来接受讯问的消息。

他们走进警察局时，前台那位穿制服的警员饶有兴致地抬起头来。拉斯巴克把梅交给一位女警官。"带她去三号侦讯室。"拉斯巴克告诉她。

尼克和梅惊愕地对视了一眼。"您跟我来。"拉斯巴克对尼克说。这是他们第一次被分开。

"等等。我想跟尼克在一起。我们不能一起吗？为什么要把我们分开？"梅问道，她显然有点恼火。

尼克回头看着她。"没事，梅。别担心，一切都会好的。我们什么也没有做。他们只是要问我们一些问题，然后他们就会让我们走，是吧？"尼克对拉斯巴克说，语气里带着几分挑衅。

"没错，"警探说，"我已经说过，你们没有遭到逮捕。你们来是出于自愿，随时都可以走。"

尼克看着梅跟女警官顺着走廊走去。她转过头看着他，看上去很害怕。

拉斯巴克带着尼克来到走廊尽头的一个房间。房间一边有一张金属桌，还有一把椅子，另一边的两把椅子是给审问警官的。孩子失踪以来，他一直在接受质询，很是紧张。过去的三天里，他几乎没有睡觉。他不相信自己能言之成理，澄清是非。他告诉自己，要说慢一点，考虑清楚再回答。

拉斯巴克警探身穿新西服，衬衫十分干净，扎着领带。他的胡须刮得很利落，看上去休息得很好。尼克穿一条旧牛仔裤，还有那天早上他从抽屉里扯出来的一件皱巴巴的 T 恤。他事先不知道要被带到警局，现在才意识到，他应该在警探让他们梳洗时整理一下。他应该洗个澡，刮刮胡子，换上干净衣服，那样会感觉好一些，更有主动权。他本应更警惕些。眼下，他处于劣势。他本该体面一点，别那么像个罪犯，因为这次会谈会留下永久保存的记录。他刚察觉到他很可能会被录像。

尼克坐下来，紧张地看着站在桌子对面的两位警官。在这里跟在他自己家不一样，这里令人惊恐。他感到控制权已经转给了警方。

"如果可以的话，这次会谈我们会录下来，"拉斯巴克说，"这个房间配有一台摄像机。"他把装在天花板下面的一台摄像机指给桌边的几个人看。

尼克不知道他是否真的可以选择。他犹豫了一秒钟，说："当然，没问题。"

"您想喝杯咖啡吗？"拉斯巴克提议道。

"好的，谢谢。"尼克回答道，尽量显得放松。

拉斯巴克和另一位警官出去拿咖啡，留下尼克独自为自己的处境担忧。他敏锐地意识到了摄像机的存在。

两位警官回来后，拉斯巴克把尼克的纸杯放在他面前。尼克看到他拿了两块糖，一块奶油——他还记得尼克的喜好。准备喝咖啡时，尼克的双手在颤抖。他们都注意到了。

"请陈述您的姓名和今天的日期。"拉斯巴克说。他们开始了。

警探让他回答了一系列直截了当的问题，记下了尼克对绑架发生当晚的记述，没什么新的。随着面谈继续，尼克感觉自己放松了下来。最后，尼克认为他们问完了，马上就要放他走。他如释重负，虽然他小心翼翼，不肯表现出来。于是他有了时间，去想想另一个房间里梅的情况如何。

"好的，谢谢您，"做完笔录，拉斯巴克说，"现在，如果您不介意，我还有几个问题。"

尼克正要从金属椅里站起来，这下又坐了回去。

"跟我们谈谈您的公司吧，康蒂软件设计。"

"为什么？"尼克问道，"我的公司跟这件事有什么关系？"他看着拉斯巴克，试图掩饰他的惶恐不安。但他知道他们的用意，他们是在调查他，他们当然会调查他。

"您的公司是五年前创立的？"拉斯巴克提示道。

"是的，"尼克说，"我拿到了商业和计算机科学学位。我一直想自己创业。我看到软件设计方面有机遇——具体来说，是为医学软件设计用户界面。我们找到了一些大客户，都是很好的客户。我还有几位软件设计专业人员，都是远程工作。我们主要去现场拜访客户。我自己有一间办公室，因为我在家里工作效率不高。我们做得相当成功。"

"没错，你们做得非常好，"拉斯巴克附和说，"令人钦佩。这真不容易。要创立这样一所公司，花费多吗？"

"当然，你需要创业本钱。成本是有的，比如设备、人员、办公场所。一开始，在公司盈利之前，你得有钱生存下去。"

"您创业的资本是从哪来的？"那位警探问道。

尼克看着他，有点恼怒："我看不出这跟您有什么关系。我从我的岳父岳母，也就是梅的父母那里借了一笔钱。"

"我明白了。"

"您明白什么了？"尼克烦躁地说。他好几天没睡过觉了。他必须保持镇定，不能发火。拉斯巴克这么做很可能是为了惹火他，让他生气，那样才可能泄漏真情。

"我这么说没什么特别含义，"警探和颜悦色地说，"您从岳父岳母那里借了多少钱？"

"您是在问我，还是您已经知道了？"尼克说。

"我不知道。我在问您。"

"五十万。"尼克说。

"不少钱呢。"

"是的，没错。"尼克同意道。拉斯巴克在引诱他，他可不能上钩。

"公司盈利了吗？"

"总的来说是的。我们有些年头不错，有些年头不太好。"

"今年呢？今年好还是不好？"

"既然您问起来，我得说，今年糟透了。"尼克说。

"听您这么说，我很抱歉。"拉斯巴克说。他等着尼克继续说下去。

"我们遇到了挫折，"尼克总算说，"但我相信事情会回到正轨。公司有起有落，不能一遇年头不好就认输。你得坚持到底。"

"您会怎么描述您跟岳父母的关系？"

尼克知道这位警探见过他跟岳父共处一室，他没必要说谎。

"我们彼此厌恶。"

"但他们还是借给您五十万美元？"警探竖起了眉毛。

"她母亲和继父一起借给我们的。他们有钱，而且很爱他们的女儿，希望她过上好日子。我的商业计划不错。对于他们来说，这是一笔可靠的商业投资，投给他们女儿的未来。对所有人来说，这样的安排都令人满意。"

"不过，您的公司不正急需注入资金吗？"拉斯巴克问道。

"如今每个公司都要注入资金。"尼克说。他几乎有些气愤。

"您为创建公司打拼了很久，但现在，公司要做不下去了，不是吗？"

"我不这么认为，不是。"

"您不这么认为？"

"没错。"

尼克很想知道警探是从哪里弄到他的信息的。他的公司是陷入了困境。不过据他所知，他们没有权利调查他的商业记录和银行记录。他是在猜测吗？他跟谁谈过？

"您妻子知道您的公司出问题了吗？"

"不完全知道。"尼克在座位上扭动。

"这话是什么意思？"警探问道。

"她知道公司不太好，但我没告诉她细节。我不想烦她。"

"为什么？"

"老天在上，我们刚有了个孩子！"尼克不耐烦地说，"您知道，她很抑郁。我怎么好告诉她公司陷入了困境？"

"我理解了，"拉斯巴克说，"您有没有找岳父母求助呢？"

尼克没有回答这个问题："我觉得生意总会好转。"

拉斯巴克不再纠缠这个问题。"我们来谈谈您的妻子，"拉斯巴克说，"您说她很抑郁，这是她医生的诊断。"他查阅了笔记："拉姆斯登医生。"

"是的，您知道的。"尼克说。

"您能描述一下她的症状吗？"

金属椅子很不舒适，尼克在上面焦躁地动来动去，仿佛他是钉在木板上的虫子。"我之前告诉过您，她很伤心，总是哭，对一切都兴味索然。有时候，她似乎是被压垮了。她得不到充足的睡眠。科拉是个很难带的宝宝。"说到这里，他记起孩子失踪了，不得不停下来，恢复他的自制能力。"我建议她找人帮忙，这样白天可以小睡片刻，可她不愿意。我认为她是觉得没人帮助，她自己也应付得过来，"思考片刻，他接着说，"于是我建议她找人来做点家务，而不是帮忙照顾孩子，但她觉得那些她也应该做得了。"

"您妻子有精神病史吗？"

尼克惊愕地抬起头。"什么？没有。她有一点抑郁症史，很多人都有，"他的语气十分坚定，"精神病，她没有。"尼克不喜欢警探的暗示。他做好准备，要听接下来的话。

"产后抑郁症被看作一种精神疾病，不过我们无须争论。"拉斯

110

巴克靠着椅背，看着尼克，似乎要说，我们可以开诚布公吗？"您担心过梅可能伤害孩子，或者伤害她自己吗？"

"不，从未有过。"

"哪怕您在网上查过产后抑郁症，也没担心过？"

这么说，他们看过他的电脑了。"没有。我跟您说过……梅确诊后，我想多了解一些情况，于是搜了搜产后抑郁症。您知道网上是什么样子，一个链接连着另一个链接。我点开链接，只是出于好奇。我看那些疯女人们杀害自己孩子的故事，并不是因为我担心梅也会那样。她不会的。"

拉斯巴克盯着他，不发一言。

"瞧，如果担心梅会伤害我们的孩子，我就不会让她一个人跟孩子在家待一整天，不是吗？"

"是不是我也说不好。"

要动真格了。拉斯巴克看着他，等待着。

尼克也瞪着他。"您要指控我们吗？"尼克问。

"不，这次不会，"警探说，"您可以走了。"

尼克缓缓地站起来。他想马上离开这里，但他得从容些，他要显得尚能保持自制，即便他已经没法控制自己。

"还有一件事，"拉斯巴克说，"您知道谁有一辆电动车，或者是油电混合车吗？"

尼克迟疑起来。"我不知道。"他说。

"好了，"警探说着，从椅子里站起来，"您可以走了。"

尼克想当着拉斯巴克的面咆哮：为什么你他妈不尽职尽责去找我们的孩子？不过他没这么做，而是快速地大步走出房间。到屋外后，他意识到还不知道梅在哪里。他不能自己走掉。拉斯巴克从后面走上前来。

"如果您想等您太太的话，我们不会耽搁太久。"他说着，沿着过道往前走。他打开一扇门，进入另一个房间。尼克相信，他的妻子就坐在里面等候着。

The Couple Next Door

第十三章

　　梅坐在冷飕飕的问询室里，直打哆嗦。她穿着牛仔裤，上身只穿了一件薄 T 恤。房间里空调开得太大了。女警官站在门边，审慎地看着她。他们告诉她，她来这里并非强迫，她随时可以走，但她感觉像是一个犯人。

　　梅想知道另一个房间里讯问尼克的情况。把他们分开是一种策略，这让她感到紧张，失去了自信。警方在怀疑他们。他们把梅和尼克分开，是想挑起他们之间的不和。她不信任警察。打一开始她就不信任他们，她现在越发肯定，她根本就不信任他们。

梅需要为接下来的事情做好准备，可她不知该怎么才好。她不明白他们为什么要带她来这里。他们怎么能够怀疑她和尼克绑架了自己的孩子？她和尼克为什么要这么做？怎么会有人认为他们做了这样的事？但警察肯定在怀疑他们，不然她不会在这里，尼克也不会在那里。

　　她在考虑告诉他们她想见律师，可又害怕这会让她显得有罪似的，而她是无辜的。她的父母可以给她请城里最好的刑事律师，可她不想求他们。如果她请求他们帮她找个律师，他们会怎么想？尼克呢？他们每人需要一个律师吗？她越发觉得不安。如果他们分别请了律师，律师们会让梅和尼克互斗吗？这不正是警察现在在做的事情吗？这让她大为光火，因为她知道，并不是他们带走了自己的孩子，警察在浪费他们的时间。与此同时，科拉孤零零地待在某个地方，惊恐不安，受人虐待，或许——或许她已经死了。梅觉得要吐。

　　为了避免自己吐出来，她开始想另一个房间的尼克。这时，她的脑海中又一次浮现出他亲吻辛西娅的情景，他的手抚摸着辛西娅的身体——那身体比她自己的妩媚动人得多。她告诉自己，他当时喝醉了，是辛西娅挑逗的他，就像他说的那样，而不是反过来。整晚她都看见辛西娅在勾引尼克。不过，是尼克邀请她去后院抽烟的，他同样有责任。他们都否认两人有暧昧关系，但她不知道该相信什么。

门开了，她从座位上跳起来。拉斯巴克警探进来了，后面跟着另一位警官——跟拉斯巴克一起讯问尼克的那个人。

"尼克在哪里？"梅问道，声音打着战。

"他在大厅等您。"拉斯巴克说着，微微一笑。"我们用不了多久，"他温柔地说，"我们要给这次问讯录像——这个房间配备有一台摄像机。"他指向装在天花板旁边的摄像机。

梅惊恐地看着摄像机。"我们的谈话要录下来吗？"她问道。

"这么做更妥当，"拉斯巴克说，"我们把谈话全程录下来，是为了保护所有的参与者。"

梅紧张地理了理头发，尽量在椅子里坐得更直一些。女警官仍然站在门口，似乎他们害怕她会逃跑。

"要喝点什么吗？咖啡？水？"

"不必了，谢谢。"

拉斯巴克说，"请说出您的名字和今天的日期。"他不得不告诉她今天的日期。

警探温和地带她回顾婴儿失踪那晚发生的事情。"看见她不在婴儿床里时，您做了什么？"拉斯巴克问。

"我告诉过您。我想我大叫了起来，还吐了。然后我给 911 打电话。"

"您丈夫做了什么？"

"我拨打 911 时，他在楼上四处搜寻。"

"他看上去如何？"

"他看上去很震惊，惊骇万状，像我一样。"

"除了孩子不见了而外，您没有发现任何东西不在原来的位置，也没有哪里不正常吧？"

"对。警察来之前，我们找遍了整栋房子，但什么也没有找到。除了孩子不在那里，她的毯子也不见了。唯一一件不同寻常的蹊跷事就是前门开着。"

"发现婴儿床是空的时，您怎么想？"

"我觉得有人把她抱走了。"梅轻声说。

"您告诉过我们，发现孩子不见之后，在警察来之前，您打碎了浴室的玻璃。为什么您要打碎浴室的玻璃？"

"我很愤怒。我们把她一个人留在家里，故而我发了怒。这是我们的过错。"

"您说过您喝了点酒。同时您还在服用抗抑郁药，喝了酒后，这个药的功效会更强。您认为对于那一晚发生的事情，您的记忆可靠吗？您确定您关于这些事情的说法吗？"

"我确定。"她说。

"您怎么解释那件粉色连体衣被塞在了换衣桌后面？"

梅紧张起来："我以为我给放在脏衣篮里了，但我非常累。我肯定是不小心把衣服掉下去了，不知怎么就塞到后面去了。"

"但您没法解释原因？"

梅明白他的意思。她说她记得把连体衣放进了脏衣篮，实际上却塞在换衣桌后面。如果她连这么一件简单的事情都解释不清，他又怎么能相信她在其他事情上的说法？

"是的，我不知道。"

"有没有可能是您失手摔着了孩子？"

"什么？"

"有没有可能是您无意中失手摔着了孩子，导致她受到了某种伤害？"

"不，绝对没有。如果有，我会记得的。"

"也许您在那天早些时候摔了她，她撞到了头；又或者是您摇晃过她，等回来看她时，她已经没有呼吸了？"

"不！没有发生这种事。我午夜离开时她还很好，尼克十二点半过去看她，她也很好。"

"您并不知道尼克十二点半看她时她是否真的很好。您不在婴儿室里，只是听您丈夫那么说罢了。"

"他不会说谎。"梅焦虑地说。

拉斯巴克任凭沉默充满了房间。接着他倾身向前，说："您信任您丈夫吗，康蒂太太？"

"我信任他。这种事他不会说谎，他没有理由说谎。"

"没有吗？要是他去看孩子的时候，发现她已经没有呼吸了呢？要是他认为您有意无意伤害了孩子，或者拿枕头盖住了她的脸，故而试图保护您呢？"

"不！您在说些什么？是我杀了她？您真的那么想吗？"她从拉

斯巴克看向门边的女警官，又转回来望着警探。

"您的邻居辛西娅说，十一点您喂了孩子，回到派对上时看上去像是刚刚哭过。她说您看起来就像哭过似的，还洗了脸。"

梅脸红了。这个细节她忘了。她是哭过，十一点钟她摸着黑坐在椅子上给科拉喂奶，眼泪一直顺着她的脸庞往下淌。因为她很抑郁，因为她胖了，没有魅力，因为辛西娅在挑逗她丈夫，而她没法再用那种方式挑逗他，她感觉无能又无助，不知所措。那个婊子辛西娅居然注意到了，还告诉了警察。

"您在接受精神科医生的治疗，您说过的。是拉姆斯登医生吧？"

"我告诉过您有关拉姆斯登医生的情况，"梅说，"由于轻度产后抑郁症，我在找她治疗，您是知道的。她给我开了药，那是一种哺乳期可以安全服用的抗抑郁药。但我不是重度患者，只是轻度。我从没想过要伤害我的孩子。我没有以任何方式摇晃她、窒息她，或者伤害她，也没有无意中失手把她摔在地上。我没有醉到那种程度。我喂她的时候哭，是因为我为自己又胖又没有吸引力感到伤心，而辛西娅一整晚都在向我丈夫献殷勤。我精疲力竭，不知所措。但我并不是危险分子。"

她在椅子里坐得更直，直视着警探："也许您应该多了解一点有关产后抑郁的知识，警探。产后抑郁跟产后精神病不是一回事。我显然没有精神病，警探。"

"说得好。"拉斯巴克说。他停顿了一下，又问："您觉得您的婚姻幸福吗？"

"很幸福，"梅说，"我们也遇到了一些问题，像大多数夫妻一样，但我们在努力解决。"

"什么样的问题？"

"这真的有用吗？有助于找到科拉吗？"

拉斯巴克警探说："我们有十几个警探在努力寻找科拉。为了找到她，我们会竭尽所能，"接着他补充道，"我的工作是从内部寻找。我得尽可能从你们那里了解到更多的信息——也许有些信息能帮到我们。"

她猛地倒在椅子上，有些沮丧："我看不出这有什么用。"

"你们的婚姻中出现了什么样的问题？钱吗？对于大多数夫妻来说，这是个大问题。"

"不是的，"梅疲倦地说，"我们吵架不是为了钱，而是因为我的父母。"

"您的父母？"

"我的父母和尼克彼此看不顺眼。我的父母从没喜欢过尼克，他们认为他配不上我。其实他配得上，他跟我是绝配。他们看不到他一点点好，因为他们不愿意看。他们就是那样。我的哪个约会对象他们都不喜欢，没人能入他们的法眼。他们恨他，因为我爱上了他，并且嫁给了他。"

"他们肯定不恨他。"拉斯巴克说。

"有时候他们似乎就是恨他，"梅说，"他们控制欲非常强，总想控制我和他。开始时他们给我们钱，如今他们认为可以支配我们。"

"他们给你们钱？"

"为了房子。"

"您是说，作为礼物送给你们的？"

"是的，这样我们可以买下一栋房子。没有他们的帮助，靠我们自己是买不起的。房子太贵了。"

"我明白了。"

"但是尼克不喜欢亏欠他们，他宁愿都靠自己。他是为了我才让他们帮助我们。就从蹩脚的小公寓起家，他也会开开心心。有时我觉得我犯了个错误。也许我们就应该白手起家，像大多数夫妇那样。我们也许还住在寒酸的小屋里，但我们会更开心。"她顿了一下，补充说，"我的父母非常苛刻，很难取悦，"她哭了起来，"现在他们认为科拉失踪都是他的错，因为把她独自留在家里是他的主意。就为这个，他们会来不停地烦我。"

拉斯巴克把桌上的纸巾盒推到梅够得到的地方，梅拿了一张纸巾。"但说真的，我能说什么？我想在他们面前为他争辩，可留她在家里的确是他的主意。我不喜欢这个主意，我现在还难以相信，我居然同意了。我永远不会原谅我自己。"

"您觉得科拉出了什么事，梅？"拉斯巴克警探问道。

"我不知道。我一直在想这件事情，想个不停，但愿有人偷走她是为了赎金，因为我父母很有钱，可是没人联系我们，我失去了希望。一开始尼克也是这么想的，可他也不抱希望了。"她抬起头，脸色黯淡。"要是她死了呢？要是我的孩子已经死了呢？"她控制不住，啜泣起来，"要是我们永远找不到她，那该怎么办？"

The Couple Next Door

第十四章

　　拉斯巴克查看了尼克工作用的电脑，难怪尼克为此担心。一个男人在尼克的处境下会去谷歌产后抑郁症，这很可以理解。尼克的浏览历史显示，他对产后精神病了解很深。他读了关于安德里亚·雅茨的报道，这个女人住在德克萨斯州，在浴缸里溺死了她的五个孩子，被判有罪，她供认说是撒旦命令她杀死孩子们。他还读了关于苏珊·史密斯的报道，这位南卡罗来纳州的母亲把她的车开进湖里，杀死了她的孩子们。他读了溺死、刺死、闷死和掐死自己孩子的女人的故事。在这位警探看来，这要么意味着尼克害怕妻子会精神错乱，要么他对此类信息感兴趣是另有原因。拉斯巴克想，尼克或许是想让妻子当替罪羊，孩子只是附带损害。他就只是想寻求解脱吗？

但他觉得这还不是最佳推测。正如梅指出的，她没有精神病，而这些杀死自己孩子的女人显然都饱受精神疾病的痛苦。如果是梅杀害了孩子，那很可能是出于意外。

不，在他看来，最佳推测是尼克策划了绑架案，好拿到急需的赎金。

但对那辆车，他们还没法解释。没人站出来说绑架案发生的那天晚上，他们曾在 12:35 开车到小路上来。关于这辆神秘的车，警方向公众寻求帮助。如果当时那片区域有清白无辜的人在小路上开车，由于报纸和电视的报道，他们应该已经站出来了。开车的人要么与世隔绝，要么是犯罪同伙。拉斯巴克警探相信，就是那辆车带走了孩子。他们把所有能够调集的人手都调了过来，去调查这件事。

拉斯巴克认为，孩子要么是被父母意外杀死了，同伙运走了尸体，要么就是一起有预谋的绑架案，孩子被尼克交给了同伙，可那人惊慌失措，没有按预定安排收取赎金。如果是这样，这位妻子有可能涉案，也可能没有。拉斯巴克认为没有。如果拉斯巴克推断无误，尼克肯定处在心理危机之中。他们陷入了僵局，没有任何进展。

但临时保姆困扰着他。如果家里有保姆，尼克又怎么谋划绑架呢？

拉斯巴克觉得，让一名警官待在康蒂家等索要赎金的电话，这个电话还可能永远不会打来，这没有意义。他做出了一项战略决策：退却。他会让警方撤出屋子，看这对夫妇单独在一起时会发生什么事。如果他是对的，只是某些地方出了岔子，那就得找出问题出在哪里。他必须退后一步，引尼克进入圈套。

那孩子呢？拉斯巴克想，也许尼克都不知道失踪的孩子是否还活着。他几乎为他感到遗憾，几乎。

星期二早上，科拉失踪的第四天。警察早就搜过了房子的每个角落。现在，最后一位警官要离开了。梅不敢相信他们要独自留下来。"可要是绑匪打来电话呢？"她难以置信地抗议道。

尼克什么也没说。显然，绑匪不会打来电话。

拉斯巴克说："也许我们从屋子里撤出去，带走她的人就会放松下来，与你们联系。"他转向尼克："如果绑匪打来电话，请保持镇定，尽量听从指示，尽可能让他多说话。您让他透露得越多越好。我们未必能追踪到这个电话：现在人人都用难以追踪的预付手机。这给我们的工作添了很多麻烦。"

然后拉斯巴克离开了。尼克很高兴看到他离开。

现在房子里只剩下梅和尼克，街上的记者也少了不少。没有进展，媒体没什么可报道的——他们失去了兴趣，枯萎的花和泰迪熊没有堆得更多些。但事情远没有恢复正常，再也正常不了了：他们的孩子还没有找到。

警方认为他们是凶手。

梅和尼克比对了前一天他们在警察局的经历。梅确信警察认为她杀了孩子，而他在替她掩饰。尼克试图让她消除疑虑，但也没什么可说的。他要告诉她什么呢？要么是这种情况，要么他们就会认为是他带走了孩子，假称绑架，索要赎金。而他不希望她知道他们的财务状况糟糕到了什么地步，于是他一言不发。

　　尼克走上楼躺下来。他疲惫不堪，好几天没睡过一个好觉，悲伤、痛苦得让梅不忍看他。她在家里逛来逛去，打扫卫生。终于摆脱了警察，她宽慰了一些。打扫卫生有助于让她平静下来，仿佛她又能控制一切。她告诉自己，她是要让家里恢复井然有序的状态，等科拉回来时，要让一切恢复正常。也许之前绑匪不敢联系他们，因为警察待在家里。现在警察走了，他就会打来电话。她但愿如此，这是她唯一的希望。不然，她知道她就再也见不到孩子了。

　　她缺乏睡眠，昏昏沉沉，就这么在屋子里转来转去，把东西收好，又清洗水槽里的咖啡杯。厨房里的电话响了，她僵住了。看了看来电显示，是妈妈打来的。她犹豫着，不知要不要接。最后，响第三下时，她接了起来。

　　"嗨。"

　　"梅！"母亲说。梅立刻感觉心沉了下去。为什么她要接电话？她现在没法面对母亲。她看见尼克飞快地从楼梯上走下来，眼睛十分警觉。她用口型告诉他，是她母亲打来的，并挥手让他离开。他转过身，回到楼上。

　　"嗨，妈妈。"

“你还好吗，梅？”

“你觉得呢？”

“我明白，亲爱的，我很抱歉。真希望我能帮上忙。”

“我知道，妈妈。”

一阵短暂的沉默。而后母亲说：“昨天警察带你们去做笔录，你爸爸为这个一直很不高兴。”

“我知道，妈妈，你昨天跟我说过了。”梅疲倦地说。

“我知道，但他一直说个没完。”她迟疑了，仿佛有什么事要说。

“怎么了？”梅问道，有点生气。

“他说他们应该集中注意力寻找科拉，而不是打扰她妈妈。”

“他们说他们正是在工作。”

“我不喜欢那个警探。”她母亲不安地说。梅倒在一把餐椅里，精疲力竭。母亲说：“我觉得我应该过去，你跟我可以一起喝个茶，谈谈话。就我们两个，不带你父亲。尼克在家吗？”

“没在，妈妈。”梅说。她又焦虑起来，喉咙堵住了似的。“今天不行，我累坏了。”

“你知道，你爸爸对你呵护备至。”她说。她停顿了一下，补充说：“有时我在想你小时候的事，我们是不是不该瞒着他。”

梅呆住了。然后她说：“我得离开一下。”就挂上了电话。

她站在厨房水槽边，望向窗外的后院，哆嗦了很长时间。

前门外的邮递员试图把一大堆邮件塞进门上的投信口。梅站在厨房里看着，本可以打开门，从他那里接过邮件，让他的工作轻松一点，但她不想去。她知道，所有的恐吓信都是给她的。这时邮递员抬起头，透过窗户看到了她。他们的眼神交会了一秒，接着他低下头，继续将更多的邮件塞进投信口。不到一周前，她和这位邮递员常常互相打趣。但现在，一切都变了。信掉在门前的地板上，胡乱堆成一堆。他正竭力把一个厚厚的大信封塞进投信口，可是塞不进去。他塞进去一半，然后转身返回小路，去旁边那家。

　　梅站在那儿，凝视着地板上的邮件，还有那个塞在投信口的包裹。包裹塞在那里，投信口就一直开着，而她不想让记者从门缝里窥视她。她来到门口，想把包裹拉出来。那是一个泡沫包装的包裹，卡在那里，从里面拉不进来。她不得不打开门，从外面把包裹抽出来。她从窗口向外看去，看是否有人待在外面。早上早些时候警察收拾东西，外面还有不少记者，现在也离开了。也许他们全去了拐角处的咖啡店，到那里议论他们。无论如何，现在附近没人。梅打开门，把包裹从投信口拉出来，然后马上溜回屋内，关上门，重新锁上。

　　她不假思索就打开了包裹。

　　里面有一件薄荷绿的连体衣。

The Couple Next Door

第十五章

梅尖叫起来。

尼克听见了她的叫声，从卧室直奔下楼。他看见她站在前门，脚边有一堆没有拆开的信，手上拿着一个包裹。他能看见那件薄荷绿的连体衣从包裹里露出来。

她转向他，脸色煞白："用邮包寄来的。"她颤抖着声音说。

尼克走近她，几乎不敢有所期待。她把包裹拿给他看，他们一起低头看着，简直碰也不敢碰。如果是个恶作剧呢？要是有人觉得给这么一对独留孩子在家的讨厌夫妇寄一件薄荷绿连体衣是件好玩的事呢？

尼克从梅手里拿过包裹，轻轻地把口开得更大些。他拿出连体衣，看看正是那件。他把衣服翻过来，前面还有污迹。

"哦，上帝。"梅倒抽一口气，哭了起来，双手捂住脸。

"这是她的，"尼克尖着嗓子说，"就是科拉的。"

梅点点头，说不出话来。

睡衣里还有一张折起来的字条，打字机打出来的，用的是小字体：

"孩子很好。赎金要五百万美元。不要报警。孩子的父亲必须独自前来，星期四下午两点。如果看到警察的影子，你们就再也见不到她了。"

字条下面有一张详细的地图。

"我们就要把她带回来了，梅！"尼克叫道，"就要把她带回来了！"

梅觉得要昏过去。一路坎坷走来，这消息似乎好得让人难以置信。她从手里拿过连体衣，贴近脸颊嗅着。她能闻出孩子的气息，能闻得到。这气息不可阻挡。她又嗅着，膝盖发软。

"我们完全按照字条上的指示做。"尼克说。

"不告诉警察吗？"

"不！上面写着不要报警。我们不能冒把事情搞砸的风险。你没看见吗？把警察牵涉进来太危险了。如果他认为会有人抓他，他或许会杀死科拉，一了百了。我们得照他说的做。不报警。"

梅点点头。单靠他们自己做这件事，这令她十分紧张。不过尼克是对的。警察为他们做了什么呢？什么也没有。警方就只是怀疑他们，一点线索也找不出来。警察并不是他们的朋友，他们必须靠自己把科拉带回来。

"五百万。"尼克说着，话音很紧张。他抬头看看她，突然焦虑起来："你觉得你父母拿出五百万没问题吧？"

"他们必须拿出来。为什么不拿出来呢？他们有钱，他们搞得到。那不是问题。"

"时间不太多了，只有两天，"尼克说，"得给你父母打电话，让他们开始筹钱。"

"我来给他们打电话。"她朝厨房里的电话走去。

"梅，让他们马上来，别报警。没人会知道的。"

她点点头，颤抖着双手拨通了电话上的号码。

梅和尼克肩并肩坐在起居室的沙发上。梅的母亲坐在扶手椅边上，梅的父亲在起居室里踱步，在落地窗和沙发之间走来走去，其他人全注视着他。

"你确定就是那件衣服？"他又说道，停下脚步。

"没错，"梅尖声说，"为什么你不相信我？"

"我只是需要确认。五百万美元不是个小数目，"他听上去有点暴躁，"我们必须确认真的是在跟带走科拉的人交涉。这件事报纸

130

上刊登过，可能会有人趁火打劫。"

"那就是科拉的睡衣，"尼克坚定地说，"我们认出了前面的污迹。"

"你们能不能给我们钱？"梅问道，嗓音很刺耳。她焦急地看着母亲。希望再次燃起，似乎又要因为缺钱成了泡影。这怎么可能？为什么父亲要这样对她？

"我没说我们弄不到这笔钱，"继父回答说，"我只是说这也许比较困难。但如果我非下大力气不可，那我就去下力气。"

尼克看着岳父，尽量不把自己的厌恶挂在脸上。他们都知道，钱主要是她母亲的，但他表现得好像全是他的一样。真是个混蛋。

"两天时间筹不来那么多钱。我们得拿一部分投资兑现。"

"那不是问题。"梅的母亲看着丈夫，坚定地说道。

"你们能不声张吗？别让任何人知道。"尼克问道。

理查德·威尔斯大声呼着气，思考着："我们会跟律师谈谈要怎么办，都能解决的。"

"谢谢你，爸爸！"梅说。她又转向母亲："谢谢，妈妈。"

"如何操作呢？"理查德问道。

尼克说："我们会遵照信上给的指示。信上要求我独自前往。如果他看到别人，或许就不会按计划行事。"

"也许我应该跟你一起去，这样你就不会紧张。"梅的继父说。

尼克看着他，没有掩饰恶意："不。"

他们怒目而视。"我才是那个手握大额支票簿的人。"梅的父亲说。

"爸爸，求你了，"梅说。她怕父亲会毁掉一切，焦急地看着母亲。

"我们没有科拉还在人世的证据，"理查德说，"这也许是个骗局。"

"如果科拉不在那里，我就不会留下钱。"尼克说。

"这个主意不好，"理查德说，"我们应该告诉警察。"

"不！"尼克说。两个人怒目相对。理查德先扭过头去，看向别处。

"我还是不想这样。"他说。

"还有什么选择吗？"梅尖声问道。

"我们要严格按字条上说的办。"梅的母亲坚定地说，狠狠地瞪了丈夫一眼。

梅的父亲看着她说道："对不起，梅。你说的没错，我们没有选择。我们最好开始筹钱。"

尼克看着岳父母钻进他们新买的梅赛德斯汽车，驾车离开。出事以来，他几天就瘦了好几磅，牛仔裤变得松松垮垮。

理查德曾说他不确定能拿得出钱，那时可真是太可怕了。但他存心哗众取宠，他必得让人人都知道，他是多么伟大才能拿出这一大笔钱，人人都得体会到他的重要性。让他们摇尾乞怜吧！为救他唯一一个外孙女的命，他们得来求他！好一个混蛋。艾丽斯何苦要给他好果子吃呢？他不明白。毕竟，大额的支票簿是她的。

"我就知道他们会帮我们。"梅说着，走到他旁边来。

为什么她总是说些不着边际的话？至少是关于她父母的事情。她怎么就看不出继父的真面目？她看不出来他有多么会摆布人吗？不过尼克什么也没有说。

"一切都会好起来的，"梅说着，握住尼克的手，"我们要把她找回来。人人都会明白，我们是受害者，"她紧握住他的手，"我们会让警察道歉。"

"你继父帮我们摆脱了困境，他会让我们永远记着的。"

"他不会那么看的！他会认为这是在拯救科拉，我确定！他们不会拿这来威胁我们。"

他的妻子竟然如此天真。尼克漫不经心地握了握她的手："你躺下休息一会吧！我要出去一下。"

"我看我睡不着，不过我试试吧。你要去哪里？"

"我要去办公室看一看，检查一下。自从出了事，我还没去过办公室呢。"

"好的。"

梅转过身，尼克看着她走上楼去。他从前厅桌上的碗里拿出车钥匙，走了。

梅上了楼，想要躺下来。可她焦躁不安——她又敢心怀希望了，希望很快就能把孩子接回来，但她又害怕犯下可怕的错误。正如她父亲所说，他们没有科拉还活着的证据。

她拿着那件绿色连体衣，举到脸前，呼吸着孩子的气味。

给他们送来这件连体衣的人要五百万美元。不管他是谁，他都知道小姑娘对他们来说值五百万美元，而且他显然非常清楚，他们拿得出这笔钱，因此他会精心地照顾她。一旦她把科拉带回来，他就可以带着她父母的钱消失得无影无踪。她不在乎，唯一重要的事是让科拉安全归来，至于还能不能抓到劫匪，她根本不介意。科拉才是重中之重。

不管他是谁，他很可能会离开这个国家。如果她是那个绑匪，拿到五百万美金的现金，她就会那么做。她会带着这笔钱，逃到一个安全的地方，一个她不会担心被警方追踪的地方。她会改掉名字，用新的身份重新开始。

现在她太害怕，太无力，没法复仇。但她很好奇，想知道是谁偷了她的孩子。那甚至说不定是某个他们认识的人，哪怕只是打过照面。她在去卧室的路上停了下来。那更说不定是她的某个熟人，这人知道，他们弄得到钱。也许等孩子找回来，事情尘埃落定，她余生会尽力寻找是谁偷走了她的孩子。也许她会一直观察他们认识的人，思忖是不是这人带走了他们的孩子，或者他知不知道是谁干的。

她突然意识到她或许不应该这样拿着那件连体衣。如果事情进展不顺，他们没有把科拉送回来，那就不得不将连体衣和字条交给警方作为证据，让警方相信他们是无辜的。可她拿着衣服嗅来嗅去，甚至擦着眼泪，只怕已经把衣服可能给出的证据破坏掉了。她把衣服放在卧室里她的梳妆台上，铺展开来。她绝望地看着梳妆台上的衣服，把它留在那里，还有那张写有说明的字条。他们犯不起错误。

她意识到，自从科拉那天午夜被带走，这是她第一次一个人待在房间里。最近的几天一片模糊——恐惧、震惊、绝望，还有背叛。她告诉警方她信任尼克，可那是说谎。他跟辛西娅搞在一起，她信不过他。她认为他有秘密瞒着她，毕竟，她也有秘密瞒着他。

她从她的梳妆台走向尼克的衣橱，拉开上面的抽屉，漫无目的地在他的袜子和内衣里翻找。她不知道她在找什么，但找到时就知道了。

The Couple Next Door

第十六章

尼克坐进奥迪车，开走了。他没有开向办公室的方向，他需要想一想。他来到湖边，把车停在一片树荫下，面对湖泊，他钻了出来，坐在车的引擎罩上，望着水面。

他告诉自己，不会出岔子的。科拉很好，肯定如此。梅的父母弄得到钱，他的岳父不会白白错过成为英雄和大人物的机会，即便这要花掉他一大笔钱，尤其是这事看起来会帮尼克走出困境。他们甚至想都不会想那笔钱，尼克思量着。

尼克深吸了一口湖边的空气，又呼出来，试图让自己平静一下。他闻得到死鱼的味道，不过这没关系。他得把空气吸进肺里。过去几天实在是人间炼狱。尼克受不了这种生活，有点神经衰弱。

他现在有些后悔，但后悔也还值得。等把科拉带回来，他又有了那笔钱，一切都会好起来。他们会把女儿带回来，他会拥有她父母的 250 万美元，好让他的生意回到正轨。想到要从岳父那里拿钱，尼克笑了起来。他恨那个杂种。也许应该提高赌注，开价一千万，就为了看看理查德会怎么办？要到多少他才不肯出手？五百万他就会退缩，尼克没有料到。要达到怎样的限度，钱才会比他的女儿和外孙女更重要？尼克知道艾丽斯会站出来，不管要多少钱。尼克希望他可以把这混蛋的一切都抢走，不过他当然不能冒这个险。科拉太重要了，何况五百万已绰绰有余，两三百万就够了。

有了这笔钱，他就能解决他的资金周转问题，把事业推进到下一阶段。钱会通过一位守口如瓶的匿名投资者转到他的生意上来，神不知鬼不觉。他的生意就要飞黄腾达，谁也不知道是怎么回事。他的同伙拿到他那一半酬劳就会离开，绝不会吐露秘密。

他差点功亏一篑。保姆在最后关头取消了预约，惹得尼克心慌意乱。他已经做好打算，要取消整个计划。他知道，卡利奥波看孩子时总会戴着耳机睡过去。有两次他们午夜前回来，惊奇地发现她在起居室沙发上酣睡，因为她没有听到他们进来的声音。梅很不高兴，觉得卡利奥波不是个称职的保姆，可是临时保姆很难找，小区里小孩子太多了。

尼克原本计划在十二点半时去后院吸烟，此时悄悄进入房间，抱起熟睡的孩子，趁卡利奥波睡着时从后门把孩子抱出来。如果她醒了，看见他进来，他就告诉她自己是来看孩子的，因为他们就在隔壁。她要是醒过来，看见他抱着孩子，他就说要带孩子去隔壁，让大家看看，然后取消整个计划。

如果他成功了，故事就成了保姆待在楼下，孩子被人从卧室劫走。不过保姆没来，尼克走投无路，不得不临时想办法应付。他说服梅把科拉留在家里，条件是他们每半小时来看一回孩子。趁着去看孩子，他把科拉抱到等在屋后的车子边上。他知道，把孩子一个人留在家里会对他和梅不利，但他认为这是可行的，而且他别无选择。

如果他认为这对科拉有风险，就绝不会这么做，不管可以拿到多少钱。

最近几天见不到科拉，他着实难过得很。他没法拥抱他的孩子，不能亲吻她的头顶，也闻不到她皮肤的气息。他也不能打电话核实她的情况，确保她一切正常。究竟情况如何，他不知道。

尼克再次告诉自己，科拉很好。她当然很好，他只需要坚持下去。马上就结束了，他们会把科拉带回来，还有钱。梅度日如年，他很抱歉，但他对自己说，科拉一回来，她就会变得开开心心，兴许还能更明白事理。过去这几个月，他得应付自己的难题，再看着妻子没精打采无知无觉地在屋子里转悠，太他妈难受了。

　　但事事都比想象中困难得多。布鲁斯·尼兰——他的同伙——在最初的十二个小时里没能打来电话，尼克要发狂了。他们说定了十二小时，十二小时内必须联系。可星期六吃午饭时，他还没有收到布鲁斯的音信。尼克担心出了事，怕布鲁斯惊慌失措。这件事引起了广泛的关注，也许他被吓跑了，甚至更糟糕——他没有接听手机，那是尼克在紧急关头联络他的电话。尼克没有别的方法联系他。

　　尼克把孩子交给了同伙，而这同伙没有按计划行事，并且他联系不上。他担心得要发疯了。他不停地对自己说：他肯定不会伤害她吧？

　　尼克考虑过把一切向警方和盘托出，告诉他们他对布鲁斯·尼兰所知甚少，希望他们可以追查到他和科拉。但是他觉得这样做对科拉风险太大，只得耐心等待。

　　就在这时，他们收到了寄来的连体衣。警察没有监视他们的邮件，只监听电话，这就甩开了警察。之前联系不上布鲁斯，尼克快疯了。收到连体衣时，他的欣慰难以言表。他估计布鲁斯很紧张，不敢打电话来，即使是用难以追踪的预付话费手机。他肯定怕警察，故而找了另一种方法。

　　再过几天，一切都将结束。尼克会把钱带到他们之前一道选定的会面地点，把科拉带回来。等大功告成，他就给警察打电话。关于布鲁斯，关于布鲁斯开的车，他都会给出错误的描述。

要迅速筹到几百万美元，他想不出更简单的法子。上帝知道，他尽力了。

星期四早上，梅的父母带着钱过来了。都是一捆捆的百元美钞，一共五百万现钱，崭新崭新的，银行才用机器清点过。不得不在短时间内匆匆筹款，这可绝非易事。理查德明白，他们很清楚这一点。这笔钱占了那么大的地方，简直惊人。理查德把钱装进了环保购物袋中，装了三大口袋。

尼克担心地看着妻子。梅和她母亲一起坐在沙发上，躲在她母亲的羽翼下，看上去矮小而脆弱。尼克不喜欢她这样，他觉得她变成这样都是因为她妈妈。尼克希望梅坚强起来，他需要她坚强些。他娶的又不是个孩子，不想看她有时被保护欲过度的母亲变成了孩子的模样。

他提醒自己，她现在压力太大，比他压力还大些，如果他的压力还能更大的话。他快被压垮了，但究竟是怎么回事，他到底心里有数，她却一无所知。今天能不能带回科拉，她并不确定，她剩下的只有希望。他则不然，他知道科拉两三个小时后就会回到家里。很快，一切就要结束了，他们的处境会好起来。

按照计划，布鲁斯会把尼克的那份钱存入国外账户。他们不会再有交集，什么联系也不会有。尼克不会引来嫌疑，只会带回他的孩子，还有他需要的现金——而他岳父将损失五百万美金。

突然，梅推开母亲的手臂，站了起来。"我想跟你一起去。"

140

她说。

尼克看着她。她目光呆滞，浑身颤抖。她用怪异的眼神看着他——一刹那间，他怀疑她是否早识破了。不可能。

"不，梅，"他说，"我必须自己去。字条上就是这么说的，我们只能这么做。"他坚决地补充说，"这件事我们已经谈过了。我们现在不能改变计划。"他需要她留下来。

"我可以待在车里。"她说。她站在那里，不由自主地哆嗦着。他走过去，紧紧抱住她，想让她不再颤抖。他对着她的耳朵低语："嘘……一切都会好的。我保证，我会把科拉带回来。"

"你没法保证。你没法！"她啜泣起来。

他抱着她，直到她平静下来。她的父母退后，让他成为一位丈夫，这还是头一次。最后他松开她，看着她的眼睛说："梅，我现在要走了。去那里大概要一小时。我接到她就给你打电话，好吗？"

梅点点头，脸色苍白。

理查德跟尼克一起把钱放进车里，车就停在车库。他们拿着钱从后门出去，放进尼克奥迪车的后备厢，而后上了锁。

"祝你好运。"理查德说道，显得有点紧张。他又说："接到孩子再把钱递过去。这是我们唯一的筹码。"

尼克点点头，进入车里。他抬头看着理查德说："记着，我给您消息之前先别报警。"

"明白。"

尼克信不过理查德。他害怕他一离开，理查德就给警察打电话，通知警方去交易地。他吩咐过梅，别让理查德离开她的视线——他刚刚轻声在她耳边提醒的就是这个，只要还没接到尼克的电话，说他接回了科拉，就不要让理查德给警察打电话。等他打电话时，布鲁斯早就走了。但是尼克很担心：梅看上去不太正常，靠她是靠不住的。理查德可能会去厨房，用手机打电话，她或许根本注意不到。或者他一出屋子，理查德就可能当着她的面给警察打电话，尼克不安地想到。她没法阻止他。

尼克把车开出车库，开上那条小路，开始了去往会面地点的长途驾驶。快到公路的坡道时，他觉得全身发冷。

他真是太蠢了。

理查德很可能已经把这桩交易通知警察了。他们可能一直都在监视整件事的进程，也许早就知道了内情，除了他跟梅。艾丽斯会允许吗？她也知道是怎么回事吗？

尼克把住方向盘的手出汗了。他想考虑一下，可心怦怦直跳，没法思考。理查德提出过让警方参与进来，而他们拒绝了他的提议。理查德这一辈子，什么时候听凭自己被否决过？理查德不会拿超出他底线的钱去做赌注——既想把科拉找回来，又要两面下注，还想着能不能把钱拿回来，他就是这种人。尼克觉得恶心。

尼克现在确信警方已知道这笔交易。他说服自己要相信这一点，不管是真是假。开往碰头地点的路上，他一直在胡思乱想。

他应该怎么做？他不能联系布鲁斯。他根本联系不上，因为布鲁斯不接他的电话。现在，他可能正把布鲁斯拉进一个圈套。贼间无道，布鲁斯会出卖他来保全自己。尼克转入坡道开上公路时，他的衬衫已经贴在后背上了。

The Couple Next Door

第十七章

尼克努力想思考一下，但他思路不清。沮丧的泪水在眼眶里打转，他几乎一星期没睡过一个好觉了。种种压力——想念着科拉，布鲁斯却音信全无，警方怀疑他们，他又担心着梅——差点逼得他发了疯。本来不该这么紧张，可眼下他手足无措。他只想要她回来，让钱见鬼去吧。可怎么做呢？

他尽力想让自己平静下来，好盘算一下他的选择。他边开车边深呼吸，握着方向盘的指关节激激发白。

他可以碰碰运气，按计划去交易地。也许理查德没有告诉警察，科拉就像约定的那样，坐在废弃小屋里的一个婴儿座椅上。他会抱起她，留下钱，然后跑掉。

可如果理查德报了警，那他开往的就是一个陷阱。他会看见科拉，扔下钱，然后离开。等布鲁斯来拿钱时，他会被捕，而后供出一切。尼克得去监狱，关上很久。

尼克斟酌着他的选择。他可以中途放弃，调转方向，不去会面的地方露头，只等布鲁斯再给他寄一封信。可他该如何向警方解释？他怎么能不按预定的计划去接他自己被绑走的孩子？他可以说车坏了，到得太晚，错过了机会。接着，如果布鲁斯联系他，他可以再试一试，不把细节告诉理查德。但在这期间，理查德不会把钱留在尼克这里。他妈的。他没法绕过岳父行事，因为钱在岳父手里。

或者他可以告诉警方，他放弃是由于他真的相信自己一旦现身，绑匪发现警察的话，会把孩子杀掉。这倒是个办法。

不行，他今天必须把科拉带回来。他必须去接她，不可以再这么拖下去了，即使他进监狱也不可以。

他的思绪翻腾着，半小时过去了。还有一半的路要走，他得做决定。他看了看时间，从下一个出口下了公路。他把车驶到路边，打开闪光灯，颤抖着双手。他给梅发了短信：

"你父亲告诉警察了吗？问问他。"

他等了一分钟，两分钟。她没有看到这条短信。妈的。他拨通她的手机。

"你接到她了吗？"梅焦虑地问道。

"不，还没有，没到时候，"尼克说，"我想让你问问你父亲，看他有没有告诉警察。"

"他不会那么做。"梅说。

"问问他。"

尼克听到背景里的说话声，然后梅又回来接电话："他说他谁也没诉，没有告诉警察。怎么了？"

他能相信他吗？"让你爸爸接电话。"尼克说。

"出什么事了？"理查德对着手机说道。

"我得确定你值得信任，"尼克说，"我需要知道你没有报警。"

"我没有。我说过不会报警。"

"跟我说实话。如果有警察监视，我就不去了。我不能冒险，他要是觉得有陷阱，说不定会杀掉科拉。"

"我发誓，我没告诉他们。去接她吧，看在上帝分上！"理查德听起来像尼克一样惊恐。

尼克挂掉电话，继续开车。

三十分钟后他到了约定地点。沿着公路在城外行驶半个小时，再往北开半个小时，来到一条小公路上，又转入一条乡村岔路。那里有一间废弃的破旧农舍，长长的车道一边有个木制车棚。尼克开进车棚，把车停了下来，把钱留在后备厢。这个地方显然无人居住。

他从车里出来，走向车棚。外面是明晃晃的太阳，里面却很昏暗。他专心听着，什么也听不到。也许她在睡觉。他的眼睛适应了光线后，看见一个婴儿汽车座椅放在角落里肮脏的地板上，一块白色的毯子挂在把手上，盖住了汽车座椅。他认出那条毯子是科拉的。他冲向汽车座椅，俯身掀掉婴儿毯。

座椅上空空的。他恐惧地站起身来，觉得不能呼吸。汽车座椅在这里，毯子也在这里，可是科拉不在。这是个恶作剧吗？或者他上了当？尼克的心跳到了嗓子眼。他实在没法相信，她居然不在这里。

他听见后面有声音。他赶忙转过身，只看到一个戴着黑色面罩的人，举起手来向他打去。尼克重重地跌在棚屋的地板上，还没有完全失去知觉，只是动弹不得。他昏昏沉沉地看向棚屋前面，听见汽车后备厢打开的声音，又听见袋子给人挪走。他听见一辆车从车棚后面开来，快速地开上车道。他昏了过去。

尼克醒来时已经过了几分钟——他不知道具体多久。他缓缓地用双手、双膝支撑着地面，站起身来。他摇摇晃晃，头晕目眩，头痛欲裂。他的车还在那里，后备厢敞开着。那笔钱——五百万美元——当然也没有了，只留下一个空汽车座椅，还有科拉的婴儿毯。没有科拉。他的手机还在车里，可他不忍心给梅打电话。

他应该给警察打电话，可他也不想打。

他是个傻瓜。他双膝跪倒，哭了起来。

梅焦躁不安地等待着。母亲老在那里，叫人腻烦，梅甩掉她，踱来踱去，焦急地绞着双手。怎么回事？居然用了这么久？二十分钟前他们就该接到尼克的电话。一定出了什么问题。

她父母也急了。"他到底在干什么？"理查德怒喝道。"如果他怕我报警就不去接她，我会亲手勒死他，"梅的继父说，"我从没告诉警察，我发誓！"

"我知道，爸爸，"梅说，"我们要打他的手机吗？"

"不知道，"理查德说，"再等几分钟。"

五分钟过去了。这样提心吊胆，没人忍得下去。"我给他打电话，"梅说，"他半小时前就该接到她。要是出事了呢？要是他们把他杀了呢？他能打电话就一定会打，肯定出了可怕的事！"

梅的母亲跳起来，想要搂住女儿，让她平静下来，但是梅不让，几乎拼命地甩掉母亲的手臂。"我给他打电话。"她说着，拿起手机来。

尼克的手机响了又响，但都转入了语音信箱。梅大为震惊，不知所措，只管盯着前面。"他没接。"她浑身颤抖。

"我们现在必须给警察打电话，"理查德说，看上去一脸苦闷，"不管尼克说过什么。尼克可能遇上了麻烦。"他掏出自己的手机，从他的联系人列表里找到拉斯巴克警探。

响第二声时，拉斯巴克接了起来。"拉斯巴克。"他说。

"我是理查德·威尔斯。我的女婿去跟绑匪做交易，他本来半小时前就该联系我们。我们担心出了事。"

"老天，你们怎么不提前告诉我们？"拉斯巴克说，"不用担心。告诉我具体地址。"理查德把交易地点给了他，很快向他补充说，有人寄了一件连体衣过来，里面夹着张字条。

"我上路了。同时，我们会让当地警方尽快赶到，"拉斯巴克说，"我们再联系。"他挂了电话。

"警察在去的路上了，"梅的父亲告诉她，"我们只能等着。"

"我不等。你带上我们，用你的车。"梅说。

警车停下来时尼克仍然坐在泥里。他甚至头也不抬，全不在意。现在全完了，科拉肯定死了，他被骗了。带走她的人拿到了钱，如今没有理由让她活着，如果她之前还活着的话。他怎么能这么蠢？他怎么会相信布鲁斯·尼兰？他现在记不起来为什么要相信布鲁斯——他悲伤，惊恐，大脑停止了运转。现在除了认罪，他什么也做不了。梅会恨他——这会毁掉她。他十分抱歉，为科拉，为梅，为他对她们做的事情。那是这世上他最爱的两个人。他有些贪心，但从没有恶意。他只是想要一些钱，好让公司运转下去，避免破产的耻辱。他说服自己，这不是在偷：既然这是梅的父母的钱，反正有一天梅会全部继承，而他们现在就需要一些。他本不想伤害任何人。和布鲁斯谋划这一切时，尼克从没想到科拉会真的身陷险

149

地。在想象中，这次犯罪应该没有受害者。

现在科拉不在了。他不知道布鲁斯做了什么，也不知道科拉在谁手上，是不是还活着。他不知道要怎么把她找回来。梅会崩溃的。他的岳父会大发雷霆，因为科拉和钱人财两空。至于**警察**——他必须认罪。

两位警官慢慢地从车里出来，走到尼克身边。尼克没精打采地坐在地上。

"尼克·康蒂？"一位警官问道。

尼克没有回应。

"只有您一个人在这？"

尼克没有理他。警官把无线电拉到嘴边，他的同伴蹲坐在尼克旁边，问道："您受伤了吗？"

但是尼克休克了。他一言不发，显然哭过。站在他旁边的警官把无线电收好，拔出武器，进入小屋，担心着最坏的情况。他看见了那个婴儿汽车座椅，白色毯子扔在座椅前肮脏的地板上，但是没有孩子。他很快又走了出来。

尼克没有说话。

很快其他警车来了，警灯闪烁着。一辆救护车来到现场，治疗尼克的休克症状。

过了不久，拉斯巴克的车停了下来。他急忙下车，对负责现场的警官说："出了什么事？"

"我们不清楚，他不说话。不过小屋里有一个婴儿汽车座椅，

150

还有一条白色的婴儿毯，没有婴儿的踪迹。后备厢开着，里面空空的。"

拉斯巴克看了眼现场，咕哝道："耶稣基督。"他跟随另一名警官进入小屋，看到了婴儿汽车座椅和地板上的小毯子。他立马为坐在外面地板上的男人遗憾万分，不论他是否有罪。他显然想把他的孩子带回去。如果他是罪犯，那他必是个外行。拉斯巴克回到外面的阳光下，蹲下来，想看看尼克的脸，但尼克没有抬头。

"尼克，"拉斯巴克轻声说，"出了什么事？"

可尼克不说话，看都不看他。

尽管如此，拉斯巴克对发生的事情还是一清二楚。看起来是尼克从他的车里出来，进到屋子里接孩子，而绑匪根本不想把孩子还回来，故而把他打昏，拿走了钱，留下尼克沉浸在悲伤里。

孩子恐怕已经死了。

拉斯巴克站起身，拿出手机，不情愿地拨通了梅的手机。"很遗憾，"他说，"您丈夫很好，但是孩子不在这里。"

他听见电话的另一头，她的喘息变成歇斯底里的啜泣。"我们警局见。"他告诉她。

有时他讨厌自己的工作。

The Couple Next Door

第十八章

尼克去了警察局，还是之前那间审讯室，还坐在同一把椅子上。拉斯巴克坐在他对面的金属椅上，就像几天前尼克供述案情时那样。和他一起的警官换了一个人，但是摄像机对着他，像上次一样。

不知怎么的，媒体已经得到交易失败的消息。他们把尼克带进去时，一群记者正等在外面。闪光灯频闪，话筒推到他的面前。警官们不得不拦住他们。

他们没有把他铐起来。尼克很惊讶，在他心里，他已经认罪了。他自觉罪孽深重，不知道他们为什么没有看出来。他认为他们把他带进来却没有给他戴手铐，只是出于礼貌，或者是认为没有必要。毕竟，他显然不会反抗。他已经精疲力竭，根本不会逃跑。无论他去哪里，他的罪孽和悲伤都将如影随形。

带他进审讯室前，他们让他见了梅一面。他们带他进来录口供时，她和她父母已经等在警察局了。梅忐忑万分。看到她，想到他对她做了什么，想到他给他们带来的恶果，尼克震惊不已。看见他时，她伸出双臂抱住他，在他的颈间啜泣，仿佛他是世上她能抓住的最后一件东西。他们互相支撑，痛哭流涕。两个崩溃的人，其中一个是骗子。

然后他们把他带进审讯室录口供。

"我很遗憾。"拉斯巴克开口道。

尼克不禁抬起头来。

"我们把汽车座椅和毯子拿来做法医检验了。也许我们能得到些有用的东西。"

尼克保持沉默。

拉斯巴克向前倾身："尼克，为什么您不告诉我们发生了什么？"

尼克看着警探，这位警探总让他感到不快。看着拉斯巴克，他想要认罪的愿望消失了:"我把钱带过去了。科拉不在那里,我被骗了。就在小屋里,有人砸中了我的头,拿走了钱。"

在这个房间里被拉斯巴克审问,这种欲擒故纵的感觉让尼克的头脑敏锐起来。他的思路比大概一小时前事情变得一团糟时清晰了一些,体内也一阵兴奋。突然,他思考起生存问题。他意识到他不能说实话——这会毁了梅,她决不能经受背叛。他必须把他无辜的假象做足。他们没有证据,显然拉斯巴克有所怀疑,但也仅此而已。

尼克努力思考。也许,如果他能从这里出去,他就可以自己去追踪布鲁斯。方法肯定会有。此时,他还稍稍领先警方。

"您看到拿您钱的人了吗?"

"没有。他戴着个黑色面罩——我看不到他的脸。他肯定把车停在了车棚后面。我听见了汽车开走的声音。"

"只有一个人?"

"我想是的。"

"您能描述一下他吗?"

"不能,因为他戴着面罩。不过我想,他是中等身材。"

"您能再告诉我一些他的信息吗?他说话了吗?"

尼克摇摇头:"没有,什么也没说。"

"那辆车呢?"

"我不知道。我没看见车,只听见了车响,听起来更像是小汽车,而不是卡车。"

拉斯巴克看着他。"我必须告诉您，尼克，"拉斯巴克说，"我觉得孩子死了。"

尼克垂下头，眼泪要流下来了。

"我认为您有责任。"

尼克迅速地抬起头来："我跟这件事情无关！"

拉斯巴克什么也没说。他等待着。

"什么导致您觉得我跟这件事情有关？"尼克问道，"为什么您偏要跟我过不去？我的孩子不见了。"他哭了起来。他不用假装，他的悲伤再真实不过。

"时间选择，尼克，"拉斯巴克说，"十二点半时您看过孩子，大家对此意见一致。"

"所以呢？"尼克说。

"我有物证：那时待在您家车库的一辆陌生汽车的轮胎胎面花纹；我也有证人：她看见一辆车从您家后面的小路驶离您的车库，在凌晨 12：35 的时候。"

"那跟我有什么关系？"尼克说，"您又不知道那辆车跟科拉失踪有没有关系。一点钟时也有人能轻易地从前门把科拉抱出去。"

"屋后的运动探测器失灵了。十二点半时您在屋子里。一辆车在 12：35 从您车库的方向驶离开去，前灯是关着的。"

"那又怎样？你们就找到这些吗？"

"没有有人侵入房屋的确凿证据。我认为是您把孩子抱出屋，抱到了车库的汽车那里。"

尼克一言不发。

"我们知道，您的公司陷入了困境。"

"我承认。您认为这就足够让我绑架自己的孩子吗？"

"更小一点的事也照样有人会绑架。"警探说。

"呃，我来告诉您，"尼克说着，探身向前，"我爱我女儿胜过这世上的一切。我也爱我妻子，我非常在意她们两人的安康。"他坐回椅子里，仔细考虑了一会，补充说："我有非常富有的姻亲，他们相当慷慨。只要梅去请求，他们就会尽量设法给我们钱。我为什么要绑架自己的孩子？"

拉斯巴克注视着他，眯起了眼睛。

尼克此时想到，只要能让他们相信但凡梅开口，他就确定必能从梅的父母那里拿到钱，他就没有动机。

"我会去问您的岳父母、您的妻子，还有您的熟人。"

"随便您。"尼克说。他知道他表现得像是个混蛋，他应付得不好，但也只得如此。"我可以走了吗？"

"是的，您可以走了，"警探说，"眼下是的。"

"我要请律师吗？"尼克问。

"这完全取决于您。"警探说着，站起身来，示意审问结束。

回到自己的办公室里，拉斯巴克警探琢磨着。直觉告诉他，尼克有罪。他认为是尼克策划了这桩案子。他认为，尼克在十二点半的时候把孩子从婴儿床上抱起来，抱出后门，来到车库，并在那里把她放到了一辆车里。然后，有位同伙开车，把孩子带到了所谓的安全之地。尼克回到派对，尽量表现得一如往常。拉斯巴克相信，尼克做这件事是为了赎金，他的妻子很可能没有参与。她看上去并不知道尼克的公司面临困境。

如果这是假绑架，是由尼克筹划的，他显然遇到了个坏家伙，那人欺骗了他。拉斯巴克几乎为他感到遗憾。而为他妻子，拉斯巴克自然是更遗憾的。如果尼克设了局，又被人愚弄一番，孩子现在很可能已经死了，钱也没有了，警方还怀疑他参与绑架——他完了。他如何还能保持冷静，这可是个谜。

但是警探有些困惑。临时保姆的问题一直烦扰着他。还有个常识性问题：一个人本来请求一下就可以轻易拿到钱，为什么要干这种傻事，冒险去绑架？

到了询问梅的父母的时候了。

早上他会再跟梅谈一谈。

拉斯巴克会弄清楚的。这只是时间问题。

梅和尼克又在家了。房子里空荡荡的，只有他们两个，还有他们那些恐惧、悲伤和阴暗的想象。很难说谁受伤更深：是背地里要为压垮了他的悲剧负责的尼克，还是梅——这位泪流满面的伤心母亲。两个人都提心吊胆，因为他们不知道孩子身上发生了什么，都做出了最坏的假设。他们都认为科拉已不在人世了。但为了对方，他们都假装相信她依旧活着，还会回到他们身边。他们彼此都不坦诚，也没法坦诚。

梅不像先前那样责怪尼克了，至于为什么，她自己也不明白。刚开始，孩子被人偷走时，她在心里责怪尼克，因为是他说服她把孩子留在家里，无人照管。如果他们带孩子一起到隔壁家去，这些就统统不会发生。她告诉自己，如果科拉不能平安回家，她就永远不会原谅他。

她没有原谅他。但他们现在就是这样：她不知为何要依靠他，可她的确如此，也许她再没法去依靠别人。她甚至说不清她是否还爱他。单为了辛西娅，她也没法原谅他。

也许她依靠他是因为没人可以分担或理解她的痛苦，又或许是因为起码他还信任她。他知道她没有杀死他们的孩子。连体衣寄来之前，他大概是唯一一个全然相信她清白无辜的人。糟糕的日子里，她甚至认为她自己的父母都在怀疑她。母亲也怀疑她，直到连体衣寄了过来。她确信这一点。

他们躺到床上，清醒地躺了很长时间。最后尼克实在精疲力尽，不安地睡着了。但是梅狂躁不安，毫无睡意。最终她从床上下来，下了楼，在屋子里游来荡去，越来越焦虑。

她开始搜寻这间屋子，可她不知道自己在找什么，只是愈发心烦意乱。她走来走去，思绪越来越快。她在找显示不忠的丈夫有罪的证据，但她也在找她的孩子。她觉得视线模糊不清，就像过去常常发生的那样。

有时她觉得空虚，仿佛没能完完全全地和此时、此地联系在一起。这种感觉还时有发生，但只是短短一瞬。她大脑中的其他部分取得了主导地位，她控制不了现实发生的事情。这种感觉可不太好。她意识到时间消逝，却不记得发生了什么。

不过现在，她的思绪只是开始加速运转，变得不那么理性起来；她的想法变得越发神奇。在这种时候，并不是所有事情对她来说都变得不可理喻，有时显得更有道理，就像梦里一般合情合理。只有等到梦做完了，你才发现它多么奇特，完全讲不通。

在尼克的手提电脑上，她没有找到任何来自辛西娅的信件或邮件，屋子里也没有她不认得的女人内衣。她没找到旅店房间的发票，也没有酒吧那种奇奇怪怪的纸板火柴。她找到了一些财务信息，看上去令人发愁，不过眼下，她对这个不感兴趣。她想知道尼克和辛西娅之间发生了什么事，这跟科拉的失踪又有什么关系。是辛西娅带走了科拉吗？

在这种狂躁不安的状态下，梅越是考虑这个问题，越觉得这么想有道理。辛西娅讨厌孩子，是那种会伤害孩子的人。她冷漠，又不喜欢梅，她想伤害她。辛西娅想夺走梅的丈夫和孩子，看看这对她有什么影响，因为辛西娅做得到。

最后，梅把自己弄到精疲力尽，倒在起居室的沙发上睡着了。

第二天一早，尼克还没意识到她在沙发上待了一整夜，梅就醒了过来，洗了个澡。她在恍惚中穿好衣服，内心充满忧虑。她再也见不到她的孩子了。

想到警察，她无法动弹。要再次被他们，被那个可怕的警探审问，她白天都会做噩梦。他不知道他们的孩子在哪里，但似乎认为他们知道。昨天录了尼克的口供，又让她今天早上再次去接受审问。她不想去，也不知道他为什么还想再跟她谈。她觉得那位警探是个冷酷无情的怪物。

尼克还在床上，面无表情地看着她穿上衣服。

"我必须去吗？"她问他。如果可以，她会避开。她不知道她有什么权利。她应该拒绝吗？

"我觉得你不必去，"尼克说，"我说不好，也许我们该找个律师谈谈了。"

"可那会闹得很难看，"梅担忧地说，"不是吗？"

"我不知道。可我们已经显得够难看了。"尼克说。

她走到床边，低头看他。看着他如此可怜，她感到伤心，如果心还没有破碎的话。"也许我应该跟父母谈一谈，他们可以帮我们请一位好律师。虽然想到我们居然得请律师，这真是荒唐。"

"这个主意不错，"尼克心神不定地说，"就像昨晚我告诉你的，他似乎还在怀疑我们。我看他认为是我们策划了整起案件。"

"他怎么会那么想？"梅问道，心里涌起一股焦虑，"就因为你去看科拉时刚好有一辆车从小路上下来？"

"我不知道。"

"我得走了，"梅说，"他要我十点赶到那里。"

尼克疲惫地点点头："我跟你一起。"

"你不必去，"梅迟疑地说，"我可以给我妈妈打电话。"

"我应该去。等我穿好衣服，跟你一起去。"

梅很感激。她不想给她妈妈打电话，又觉得自己没法独自应对这样的事。同时，她认为让人们看见她和尼克在一起是很重要的事，能显得和和睦睦。

现在屋外守着更多的记者，比以前还要多。失败的交易后，记者们对案子又重新燃起了兴趣。绑匪拿着钱跑了，孩子没有踪迹，据推断已经死亡，线索也没有——这些完全能成为一个好故事。

梅和尼克不得不把记者们推开，这才到了他们的汽车那儿。开往警察局的路上，一部分记者的车你追我赶，跟着他们去警局。

梅沉默而绝望地盯着窗外。她不理解媒体为何如此冷酷无情。他们都没有为人父母吗？哪怕就这么一会，他们难道想象不出不知道自己的孩子在哪里是什么感觉？她担心发生了最糟糕的事情；她辗转反侧，一合眼就看到她那备受折磨、失去生命的小尸体。这些他们都不知道。他们聚在屋外，像一群黑鬣狗似的。她认为他们道德沦丧。他们没有经历过她正在经历的事情，故而可以将他们自己从他们撰写的那些糟糕的事情中抽离出来。

他们到了警局，记者们不能进来。远离他们虽让人宽慰，但警局里面更可怕。她觉得荒诞得很。她最近频繁来到这里，就像刚刚才离开似的。梅内心紧张得很，极想逃跑。但是尼克在她身边，帮着她继续走下去。

他在她耳旁低语："没事的。他们也许想激怒你，但你知道，我们没做过什么错事。我就在外面等你。"他向她投去鼓励的微笑。她转过身，又被他拉了回来："他们也许试图离间我们，梅。他们也许会说一些关于我的不好的事情。"

"什么不好的事情？"

他耸耸肩："我不知道。小心点就是，别让他们影响你。"

她点点头，可现在她越发担忧，一点也没有缓解。

就在这时，拉斯巴克警探走近他们。他没有笑："谢谢您过来，这边请。"他领梅去了另一间审讯室，也就是他们一直用来审问尼克的那间，把尼克一个人留在等候区。梅在审讯室门口停了下来，转过身看着尼克。他冲她笑笑，笑得很紧张。

她走了进去。

The Couple Next Door

第十九章

　　梅坐在为她准备的座位上。坐进去时，她感到膝盖发软。他们给她端来了一杯咖啡，但她信不过自己，总觉得会洒出来。与上次接受审问时相比，她这次更紧张。她想知道警方为什么这么猜疑他们。他们收到了寄来的连体衣，钱也被偷去了，在这之后，警方应该减轻对她和尼克的怀疑才对。很显然，是别人带走了他们的孩子，或者是谋杀了她。但是，她又何必对警方紧张得无可忍受？

"对于昨天的事情，我感到非常遗憾。"拉斯巴克警探开了口。

她口干舌燥，什么也没有说。

"请放松些。"拉斯巴克温和地说。

她紧张地点点头，但她没法放松。她不信任他。

"对于昨天的事情，我只有几个问题。"他温和地说。

她又点了点头，舔着她的嘴唇。

"你们收到包裹时，为什么不联系我们？"警探问道。他的语气相当友好。

"我们觉得那样做太冒险了，"梅说，声音有点飘忽，"字条上说不要报警。"她去拿桌上的杯子，颤抖着想把水杯移到唇边。

"你们是那么想的吗？"拉斯巴克问道。

"是的。"

"为什么你们随意触摸那件连体衣？它说不定可以给我们提供证据，现在都被污染了，可惜。"

"是的，我知道，我很抱歉。是我考虑不周。我能从那上面闻出科拉的味道，于是我随身带着它，嗅着它，好让她离我近一点，"她哭了起来，"它带回了关于她的很多记忆，仿佛我可以假装她就在婴儿床里睡觉，假装这一切都没有发生过。"

拉斯巴克点头，说："我们会尽可能地在衣服和字条上面做试验。"

"您觉得她死了？"梅毫无表情地问道，直视着他。

拉斯巴克回看了她一眼："我不知道。她也许还活着。我们不会停止找她的。"

"你们必须继续找她！"梅叫道。

"我们会的。"拉斯巴克说。

梅从桌上的盒子里拿出一张纸巾，擦去眼泪。

"跟我说说您的丈夫。"拉斯巴克说。

"我丈夫怎么了？"

"他是什么样的人？"

"是个好人，"梅坚决地说，"他友爱和善，养家尽职尽责。他品行端正，工作努力。除了科拉，我一生中就没有比遇到他更幸运的事了。"

"养家尽职尽责？"

"没错。"

"您为什么说他养家尽职尽责？"

"因为事实如此。"梅厉声说。

"可难道不是您父母资助您丈夫开公司的吗？并且您告诉过我，你们的房子也是您父母买下的。"

"稍等，"梅说，"并不像您说的那样，是我父母资助我丈夫开的公司。尼克有计算机科学和商业学位。他创办了自己的公司，我父母只是给公司投资。公司运转得非常好。作为商人，尼克无可指责。"说这些的时候，梅模模糊糊地想起几天前她在尼克电脑上偶然看到的财务信息。当时她没有仔细查看，也没问过尼克；现在她在思量她是否对警察说了谎。

"您相信您丈夫对您是忠诚的吗？"

梅脸红了。她讨厌自己露出马脚。她慢吞吞地答道："我相信他对我是忠诚的——大部分时候。"

"大部分时候？忠诚不应该是一以贯之的品德吗？"拉斯巴克问道。

"我听到了你们的谈话，"梅突然坦白道，"绑架发生后的那晚，我在楼梯顶上。我听见您指责尼克跟辛西娅打情骂俏。她说是尼克勾引她，而尼克不承认。"

"抱歉，我不知道您当时在听。"

"我也很抱歉。真希望我不知道这件事情。"

"您认为是他对辛西娅进行了性挑逗吗？或者您觉得正好相反，就像尼克说的那样？"

梅痛苦地绞着纸巾。"我不知道。他们都有错，我不会原谅他们俩。"她急躁地说。

"让我们回到刚才的话题，"拉斯巴克说，"您说您丈夫养家尽职尽责。他会告诉您公司的运营状况吗？"

她不停地绞着纸巾，在手里撕扯着。"我对生意不太感兴趣，"梅推诿道，"我的心思都放在了家里和孩子身上。我不是事业型的人。"

"尼克有没有尝试过告诉您公司的经营状况？"

"没有。"

"您不觉得有点怪吗？"拉斯巴克问道。

"一点儿也不怪。"梅说。与此同时，她琢磨起来，觉得的确有点怪。"我父母就是如此。爸爸是商人，妈妈却对经商没有一点兴趣。他们在家里从来不谈论生意。"

"您家车库里的轮胎印……跟你们的车配不上，"拉斯巴克说，"在绑架发生之前，有人短暂地用过你们的车库。午夜时分，您看到孩子在婴儿床里。十二点半，尼克和孩子在您家里。我们有位证人，看见一辆车在凌晨 12:35 从小路上下来，从你们车库的方向驶离。没有别人在房子里待过的证据。也许尼克十二点半时把孩子抱到了同伙那里，那同伙就等在你们车库的一辆车里。"

"这太荒谬了！"梅坚决地说。

"您知道那个同伙可能是谁吗？"拉斯巴克执意说道。

"这太荒谬了。"梅重复道。

"是吗？"

"是的。尼克没有带走科拉。"

"有些事要告诉您，"拉斯巴克说着，探身向前，"您丈夫的公司遇到了麻烦，大麻烦。"

梅感觉自己的脸更苍白了。不知怎么的，在某种程度上，她知道这件事，知道尼克在瞒着她。她是同谋，听任他瞒着她。她不想知道，因为无知无觉更好过日子。他们都拒绝接受现实，在这一点上，他们的确是同谋。他还有什么事瞒着她呢？

"真的吗？"梅说。

"恐怕是的。"

"老实说，警探，我并不在意公司是否陷入了麻烦。我们的孩子不见了，很可能死了。现在我们谁还在乎钱？"

"只是……"拉斯巴克停下了，似乎在犹豫要不要说下去。

"什么？"

"只是我在您丈夫身上看到了一些您或许没有看到的东西。"

梅不想上钩。但警探等待着，让沉默蔓延开来。她别无选择。"比如呢？"

拉斯巴克问道："您不觉得他很有心计吗？在公司的事情上，他对您算不得坦诚吧？"

"不，也未必只是因为我不感兴趣。他很可能想保护我，因为我一直很抑郁。"拉斯巴克什么也没有说。"尼克没有心计。"梅坚称。

"尼克和您父母的关系如何？尤其是和您父亲。"

"我跟您说过，他们互相看不上眼。为了我，他们彼此容忍。可那是我父亲的错。不论尼克做什么，他总嫌不够好。即使我嫁给别人，情况也是一样的。"

"您为什么这么想？"

"我说不好。他们就是这样。他们对子女保护欲过度，为人非常苛刻。也许那是因为我是独生女吧。他们是控制狂，从来不相信我的判断。"

"为什么您认为他们从不相信您的判断？"

在这种质询下，梅变得越来越紧张不安。"我不知道，"她猛烈地绞着纸巾，"无论如何，公司无关紧要，完全不重要。我父母有钱。如果我们需要，他们总能帮助我们。"

"但他们会吗？"

"当然会，只要我去求他们。我父母从没拒绝过我。为了科拉，他们拿出了五百万美元。"

"没错，"警探停顿了下，说，"我去见了拉姆斯登医生。"

梅什么也没说。她觉得脸上像失了血似的，但还是强撑着坐直。她知道他在虚张声势。她的医生不可能跟警探谈论她，她没有被控犯罪。

"您不想知道她说了些什么吗？"拉斯巴克问道。

"她什么也不会说，"梅说，"她不能说。她是我的医生，您知道的。为什么您要这样玩弄我？"

"您说的没错。我没法让您的医生违背医患权利，她拒绝跟我谈话。"

梅向后靠在椅子上，恼怒地对警探傻笑起来。

"那您有什么事情想告诉我吗？"警探问道。

"为什么我要告诉您我跟我的精神科医生会面的情况？这跟您一点关系也没有，"梅愤愤地说，"我跟很多其他新手妈妈一样有轻度产后抑郁症，但这并不意味着我伤害了我的孩子。我只希望她回到我身边。"

“只是……有可能尼克让人把孩子带走来包庇您，如果您伤害了她的话。”

“那您怎么解释我们收到了连体衣，钱还被人抢走了？”

“孩子死亡之后，尼克或许捏造了绑架案。”

她怀疑地瞪了他一眼：“这太荒谬了。我没有伤害我的孩子，警探。”

拉斯巴克摆弄着他的钢笔，看着她：“今天早上早些时候，我对您母亲进行了问讯。”

梅感觉自己的脸色变得惨白。

The Couple Next Door

第二十章

拉斯巴克仔细地盯着梅，害怕她会昏倒。他把水递给她，等着她的脸色恢复正常。

当然，他跟精神科医生的交流没有进展。他对此无能为力，他的手脚给束缚住了。他顶多能跟没有给她治过病的医生交谈，他只能依据有关她疾病的药方和精神病史进行推断。但他拿不到她的精神病史，这就是问题所在。

他跟她母亲并没有深入交谈，但梅显然害怕她说了什么。她一直在隐瞒。隐瞒什么呢？她母亲知道的那些事，有哪些是梅绝不想让他发现的？

"您觉得她告诉了我什么？"拉斯巴克问道。

"我觉得她没对您说什么，"梅尖声说，"没什么可说的。"

他考虑了一会。她跟她母亲多不一样啊：她母亲看上去像个不讨人厌的富婆，只忙于她的社会委员会和慈善机构事务，但她实际上比女儿精明得多。她无疑不那么情绪化，头脑更清晰。她来到审讯室，冷冷一笑，说出了她的名字，然后告诉他，她没什么可以对他说的。那次面谈相当简短。

"她没告诉我今天早上来过。"梅说。

"没告诉您？"

"她说了什么？"梅问道。

"您说得没错，她什么也没说。"拉斯巴克承认道。

梅笑了。这是谈话中她第一次笑，不过是苦笑。

拉斯巴克结束了谈话，梅出去与等在大厅的尼克会合。尼克搂住她的腰，带她去停车位，奥迪车就停在那里。

拉斯巴克在注视着他们，注视着他们离开，梅能感觉得到。她跟尼克从警局走向车边的路上，她一言不发。他们一坐定，从警局驶离，她就说："我觉得我们该请个律师了。"

拉斯巴克盯着他们，就像狗盯着骨头，看来他不会松口了。梅和尼克一直没请律师，是不想显得像有罪似的。他们想跟警方全力合作。但到现在这种地步，他们虽然还没遭到起诉，却已被当成嫌疑人对待。

　　梅和拉斯巴克谈话时发生了什么？这让尼克感到不安。梅出来的时候脸色苍白，显然很苦恼。事情让她紧张到了想尽快找一位律师的程度。他想弄清她在审讯中说了些什么，但她含糊其辞，模棱两可。听她说的事情，没有一件能导致他们急需律师。

　　她没告诉他的又是什么事？

　　梅想请她父母过来讨论一下。尼克告诉梅，不需要她父母的帮助，他们也能找到一位律师。梅坚决地告诉他，高明的律师会期待巨额的定金。于是梅的父母被请了过来。

　　结果不足为奇：梅的父母已经着手去找花钱可以请得到的最好的律师。

　　"事情到了这个地步，梅，我很抱歉。"她父亲严肃地说。他们——梅和尼克，还有梅的父母——围坐在餐桌旁，梅煮了脱因咖啡。

　　"请律师是个好主意，"梅的母亲说，"你们不能相信那位警察。"

　　梅看着她："为什么您没有告诉我警察今天早上叫您去问话呢？"

　　"没必要，我也不想让你担心，"梅的母亲说，"我就告诉了他们我的名字，然后说我无话可说，我不会任他们摆布。我只在里面待了五分钟左右。"

"他们也问我了，"理查德说，"他们也没从我这里捞到任何信息。我是说，我有什么可告诉他们的呢？"

尼克感觉到一阵恐惧。理查德不喜欢他，他也不信任理查德。理查德会不会对警察说些背后中伤他的话呢？

理查德说："他们没有指控你们犯下任何罪行，我认为他们不会这么做——我看不出他们怎么能这么做。但找律师是个好主意。如果由一位首席辩护律师做你们的代理，也许他们就不会再指使你们了，他们也不会再不停地讯问你们，而是开始关注是谁真正带走了科拉。"

在厨房餐桌旁的整个会谈中，理查德没有看过尼克一眼。他们都注意到了，但没人比尼克更注重这一点。"我弄丢了他们五百万美元，"尼克想，"他倒这么泰然自若，提都没提过一回。其实他没必要这么矜持。"可尼克知道理查德在想什么："我这个废物女婿又搞砸了。"尼克想象着理查德坐在花岗岩俱乐部的休息室里，喝着昂贵的酒，把一切都告诉他的富豪朋友们：他的女婿是多么废物，他是怎么失去了他唯一的宝贝外孙女，外加上他的五百万血汗钱，只因为尼克是个窝囊废。更糟糕的是，尼克知道这次的确如此。

"事实上，"理查德说，"我们已经把定金付给一位律师了，就在今天早上。"

"谁？"梅问。

"奥布里·韦斯特。"

尼克抬起头来。"真的？"尼克感到惊愕，他们都看得出来。

"他是全国顶顶出色的刑事律师，"理查德说，声音越来越高，"我们付钱。你觉得有问题吗？"

梅看着尼克，无声地央求他算了，接受这份礼物就是。

"也许有点。"尼克说。

"雇佣我们能找到的最好的律师，这有什么错？"梅问道，"别担心钱，尼克。"

尼克说："我担心的不是费用。但我觉得这有点过火，仿佛我们有罪，需要请来全国最好的律师。奥布里·韦斯特以代理引人注目的大谋杀案著称，这不会让我们与他别的客户混在一起吗？是不是好像我们成了坏人？"

考虑这个问题时，桌边一片寂静。梅显得忧心忡忡。她没这么想过。

"他让很多有罪的人免于受罚。可那又怎样？那是他的工作。"理查德反驳道。

"你这么说是什么意思？"尼克说，语气有点可怕。梅像是要吐出来了："你认为是我们做的吗？"

"当然不是！别傻了，"理查德说着，脸红了，"我只不过就事论事。你满可以用上能找到的最好的律师。警察什么忙都没有帮。"

"你跟科拉的失踪当然没有任何关系，"梅的母亲坚定地说，没

175

有看向他们中的任何一个，"但你遭到了媒体的诽谤。他或许可以结束这一状况。并且我认为你受到了警方的骚扰，他们没有指控你，却不停地假借自愿调查的名义把你带走——我认为这种情况必须得到阻止。这是骚扰。"

理查德补充说："警察没有指控你，他们从你这里没有取得任何进展，很可能会退出不管。但如果你需要律师，律师就在那里。"

梅转向尼克："我觉得我们应该雇用他。"

"好的，很好，"尼克说，"随便。"

一连几天，辛西娅和格雷厄姆争吵不休。他什么都不想做，只想假装录像带不存在，或者最好毁掉它。这是最安全的做法。他感到不安，因为他知道，他应该拿着录像带去报警，但是在别人不知情的情况下拍摄其做爱场景是不合法的。录像显示辛西娅坐在尼克的大腿上，他们享受得很。如果他和辛西娅遭到起诉，他的职业会遭到毁灭性影响，他作为高级政府官僚的生涯也会就此结束。

辛西娅不在意她做的事情对不对。对她来说，重要的是录像显示绑架发生当晚，尼克在凌晨 12:31 进入他家里，凌晨 12:34 从屋子里出来，抱着孩子。录像表明他把孩子抱出后门，进入了车库。他只在车库待了一分钟，然后回到视线中，进入史迪威家的院子。之后不久，有点色情的场面开始了。

这个男人抱走了自己的孩子，这让格雷厄姆惊骇万分。但他犹豫不决，拿不定主意。他想做正确的事，可又不想惹上麻烦。况且，现在去找警方也太晚了。警方会问他们为什么这么晚才去。他们会陷入比用摄像机偷拍性行为更大的麻烦里——隐藏绑架案证据，或者是阻碍执法之类。于是格雷厄姆想假装录像带不存在。他提议毁掉它。

辛西娅也有不去警局的理由。她有信息，而且这信息有价值。

她会把录像带的事情告诉尼克，她确信他会付她一大笔钱。没必要对格雷厄姆提及这件事。

这么做有点无情，但什么样的人才会绑架自己的孩子呢？他是咎由自取。

The Couple Next Door

第二十一章

尼克和梅坐在厨房餐桌旁，勉强吃着早饭。吐司几乎没动过，他们主要靠咖啡和一肚子绝望过活。

尼克默默地读着报纸。梅看向窗外的后院，什么也没有看见。有时她讨厌报纸，问他怎么能读得下去；有时她又从头到尾快速浏览，寻找有关绑架的报道。但最后，她还是把报纸全读了一遍。她忍不住要读，这是她没法停止揭开的痂。

梅发现在报纸上读到有关自己的报道是顶奇怪的事情。她迷惑得很。更奇怪的是，报上印的内容经常不准确，这给人带来一种非常怪异的阅读体验，尤其是对她这种偶尔会弄不清现实的人。

尼克忽然一惊。"怎么了？"梅问道。

他没有回答她。

梅失去了兴趣。这一天她不喜欢报纸。她不想了解情况。她站起身，把冷掉的咖啡倒进水槽。

尼克屏住呼吸读着。他在读的内容并非关于绑架案——但实际上是的。只有他才知道，那跟绑架案有关系。现在他在绞尽脑汁，考虑该如何应对。

他看着报纸上的照片：就是他，毫无疑问。布鲁斯·尼兰——他的同伙，被残忍地杀害了，死在卡茨基尔一个偏僻地方的小木屋里。报道欠缺细节，但怀疑那是一起拙劣的抢劫。男人的头部受到了重击。要不是被害男子的照片，尼克很可能会彻底错过这则简短的新闻报道，连同报道中那些有价值的信息。报纸上说他名叫德里克·霍尼格。

尼克的心狂跳起来，试图把事情串联起来。布鲁斯——他真正的名字根本不是布鲁斯——已经死了。报道中没有提及他是什么时候被害的。这就可以解释布鲁斯为什么不按计划与尼克取得联系，为什么没有接听尼克的手机。但是谁杀了他呢？科拉在哪里？尼克

179

意识到，肯定是杀害他的人带走了科拉，拿走了钱。

他必须告诉警方。如果警方可以找到杀害布鲁斯——也就是德里克——的凶手，他们就有可能找到科拉！但如果不坦白自己的罪责，他又怎么告诉他们这件事呢？

尼克开始冒汗。他抬头看着妻子，她背对着他站在厨房水槽边，耷拉着双肩。见她这样，他伤心得很，他跟她一样想念科拉。科拉不在了，他的心都要碎了。如果有机会把科拉带回来，即使机会渺茫，他也一定得去冒险。他必须告诉警方。

或者他是在犯傻？现在小科拉还有存活的机会吗？那帮混蛋拿到了钱，肯定已经把她杀了。

尼克的思绪乱成一团，摇摆不定。也许，只是也许，他们还没有杀掉她，也许他们想要更多的钱。即使只有一丝她还活着的希望，他就必须让拉斯巴克知道这件事。可是怎么办？他到底该怎么办，才能不让自己受牵连？或者，如果他必须把自己牵连进去，怎样才能不给他们留下实证？他们想怎么怀疑他都可以——这他可以忍受——但他得确保他们什么都证实不了，还得让梅一直相信他。

尼克仔细琢磨着。布鲁斯死了，没法再开口说话，而他是唯一的知情人。如果他们找到杀害布鲁斯的凶手，即使布鲁斯告诉过他们尼克熟悉内情，那也不算证据，只是转述证词。没有证据表明是尼克把她抱出了婴儿床，递给等在车库的布鲁斯。也许是布鲁斯把她从婴儿床上抱出去的。

布鲁斯——或者说德里克——死了，未尝不是件好事。

他必须告诉拉斯巴克，但怎么告诉？他盯着死去的男人的照片，想出了一个主意。他可以告诉警探他看见报纸上的这张照片，认出了这个男人。他曾看见这个男人在屋外闲荡。直到他看到照片才想起这些事。他们或许不相信他，但他只能想到这么多了。

他确定没人见过他跟布鲁斯待在一起。他认为没人能把他们联系在一起。

万一科拉还活着，他却没为她竭尽全力，那他可受不了。

他得先告诉梅。他又想了一分钟，犹豫着，然后说："梅。"

"怎么了？"

"看这里。"

她来到他身边，越过他的肩头，看着那张报纸。他的手指着照片，她仔细端详着。"这是什么？"她说。

"你认出他来了吗？"

她又看着："不认识。他是谁？"

"我在附近见到过他，我确定。"尼克说。

"在哪里？"

"我不确定，不过他看上去很眼熟。我最近肯定见过他，就在这一带——在我们家附近。"

梅看得越发仔细："我可能是见过他，但不知道是在哪里。"

情况比想象中更好，尼克想。

梅和尼克突然在警察局现身，尼克手上紧握着那张报纸。在去警察局之前，尼克打开他的笔记本电脑，搜索了更多关于凶案的信息，把网上的各种报纸都找来看。他不想被打个出其不意。

没有多少信息，这起案件没什么人关注。这男人是个企业主，独自生活，已离了婚，没有孩子。读到这里，尼克打了个冷战。他认识的那个布鲁斯告诉他说，自己有三个孩子，知道该如何照看婴儿，他相信了布鲁斯。现在，他为自己的行为感到震惊。他把孩子送给了一个完全陌生的人，还相信这陌生人会照看她。他怎么能这么做？

死前一段时间，德里克·霍尼格没有工作，只待在他的小屋里。好多天来，没人跟他接触过。他的尸体是被一周清理一次小屋的女雇工发现的。

拉斯巴克警探被前台的警官召唤过来，吃惊地看着他们。

"您可以抽出一分钟吗？"尼克问道。

"当然，"警探说道，领他们进入那间熟悉的审讯室。他又叫了另一位警官来陪伴他们。四人坐了下来，面面相觑，气氛相当紧张。

尼克把那份报纸放在桌上，就在拉斯巴克前面，用手指着那死去的男人的照片。

警探看着照片，浏览了那篇简短的报道。接着他的目光从报上移开，说："怎么了？"

"我认得他。"尼克说。他知道他看上去有点紧张，虽然他竭力显得不那么紧张。他从容地直视着警探的眼睛："我觉得就在科拉

182

被带走之前的一两个星期里，我在附近见过他。"

"在哪里？"拉斯巴克问道。

"问题就在这里，"尼克支吾道，"我不确定。但一看到照片，我就知道我最近见过他，还不止一次。我觉得就在我家附近，在我们小区——就那条街上。"

拉斯巴克久久地凝视着他，撅起了嘴巴。

"梅也认出他来了。"尼克说着，转向他的妻子。

拉斯巴克把注意力转移到梅身上。

梅点点头："我确实记得他。我以前见过他，但不知道是在哪里。"

"您确定？"

梅又点了点头。"重要的是我们俩都认出了他，不是吗？而且他被人杀了。您觉得这跟绑架案会不会有关系？"

"有可能，"拉斯巴克说，"请在这里等一会。"拉斯巴克离开了房间。

梅和尼克静静地等着，他们不想当着另一位警官的面交谈。尼克不得不有意克制住自己的躁动。他想站起身来，在房间里踱上几步。过了近二十分钟，拉斯巴克终于回来了。

"我要去那里，马上就去。如果有什么跟你们的案子相关的事，我会联系你们。"

尼克突然问道："我们能跟您一起去吗？"

拉斯巴克有些吃惊，摇了摇头："不，恐怕不行。"

"您觉得过多久我们能收到您的消息？"尼克问。

"我不知道。我会尽快给你们反馈。"拉斯巴克答应道，很快便目送他们出了门。

拉斯巴克不傻。他怀疑尼克就是要用这种方式告诉他，死去的男人是他的同伙——尼克在请求他帮忙把孩子找回来。他们都知道，也许有点迟了。他们也都知道，他是上了别人的当。但拉斯巴克会假装合作。拉斯巴克意识到，孩子离开康蒂家时肯定还活着，不然尼克现在不会来找他。这就让母亲脱离了嫌疑——她不可能杀害孩子，不管有意无意。尼克冒了很大的风险，但他显然已孤注一掷。拉斯巴克乘坐巡逻车出了门，急着想看他在卡茨基尔的命案现场会发现什么。

The Couple Next Door

第二十二章

　　没别的可做，尼克和梅只得开车回家。尼克是在刀尖上跳舞，他已经感觉到了。梅在希望和绝望中来来回回，精疲力竭。现在他们什么也做不了，只能等待。也许警察能在卡茨基尔的犯罪现场找到一些有用的东西。

　　回到家，尼克焦躁不安，在屋子里走来走去。他惹得梅也紧张起来，两个人互相抢白。

　　"我想我得去办公室，"他突然说，"我最近什么事都没心思管，我得把注意力转移到别处。"

"好主意。"梅同意道。她正想要他离开屋子。她够紧张的了，他还搞得她更紧张。

　　他一离开，梅就无事可做，除了打扫屋子，但屋子已经够干净了。她惶惶不安地在屋里四处游荡，尽力回忆着她在哪里见过死去的那个男人，但什么也想不起来。

　　她没事可做，就想到要去跟辛西娅对质。今天她思路清晰，觉得带走孩子的不是辛西娅，但她想知道辛西娅跟她丈夫之间有什么关系。她去关注她丈夫跟辛西娅之间的事情，是因为比起思考孩子出了什么事，这还不会让她那么痛苦。

　　梅知道辛西娅在家。半独立式房屋共用一堵墙，她偶尔能听见墙另一边的动静。梅知道格雷厄姆又出差了，那天早上，她从卧室窗口看见他拿着包上了黑色的机场客车。她可以到隔壁去教训辛西娅一顿，警告她离自己的丈夫远点。梅不再踱步了，她盯着起居室那面共用的墙，想下定决心做点什么。辛西娅就在墙那边。

　　可她今天没有勇气。科拉的事情让她忧心如焚，并且她觉得尼克不会再靠近辛西娅。她告诉过警探她无意中听到的东西，但她还没有跟尼克说起过，尼克也没对她提过。他们一贯不谈难谈的事情。可她认为必须跟尼克谈谈这事，她得让他保证不再跟辛西娅产生瓜葛。辛西娅是不能信的，他们跟史迪威家的友谊结束了。如果她拿她知道的那些事跟尼克对质，告诉他她在楼梯顶上听到的内容，他会难受得很。他现在会避开辛西娅的，她毫不怀疑。在这一点上，她没有什么可担心的。

如果他们熬过这一关，如果他们仍然在一起，她会跟尼克谈谈辛西娅的事情。她还要跟他谈谈公司，他们彼此都该更坦诚一些。

梅想搞搞卫生，但房子已经一尘不染。真够怪的，这天中午，焦虑和肾上腺素刺激着梅，她干劲十足。科拉还在的时候，她勉勉强强才能过完一天。现在这个时刻，她会恳求科拉躺下去睡个午觉。她不由得抽泣起来。

她得保持忙碌。她从前门口开始，收拾覆盖风道的老式进气格栅。涡卷装饰的铁制品积满灰尘，不得不用手清理。

她正坐在那里，邮件到了，从门上的狭缝里落下来，落在她旁边的地板上，吓了她一跳。她看着地板上的这堆邮件，呆住了。又是一堆恐吓信，她受不了了。可要是有别的呢？她放下湿布，在牛仔裤上擦干双手，透过信封观察着。没有贴着打印地址条的信件，就像装有绿色连体衣的包裹那样。梅意识到她一直在屏住呼吸，这才不再压抑自己，把气呼了出来。

她没有打开任何一封邮件。她想把它们都扔出去，但是尼克让她保留信件。他每天逐一检查，以免绑匪仍然试图联系他们。他没告诉她信的内容。

梅拿起水桶和抹布，上楼去清理格栅。她从走廊尽头的办公间开始，把原来那些充当装饰的格栅拉下来，这样更容易清理。她在风道里看见了个小而暗的东西，吓了一跳，走近细看，害怕是一只死老鼠。但那不是老鼠，而是一部手机。

梅把头枕在膝盖之间，集中注意力，好让自己别昏过去。就像惊恐发作似的，所有血液仿佛都从她的身体里抽离，眼前全是黑点。过了一会，眩晕的感觉消失了。她抬起头，看着管道里面的手机。她简直想把盖子放回去，下楼去喝杯咖啡，假装她从来没有看见它。但她不是个懦夫，便伸手去取。手机固定在风道边上，她使劲拉，总算拿到了手里。先前手机是用银色的强力胶带固定在风道内壁的。

她盯着手里的手机。她以前没见过它，可见不是尼克的。他的手机她认识，他总是随身带在身边。但她不能骗自己。有人把这部手机藏在他们家里，而手机不是她的。

尼克有一部秘密手机。为什么呢？

她首先想到的是辛西娅。他们有婚外情吗？或者还有别人？他长时间在外工作，而她身材肥胖，怏怏不乐。可直到那一晚跟辛西娅发生纠葛，她从没想过他真的会不忠。也许她完全没有察觉，也许她就是个十足的大傻瓜。妻子总是最后一个知情。

手机看上去很新。她开了机，屏幕亮了起来。至少还有电。但现在，她又被密码挡在了外面。她得画个图案来解锁手机，但她不知道那是什么。她连尼克常用的手机的密码都不知道。她尝试了几次，由于错误次数太多，手机被锁住了。

她想要思考，但她只是恐慌。

拉斯巴克警探前往卡茨基尔的犯罪现场。长途驾车途中，他脑中浮现出各种念头。他脑海里又显出那天早些时候跟尼克和梅·康蒂会面的场景。他几乎可以肯定梅不知情，但是尼克——拉斯巴克认为他跟尼克达成了一种默契。拉斯巴克相信，是尼克绑架了科拉，而且还被骗了，尼克明白这一点。很明显，那个死去的男人跟这件事有关。他肯定就是那位神秘的同伙，凌晨 12:35 驾车开上小路的那位。拉斯巴克派几名最优秀的警官去展开调查，努力寻找尼克和死者德里克·霍尼格之间的关系。他们对死者做了细致周密的侦查，他所有的熟人都给查了一遍。也许他们会找到蛛丝马迹，别管多牵强，但总能将他跟尼克联系起来。但拉斯巴克不这么认为，不然尼克就不会来找他。尼克肯定不会来找他，只要他觉得自己会被牵连进来。但德里克·霍尼格死了——也许尼克觉得风险还可以承受，而且怀着能把孩子找回来的渺茫希望。

　　拉斯巴克相信，尼克爱自己的女儿，无意让她受到伤害。他几乎为他感到遗憾。但他又想起那个孩子，她很可能已经死了，还有那位心碎的母亲，所有的同情又都消失了。

　　"这里拐弯。"拉斯巴克告诉开车的警员。

　　他们离开主干道，在一条偏僻的土路上开了一段时间，最后来到一处岔道口。巡逻车在一条车辙纵横的车道上颠簸，路边高高低低，林木丛生。车停在一间简陋的小木屋前，警察用黄色的带子把四周围了起来。现场有一辆警车，显然在等着他们。

　　车停了下来，他们下了车。"我是拉斯巴克警探。"拉斯巴克

189

说，向在现场的那位警官介绍了自己。

"我是瓦特警官，探长。这边请。"

拉斯巴克四下望着，不放过任何细节。这是一个偏僻的地方，人迹罕至。最后的几英里路上，经过之处都没有别的房子。他往水边瞟了一眼，只见一个荒凉的小湖，视野中再没有别的小屋。要想把个婴孩藏上几天，这是个绝佳的场所，拉斯巴克想。

他进入小木屋。那是一座 70 年代的老房子，厨房地面铺着难看的油地毡，摆着一张贴面塑料桌，还有过时的橱柜。

"尸体在哪里？"拉斯巴克问道。

"在那里。"警官说着，指向起居室。房间里的家具配不成一套，都是别处弃置不用的。尸体的位置清晰可辨，陈旧的米色地毯上还血迹斑斑。

"凶器呢？"

"我们拿到实验室去了。凶手用的是一把铲子，在他头上打了好几次。"

"面目还可以辨认吗？"拉斯巴克问道。

"伤痕累累，不过还可以辨认。"

拉斯巴克考虑要带尼克去停尸室看看。你玩的把戏就是这种结局，他想。"那么，有什么推论吗？"

"乍看起来的推论吗？公论是一起拙劣的劫案，但我和你私下来说，这里没什么可抢的。当然，我们不知道之前是不是有东西。这里太偏远了，说不定是毒品交易出了岔子。"

"还有可能是绑架案。"

"也有可能。不过更像人身攻击，凶手多次用铲子袭击他。我是说，他已死得透透的了。"

"没有任何婴儿用品的痕迹吗？没有尿布、奶瓶这类东西？"

"没有。如果这里有婴儿待过，带走她的人清理得相当干净。"

"垃圾是怎么处理的？"

"估计他在柴火炉里烧掉了一些垃圾，我们仔细检查过，外面有一个火坑。但这里一点垃圾也没有。要么就是死者那天早上扔过垃圾，要么就是有人清理过。离这里二十英里有个垃圾场，他们查到了车牌，上星期他没去过那里。"

"因此，这不是一起蹩脚劫案。要是抢劫，没人会把人杀了，还要处理掉所有的垃圾。"

"的确没有。"

"他的车在哪里？"

"在实验室。"

"什么牌子的？"

"油电两用车，一辆黑色普锐斯。"

这就是了，拉斯巴克想。他有一种感觉，觉得这辆车的车胎正配得上康蒂家车库里的车胎印。并且，不论垃圾清理得多么彻底，只要孩子在这里待过几天，就能提取到 DNA 证据。看起来婴儿科拉的绑架案中，他们将会取得第一个可靠的线索。

他们终会有所进展，只要他别觉得太迟就好。

The Couple Next Door

第二十三章

尼克在办公室里。那里没有别人，他的员工远程工作，不来办公室。这样不错，他需要思考。

他想起当天早些时候他和梅同拉斯巴克警探会面的经过。拉斯巴克知道是怎么回事，他确定。拉斯巴克那双眼睛似乎看穿了尼克，洞察了他所有的秘密。尼克倒不如站出来直接说："这就是前几天跟我合谋带走科拉的那个人，我们商量好了赎金，他现在倒死了。情况已不受我控制，我需要您的帮助。"他想知道为什么拉斯巴克在梅面前什么也没有说。

但是这位警探似乎喜欢当一方不在场时对另一方表明他的怀疑。这是一种有效的策略，可以在他们之间引发猜忌，这就是警探想要的。也许拉斯巴克警探会再叫梅去，告诉她自己对死去的那个男人和尼克的怀疑。

不管怎样，他们现在有律师——一位以为罪孽深重的人脱罪而著名的律师。如今尼克意识到，这是一件好事。梅今后再受到讯问，会有律师在场。尼克不再在乎名誉了；更重要的是，他得保住自由之身，还得把梅蒙在鼓里。

手机响了。他看了看来电显示，是辛西娅打来的。好个婊子。她为什么要打电话给他？他犹豫起来，思量着是接听还是让呼叫转入语音邮箱，不过最后，他接了起来。

"嗨。"他的声音冷冰冰的。她向警察撒了谎，他永远不会原谅她。

"尼克。"辛西娅轻言细语，似乎什么也没有发生过，就仿佛最近的日子压根不存在，一切都跟往常一样。他多么希望是这样啊。

"怎么了？"尼克说。他想长话短说。

"我有点事想跟你谈，"辛西娅说，听口气像要跟他谈生意似的，"你能来我家吗？"

"什么事？你想道歉？"

"道歉？"

"因为你向警方说了谎。你告诉他们是我向你献殷勤，但我们都知道，献殷勤的是你。"

"我很抱歉。"

"这算什么？你很抱歉？你知道你给我带来了多大的麻烦吗？"

"我们可以谈谈吗？"

"这有什么好谈的？"

"你到了我会解释的。"辛西娅说，然后挂断了电话。

尼克在桌前坐了五分钟，想打定主意，看到底该怎么做。最后，他站起身，关掉灯，锁上办公室门。不理她会让他不安，辛西娅可不是那种由人置之不理的女人。他最好先看看她要说什么。

进了自家小区，尼克意识到如果他去见辛西娅，即便只有几分钟，也最好不要让梅知道。因此他最好不要把车停在家门口。要是把车停进车库，他就可以从房后过去，到辛西娅家待几分钟，然后回家。

他把奥迪车停进车库，穿过后院，进了大门，到辛西娅家敲了敲后门。他觉得自己鬼鬼祟祟，备受良心的责备，仿佛他背着妻子偷偷摸摸。他可不想背着妻子偷偷摸摸，他想扭断辛西娅的脖子，那才是他想做的事。等人应门的时候，他漫无目的地看向露台四周。那天她爬到他的大腿上时，他就坐在这里。

辛西娅来到门口，看上去有点吃惊。"我以为你会从前门过来。"她说。她似乎在暗示什么，但不像通常那样卖弄风情。他马上看出，她今天没心情调情。这倒好，他也没心情。

他走进厨房。"什么事？"尼克说，"我得回家。"

"你总有几分钟时间听这事的。"辛西娅说着，往后靠在厨房柜台上，把修长的手臂折叠起来，放在胸前。

"你为什么对警察说谎？"尼克突然问道。

"只是个小小的谎言。"辛西娅说。

"不，不是的。"

"我喜欢说谎，就像你一样。"

"你究竟在说什么？"尼克恼火地说道。

"你的生活就是个谎言，不是吗，尼克？"

尼克打了个冷战。她不可能知道，什么都不可能知道。她怎么会知道呢？"你究竟在说什么？"

"我很抱歉地告诉你，尼克，格雷厄姆在后院装了一个隐秘的监控摄像机。"尼克不发一言，只觉得浑身发冷。"你在这里的那天晚上正开着摄像机，就是你的孩子失踪那晚。"

她知道了，尼克想，妈的，妈的。他开始出汗。他看着她漂亮的脸蛋，现在在他看来丑陋无比。她就是个摆布他人的婊子，也许她在虚张声势。他也可以装下去。

"你们装了摄像机？你们拍到绑匪了吗？"他问道，就好像这是个好消息。

"哦，拍到了，"她说，"当然。"

尼克知道一切都完了，她的录像机录到他了。他能从她的表情上看出来。

"就是你。"

"胡说。"尼克讥笑道，想显出一副一个字也不信的样子，但他知道这无济于事。

"你想看看吗？"

他想扭断她的脖子。"好。"他说。

"跟我来。"她说着便转身上楼。

他跟她上楼来到卧室，那是她跟格雷厄姆共用的房间。他觉得她真蠢，竟然邀请一个她明知有能力实施绑架的男人来到她的卧室。她看上去并不害怕，仿佛一切都在她的控制之中。她就是这样，她喜欢掌有绝对的控制权，摆弄操纵人们的牵引线，看着他们跳舞。她还喜欢来点刺激，冒点风险。她显然想敲诈他，他想着要不要让她得逞。

床上开着一台笔记本电脑。她点了几个按钮，一段视频便播放起来，上面有日期和时间标志。尼克看着录像带，飞快地眨着眼睛：是他在调弄那盏灯，然后进了房子。三分钟后，他抱着科拉出来了，孩子用白色的毯子裹着。那无疑就是他。他四处张望，确保没人注意。接着，他快步走到车库后门。一分钟后他又现身了，独自一人，穿过草坪往回走。他忘了再到后门把灯调好。发生了这么多事情之后，现在看到这一切，尼克感到无法抑制的懊悔、内疚和羞耻。

还有被逮个正着的愤怒——被她。她会向警方出示证据，还会给梅看。他完了。

"还有谁看过这个？"他问。

她没有理会他的问题。"你把她杀了吗？"辛西娅问道，几乎带着和以往一样的戏谑口吻。她本人连同她病态、冷漠的好奇心都令他感到恶心。

他没回答，也许他想让她认为他有能力杀人。"还有谁？"他逼问道，恶狠狠地看着她。

"没有别人。"她说着谎。

"格雷厄姆呢？"

"不，他没有看过。我告诉他我检查过摄像机，但电池没电了。他没有怀疑，一点也不知道这事，"她补充说，"你认识格雷厄姆，他对这种事没有多大兴趣。"

"那你为什么要把这个给我看？"尼克问，"为什么不直接去找警察？"

"我为什么要那么做？我们是朋友，不是吗？"

"别拐弯抹角了，辛西娅。"

"很好。如果你想要我保密，那你得花点钱。"

"这样的话，那还真有点儿麻烦，辛西娅，"尼克说着，尽量克制着语气，"因为我没有钱。"

"哟，得啦，你肯定有。"

"一个子儿也没有，"他冷漠地说，"你觉得我为什么要绑架自己的孩子？为了好玩？"

她重新调整着她的预期，他看得出她脸上的失望。

"你可以抵押房子，不是吗？"

"已经抵押了。"

"再多抵押一些。"

这个冷血的婊子。"我办不到。很明显，要是梅不知情，我就抵押不了。"

"这么说，也许我们需要也给梅看看录像带。"

尼克突然朝她迈进一步。他不需要装出一副走投无路的样子，他本来就已走投无路。如果他愿意，就能把她折成两半。但她看上去并不害怕，反而兴奋得很。她双眼放光，他看得出她呼吸时胸脯快速地一起一伏。也许她要的就是危险，别的都是其次。她就是要刺激。

"不许把录像带给其他人看。"

她并不急于答复。她直视着他的眼睛，两人的脸只隔了几英寸："我倒宁愿不给任何人看，尼克。我希望这成为我们两人的秘密。不过你得跟我合作，你必须弄到钱。"

尼克怒冲冲地想着。他没有钱，也不知道怎样才能弄到钱。他只得拖延时间："瞧，眼下我没有钱。给我一些时间，来把事情理顺。你知道，我现在的生活乱七八糟，根本没法冷静思考。"

"事情不像你计划的那样，是吧？"她说，"我看了报纸。"

他想打她，但他忍住了。

她打量着他："好，我给你点时间。我暂时不会给别人看录像带。"

"你想要多少钱？"

"二十万。"

比他的预期少。他本以为她会要得更多，那才符合她张扬的个性。但是如果给她钱，她就会要得越来越多——勒索就是这样，你永远也摆脱不了他们，因此她现在说的数额没有意义。即使他付给她钱，她当着他的面毁掉录像带，他也永远不能确定没有副本。他的生活毁了，但他早就知道了。他的人生完全毁了，方方面面都是如此。他纳闷他何苦还要应付下去。

"我觉得这很公平。"她说。

"我要走了。离梅远一点。"

"我会的。不过要是我不耐烦了，总是收不到你的消息，我可说不定会给你打电话。"

尼克推开她，走出卧室，下了楼，走出厨房门，头也不回。他非常生气，根本没法理智地思考一下。他又气又怕：证据有了，他带走孩子的证据。事情全变了，他得坐牢，坐上很长时间，梅也会知晓一切。

那一刻，他觉得事情不会变得更糟了。他从辛西娅家的露台穿过大门，进入自家的后院。梅正在后院给植物浇水。

他们四目相对。

The Couple Next Door

第二十四章

　　梅看见尼克从辛西娅家的后院出来，不由得睁大了双眼。她手上拿着喷水壶，惊得一动不动。尼克刚才在辛西娅家。为什么？他到辛西娅家只有一个原因。"你在辛西娅家做什么？"她冷冷地问道。

　　尼克脸色变得煞白。被当场抓包，他不知道该如何应对，茫然不知所措。他从来不擅长即兴发挥。她几乎要同情他了，可又同情不起来，眼下她恨他。她扔掉喷水壶，跑过他身边，穿过后门进了屋。

他跟上她，拼命喊道，"梅！等等！"

可她没有等他。她跑上楼，放声痛哭。他跟着她的脚步追到楼上，求她等等，跟他谈谈，听他解释。

但他不知道该如何解释。不对她提起录像带的情况下，又如何解释他为什么要偷偷去辛西娅家？

他以为梅会去卧室，扑倒在床上哭泣，她心情沮丧时总是这样。也许她会当着他的面砰地关上门，锁上。她以前也这么干过。最终她会出来，这就给了他思考的时间。

但她没有跑进卧室，也没哭倒在床。她没有把他锁在卧室外，反而沿着过道跑进办公间。他跟在她身后。看见她跪倒在风道前面。

哦，不，老天，不。

她扯掉风道的盖子，把手伸进去，从风道边上把那部手机扯下来。他难过极了，但现在再没法逃避。她把手机放在手心，举起来给他看，眼泪顺着她的面颊流下来，她用指责的口吻说道："这究竟是什么，尼克？"

尼克呆住了。他没法相信会发生这种事。突然，他不得不压抑住想要大笑的冲动。发生的这一切真是滑稽透了。辛西娅的录像带，再加上这事。他到底要怎么跟她解释？

"你就是一直用这个跟辛西娅联系的，是吧？"梅指责道。

他盯着她，一时很困惑。他差点脱口而出：辛西娅就在隔壁，我干吗要用手机跟她联系？他这一犹豫，她又觉得还有别的事情。

"还是另有其人？"

尼克不能告诉她真相，她现在拿在手心的那部隐秘的手机是他与绑架孩子的帮凶联系的唯一方式。那个男人现在已经死了，尼克则在墙里藏了一部难以追踪的预付费手机，来给帮忙绑架孩子的同伙打电话。而她认为他有外遇，要么是跟辛西娅，要么是别人。他的本能想让她远离辛西娅，所以得编个故事。

"抱歉，"他开口道，"不是辛西娅，我发誓。"

她尖叫着把手机狠狠地扔向他，手机打到了他的前额，又弹了出去。他感觉右眼上方一阵剧痛，但他罪有应得。

他恳求她："都结束了，梅。这根本没有意义，只持续了几个星期。"他说起了谎："就在科拉出生后，你特别疲惫……我犯了错，可这全是偶然，事情就那样发生了。"他胡扯着他能想到的所有陈词滥调。

她厌恶而又愤怒地瞪着他，泪水糊满了脸，流着鼻涕，头发纠缠成一团。"从现在起，你到沙发上睡去，"她说，口气里满是蔑视，"直到我想好要怎么办。"她推开他，走进卧室，砰地关上门。他听见她转动门锁的声音。

尼克慢慢地从地板上捡起电话。缺少睡眠，此刻又被眼泪刺痛，他的双眼灼烧了起来。人生突然发生这样的逆转，他惊愕得麻木起来。先是辛西娅和录像，现在梅又找到了手机，认为他有外遇。贯穿事件始终的是他失去了科拉，还背上了难以克服的负罪感。

他心不在焉地打开手机，无意识地输入了密码图案。那里有他的通话记录——全都是打给同一个号码的，可全都没有接通。现在他知道原因了。布鲁斯·尼兰——德里克·霍尼格——被杀害了，孩子被抢走了。

恐惧和困惑中，尼克试图思索。谁可能会知道布鲁斯带走了孩子？他是否把他们的计划告诉了别人，而后那人才袭击了他？但他为什么要那么做呢？看上去不大可能。难道是他粗心大意，让人看见了孩子，认出了她？尼克实在不能理解怎么会有人知道他的宝贝女儿在那座偏僻的小屋里。人们发现她失踪时，布鲁斯应该已经离开了他们的小区，出了城，凌晨时到了小屋那里。没人会看见他们。到底是谁知道内情？又是谁带走了科拉？

尼克漫不经心地低头看着手中的手机。手机一震，他注意到一个未接来电标志。上次他看的时候还没有。当然，铃声停住了。谁会用布鲁斯的手机给他打电话呢？他按了重拨，心怦怦直跳。他听见手机在响，一声，两声。

这时，一个熟悉的声音传来："我刚才还在琢磨你什么时候才会打来电话。"

梅哭着在床上睡着了。她醒来时，外面天已经黑了。她躺在床上，仔细聆听着屋子里的声音。她不知道尼克在哪里。她看见他不会烦吗？她会把他赶出家门吗？她躺在床上，紧抱着枕头，斟酌着她有限的选择。

如果她现在赶他走，看上去会不大体面。媒体会像野兽一样盯着他们，他们看上去会越发像一对罪人。如果他们是无辜的，为什么要分开呢？警察或许会逮捕他们。可她还在意吗？

无论如何，梅知道尼克是一位好父亲，他爱科拉——他跟她一样悲痛。她知道他跟她的失踪没有关系，因而她不得不容忍他待在屋子里。她不能把他赶出去，至少现在不行，即使一想到他跟另一个女人在一起，她就觉得恶心。

她不相信他跟科拉的失踪有关，不论警察对她说了什么，也不论他们用狡猾的问题和假设暗示了什么。尼克跟她一起在参加派对，她午夜最后一次看到科拉时，科拉还很好。尼克十二点半时看过孩子，几分钟后就回到了辛西娅家。他怎么可能带走科拉？警方告诉她，他们认为他有一个同伙。他们非常重视在车库找到的轮胎痕迹，另外有证人说凌晨 12：35 曾看到一辆车开到小路上。他们向她保证说，他们会找到这位同伙。他们问她这人可能是谁——显然不是她，她没有在凌晨 12：35 时把车开到小道上。但有人这么做了，而且警察认为科拉就在那辆车里。他们相信是尼克把科拉放进车里的，但她不相信。

梅想象不出他为什么会做这样的事。不可能是为了钱——只要去要，他们就能从她父母那里拿到钱。他绝对不会伤害科拉，再等一百万年也不会。他会用他的生命保护她和科拉，这一点她敢肯定。他不忠诚——她现在知道了——但他爱她，更爱他们的孩子。想到这里，她又哭了起来。她不怀疑尼克的爱，可他似乎控制不住他的欲望。也许错在她，不该变得臃肿伤感，也不该孩子出生后就对他漠不关心。也许她不应该责怪他。在科拉出生之前，他从来没有背叛过她。大概是她期望值太高了。

不，她不相信尼克会为了钱抱走科拉，一分钟都不能相信。警方还对她暗示说，尼克也许一直在替她掩盖。他们暗指也许是她杀死了科拉，他发现孩子死了，找人处理了尸体，为的是保护她。他们想在她脑子里种下怀疑的种子。但那也不可能是真的：科拉很好，午夜时分她最后一次看见科拉时，孩子还绝对正常。梅提醒自己，寄来连体衣的是别人，留下汽车座椅和毯子却拿走钱的也是别人，不是他们。而警方竟然暗示是她杀死了科拉，尼克找人隐藏了孩子的尸体，还试图拿到赎金，这是多么令人绝望啊。整件事都不合情理。

梅试图回忆那一晚。她闭上双眼，躺在床上努力回忆。这是她第一次试着让自己回到当晚的那个房间，此前她一直回避。但现在，她脑海中浮现出的是她最后一次看见孩子时的情景。科拉在婴儿床里，房间很暗。科拉仰面躺着，胖嘟嘟的胳膊举着放在头的两边，湿漉漉的金发打着卷儿，汗津津地搭在额头。头顶的吊扇懒洋洋地旋转着，卧室窗户开着，但仍然令人窒息。

梅记起来了。她站在婴儿床边，低头看着她宝贝女儿的小拳头，还有那赤裸的弯曲的小腿。盖着被子太热了。她抑制住伸手抚摸孩子前额的冲动，害怕把科拉弄醒。她想把孩子抱在怀里，把她的脸埋在孩子的颈间啜泣，但她控制住了自己。她百感交集——为了爱，还有温情，以及无望、绝望和无能——她感到羞愧。

她站在婴儿床边，不想责备自己，但是很难。她新做妈妈却没能欣喜若狂，这仿佛是她的过错。她是很沮丧，可她的女儿——她的女儿完美无瑕。那是她心爱的宝贝，她的抑郁不是女儿的过错。她女儿没有任何过错。

她想待在孩子的房间里，坐在舒服的护理椅上沉入梦乡。但她还是蹑手蹑脚地走出房间，回到了隔壁的派对上。

关于午夜那最后一次探视，别的梅都记不起来了。她没有晃动孩子，也没有失手把孩子掉在地上。总之，那时都没有。她甚至没有把孩子抱起来。她记得非常清楚，半夜十二点时她只看了孩子短短片刻，没抱也没碰，只怕把孩子弄醒。因为十一点钟喂奶时，孩子有点躁动不安。孩子醒了，有点难缠。梅喂了奶，但孩子没有安定下来。她抱着孩子走来走去，唱歌给孩子听。她也许打过孩子。是的，她打过孩子。梅又累又沮丧，对派对上的事情心烦意乱，哭了起来。她不记得把科拉掉在地上，也没摇晃过科拉。但她就是记不起给孩子换过衣服。为什么记不起来？如果她记不起换过衣服，那还有什么记不起来？她打过孩子后做了什么？

当警方拿那件粉色连体衣的事情找她对质时，她说她的想法肯定是对的：她给孩子换过衣服。每天最后一次喂奶、换尿布时，她常给孩子换衣服。她认为她当时也是这么做的，她知道她肯定如此，但她记不起这么做过。

她感到内心深处透出一阵寒意。她怀疑自己十一点钟最后一次喂奶时是否真的对孩子做了什么。她打了孩子，但之后的事情不记得了。她做了比那更过分的事情吗？做过吗？她杀了孩子吗？难道尼克十二点半时发现孩子死了，承担了最坏的后果，要为她掩盖？是他打电话找人来把孩子带走的吗？所以他才想在派对上多待一会，好给另一个人留下时间，把孩子带走？梅现在拼命想要记起孩子午夜十二点时是否在呼吸，可她记不起来，没法确定。她感到恶心。

她敢问尼克吗？她真想知道吗？

The Couple Next Door

第二十五章

听到岳父的声音，尼克倒在地板上，说不出话来。困惑和怀疑中，他想不起来该说什么。

"是尼克？"理查德问道。

"是的。"即使在他自己听来，他的声音也像死了似的。

"我知道你的所作所为。"

"我的所作所为。"尼克一成不变地重复道。他还想把一切都联系起来：为什么梅的父亲用着布鲁斯的手机号码？警察在命案现场发现了手机，然后交给了他吗？这是圈套吗？

"为了赎金绑架自己的孩子，去偷你岳父母的东西，就仿佛我们给你的还不够多。"

"你在说什么？"尼克绝望地说道，企图争取时间，想出办法来应对这种怪诞的状况。他抑制着自己的冲动，免得恐慌之中挂断电话。他必须否认，否认，否认。没有任何证据。可这时他想起辛西娅的录像带，还有这部电话。这电话到底是什么意思？他的大脑乱成一团，想要理清头绪。如果警察找到了布鲁斯的手机，就在那一头听着，现在尼克接了电话，他们就有了他们想要的证据，证明尼克与布鲁斯合谋。

但也许警方根本不知道这部电话。电话的含义让人毛骨悚然，尼克感觉浑身发冷。

"哟，得啦，尼克，"理查德说，"你这辈子总得拿出点男人的样子来吧。"

"你从哪里拿到的手机？"尼克问道。他的大脑拼命运转，想要填补空白。如果不是警察把手机给了理查德，用来诱骗尼克，那理查德就肯定是从布鲁斯那里拿到的。是理查德杀死了布鲁斯。"科拉在你那里吗，你这王八蛋？"尼克绝望地发出嘘声。

"没在，现在不在。不过我正要去接她，"他的岳父尖酸地补充道，"你没有帮上忙。"

"她还活着？"尼克难以置信地脱口而出。

"我想是的。"

尼克宽慰地喘了口气。科拉，还活着！其他都不重要了，唯一重要的就是把他们的孩子带回来。"你怎么知道？你确定吗？"尼克轻声说。

"我十二分确定，虽然还没把她抱在怀里。"

"你怎么知道？"尼克不顾一切地问道。

"绑匪联系了我们。他们从报纸上得知我们付了第一笔赎金，就想要得更多。他们要多少，我们就付多少。我们爱科拉，你知道的。"

"你没有告诉梅。"尼克说，脑中仍然在反复思考着这一最新进展。

"显然没告诉。我们知道她度日艰难，但这都是为了大局。"

"大局？什么大局？"尼克问。

"真相，尼克。这就是大局。我们必须保护我们的姑娘们不受你的伤害，"理查德说，语气带着点恫吓，"我们必须保护科拉，也必须保护梅。你是个危险分子，尼克，一肚子阴谋诡计。"

"我才不是危险分子，你这浑蛋。"尼克厉声说。他不知道能不能相信理查德："你从哪弄到的这部手机？"

理查德冷冷地说："绑匪寄给我们的，就像他们把连体衣寄给你们那样，还附上了一张解释的字条。你知道吗？我很高兴他们这么做了，因为现在我们知道了你做的事情。我们可以证明，如果我们想证明的话。不过别急，首先我们要把科拉带回来。"他把声音降到最低，威胁道："现在控制权在我这里，尼克。你老实点，别干蠢事。别告诉警察，也别告诉梅——万一又出了岔子，我可不想让她的希望再落空一回。"

"好吧。"尼克说着，脑子飞速地旋转着。只要能把科拉带回来，他会竭尽所能。他不知道要相信什么，但他想要相信她还活着。

他必须毁了这部手机。

"我也不希望你跟艾丽斯交谈——她不想跟你说话。这件事让她非常不高兴。"

"好。"

"我跟你的事还没了结，尼克。"理查德说着，突然切断了电话。

尼克在地板上坐了很长时间，心中充满着重新燃起的希望——还有绝望。夜幕降临。

梅起身下床。她悄悄走到卧室门口，打开锁，拉开门，把头伸到过道。房子里安静无声，办公间亮着灯。尼克一直在那里吗？他在做什么？

梅缓缓地沿着过道往前走，朝办公间里看。尼克坐在地板上，手里拿着那部手机，脸色苍白。她走进去时，他抬头看着她。他们盯着彼此看了很长时间，彼此都不知道该说什么。

最后梅说道："你还好吗，尼克？"

尼克摸着前额出血的肿块，意识到他的头遭受了重创，轻轻点点头。

他极想告诉她，科拉也许一切都好。现在她父亲负责此事，他从没失过手，不像她愚蠢的丈夫。他想告诉她，一切都会好的。

可并非一切都会变好。他们或许能把孩子找回来——但愿如此——但她父亲一定会让尼克因绑架罪遭到逮捕。他肯定会把尼克送进监狱，尼克不知道梅脆弱的情绪能否承受这样的背叛。

一瞬间，他讽刺地想，事情发生这样的逆转，辛西娅该是多么失望啊。

尼克想跟梅说说科拉的情况，但他对理查德保证过要守口如瓶，以防事情发展不顺，绑匪——不管他们是谁——在玩弄他们，像以前那样。之前欺骗过他们一回，还可以再来一次。也许理查德将经历人生中的第一次失败。如果他们不把科拉还回来——如果她已经死了——尼克只希望那些绑架的混蛋起码为了理查德的每一分臭钱拿他当一回事，那总还能得到一点令人满意的结果。

"尼克，说点什么。"梅焦急地说。

"我很好。"尼克轻声说。她竟会跟他说话，他感到惊讶。他纳闷她为什么改变了态度。两三个小时前，她告诉他到沙发上去睡，直到她想清要怎么做。他觉得那意味着她要把他赶出去。而现在，她看上去几乎带着歉意。

她走过来，挨着他坐在地板上。他突然感到不安，怕她父亲会再打电话。那他该如何解释？他关掉了手机。

"尼克，我有些话要对你说。"梅试探性地说道。

"什么事，宝贝？"尼克问道。他伸手拨开她脸上的一缕头发。

这个温柔的动作使她想起他们度过的开心时光，她的眼泪落了下来。

她别过脸，说："你必须对我说实话，尼克。"

他点点头，但什么也没说。他思量着她是否知道，如果她用真相来质问他，他又该说点什么。

"绑架事件发生的那晚，你最后一次去看科拉的时候——"她现在转过脸来面对着他，为接下来要发生的事情忧心忡忡，"她还活着吗？"

尼克吃了一惊，这是他没料到的。"当然活着，"他说，"你为什么这么问？"他关切地看着她。

"因为我记不起来，"梅低声说，"半夜十二点我看到她时，我不记得她在呼吸。你确定她在呼吸吗？"

"是的，我确信。"尼克说。他不能告诉梅他知道，因为他抱起科拉，把她抱出家时，他感觉到她的小心脏在跳动。

"你怎么知道？"她热切地看着他，似乎想要了解他的心思，"你真的核实过吗？还是只看了看她？"

"她躺在婴儿床上，我看见她的胸脯上下起伏。"尼克说了谎。

"你确定？你没有骗我？"梅焦虑地问道。

"是的，梅。你干吗要问我这些？你怎么会认为她没在呼气？因为那个恼人的警探说了什么吗？"

"因为我不确定半夜十二点看见她时她有没有呼吸。我没有把她抱起来，我不想弄醒她。我记不得注意过她在没在呼吸。"

"就因为这些？"

"不是，"她羞愧地垂下头，"十一点钟跟她在一起的时候，我脑中有一段空白，不记得做过什么。我有时候就会这样，头脑一片空白。我做了的事，过后却不记得。我忘了也不是因为喝了酒，我有分裂性障碍，之前没跟你说过。我以为我遇到你的时候已经好了。"她哭了起来："关于连体衣，我对警方说了谎。我不记得给她换过衣服，根本不记得。我以为我换了，但我不记得。我什么都记不起来。"她听起来像是有些歇斯底里。

"嘘……"尼克说，"梅，她当时很好，我确定。"

"警察认为是我伤害了她。他们认为我或许把她杀了，用枕头闷死的，或者是勒死的，而你把她带走是为了保护我！"

"太荒谬了！"尼克生气地说。警察居然这么暗示她，让她承受了这么大的压力。谁都明白，他们要找的是他——那他们为什么要把她逼到疯狂的边缘？

"是吗？"梅问道，失魂落魄地看着他，"我打了她。我很生气，就打了她。"

"什么？什么时候？你什么时候打过她？"

"十一点钟，我喂她的时候。她哭闹个不停，我——我有点崩溃。有时……我会忍不住打她，当她不停哭泣的时候。就是你在上班，她哭个没完的时候。"

尼克惊恐地看着她。"不，梅，我确定你没做过。"他说，希望事实也是这样。这使他不安，就像她令人惊讶地坦白某种精神失常

214

使她不知道自己在做什么一样使人恐慌。

"可我不知道，你明白吗？"梅说，"我记不得。我或许伤害过她。你是在为我掩饰吗，尼克？告诉我真相！"

他用双手捧起她的脸，一动不动地抱着她："梅，她没事。十二点半时她还活着，她在呼气。这不是你的错，你没有任何过错。"她情绪崩溃，哭泣起来，他把她搂进怀里。

他默默想着：这都怪我。

The Couple Next Door

第二十六章

最后，梅焦躁不安地睡着了。尼克醒着待了很久，试图把问题搞清楚。他希望能跟梅讨论这一团糟的状况。他想起过去他们无话不说，每一项计划都要谈论。但现在，他不能跟她说。他知道的事情一直在他焦躁的脑海里转圈，他越发困惑起来。半睡半醒之间，他所有的希望和恐惧都混进梦里，直到凌晨四点惊醒过来，心脏狂跳不止，满身是汗，被单都湿透了。

他确切地知道理查德在跟绑匪谈判，理查德和艾丽斯会倾尽全力把科拉带回来。尼克不得不盼望并祈祷理查德一切顺利。理查德有布鲁斯——德里克的手机，还料到另一端正是尼克。理查德——还有艾丽斯——知道尼克跟德里克暗中串通，为了钱绑架了自己的孩子。尼克起初认为是理查德杀害了德里克，拿走了手机，现在觉得似乎有些荒谬：理查德怎么会认识德里克？理查德有本事打碎另一个男人的头吗？尼克不这么认为，虽然他讨厌这个家伙。

如果真的是绑匪把手机寄给了理查德，警方没有介入，那倒很好。那意味着警方不知道这部手机——至少现在还不知道。但是理查德威胁过他。理查德到底是怎么说的？尼克不记得。他必须跟理查德和艾丽斯谈一谈，说服他们不要对警察——或者梅——说起尼克在绑架中扮演的角色。他怎么才能做到呢？他得让他们相信，梅经不起这种冲击。他得让他们相信梅仍然爱他，揭穿他是绑匪会彻底毁掉她。

在他的整个余生，梅的父母都会拿这件事情来压制他，但起码他和梅、科拉会再次组成一个家庭。他们会把孩子找回来，梅会开心起来。他会竭尽全力供养她们，重新开始。他应该可以做到。也许理查德实际上并不想揭穿他，因为这会让他们在社交场合丢尽颜面，损坏他在商界的名誉。也许他只想把这当作把柄，当作一个不可告人的家族小秘密，来控制尼克的余生，那才像理查德的做事风格。尼克的呼吸顺畅了一些。

他得处理掉这部手机。要是梅按了重拨，联系上了她父亲呢？这时他才想起她不知道密码。不过他必须处理掉它，它将他跟绑架案连在一起。他不能让警察拿到手机。

还有辛西娅和她的录像带，他不知道该怎么处理。短期内她会保持沉默，只要还能让她相信他会给她钱。

天啊，真是一团糟。

尼克摸着黑爬起来，穿上前一天穿过的牛仔裤和 T 恤。他在铺了地毯的卧室里悄悄地走来走去，小心翼翼，为的是不吵醒梅。他很快穿好衣服，沿着过道走到办公间。那部手机还在地板上，正是他们昨晚留在那里的。他打开手机，最后看了一次。什么也没有。这部手机就是罪证，没必要留着了。如果要跟理查德谈话，他可以直接谈。如果理查德不想揭穿他，只是想握住他的把柄，私下里看他坐立不安，那么他就得把手机处理掉。剩下的就是辛西娅的录像带，这是唯一对他不利的物证。

一次一件事。他必须先处理手机。

他从前门旁的碗里拿出车钥匙，悄悄溜了出去。他想给梅留一张字条，又考虑到他会在她醒来前回来，于是没有费这个心。他沿街走着，钻进奥迪。外面寒气逼人，天就要亮了。关于如何处理手机，他还没有做出清醒的决定，不过现在他发现自己正开往湖边，那是他最喜欢的清静之地。天还黑着，他边开车边思考。

他想到辛西娅。她是在敲诈他，不妨以彼之道还施彼身。他想着她还做了别的什么，他是否可以抓住她的把柄，就跟她抓住他可怕的把柄一样。要让天平两端达到平衡。如果他找不到可供利用的把柄，也许还能搞出点什么事情，想法子陷害她。这事他需要有人帮忙，他内心感到恐惧。他不是犯罪的材料，但他似乎正让自己越陷越深。

他仍然相信可以找回自己的生活，如果科拉能够安全地回到他们身边，如果理查德为他保守秘密，而他能抓到辛西娅的把柄——或者用别的什么方式让她退出。他绝不可能一再付钱给她，他不能受她摆布。

但就算这些事情他都能做到，他也绝不能平心静气。他知道，他以后的生活都只是为了科拉、为了梅，他必须尽可能让她们过得幸福，这是他欠她们的，而他幸不幸福都无所谓，他已经失去了幸福的权利。

他把车停在树下，面向湖水，那是他最喜欢的地方。他在车里坐了几分钟，想起上一次来这里时的情景。自那以后发生了很多事情。上次来这里时就是几天前，他十分确信他会把科拉带回来。如果事情按原计划发展，他现在已经带回了孩子，还有钱，神不知鬼不觉。可现在，事情变得多么不可收拾！

最后他从车里出来了。清晨的湖边很冷，天空刚开始变亮。那部手机就在他的口袋里。他走向海滩，来到码头，走到码头的尽头，把手机扔到湖里。谁也找不到了，这件事情总算要了结了。

他沿着码头走到最末端，在那里站了一会，满心懊悔。最后，他从口袋里拿出手机，最后一次看着。然后他用衣角擦去指纹，以防万一。他少年时是个优秀的球员。他用力把手机扔进湖里，扑通一声手机便掉了进去，荡起一圈圈水纹。这让他想起小时候，他常常朝湖里扔石头。那是多么久远的事情啊。

摆脱了手机，尼克感到宽慰。他转身回到车边，吃了一惊：停车场上又停了一辆车，先前并不在那里。他不知道这辆车在那里停了多久。他怎么没注意到它开进来时的灯光？

没关系，他告诉自己，虽然他毛骨悚然。光线黯淡的清晨，即使有人看见他朝湖里扔了什么东西，那也不要紧。他离得很远，没人认得出来。

可他的车就在那里，看得到车牌号。尼克现在有点紧张，他没想到会有人看见他。他再走近些，好好地看了看那辆车。那是一辆警车，一辆没有标志的警车。不是黑白巡逻车，而是没有标志的警车，车前装着格子，你总能看得出来。他感到难受：这里为什么会有警车？还恰恰是这个时候。有人跟踪他吗？警察看见他往湖里扔东西了吗？天气很冷，可尼克在冒汗，耳朵里能感到心怦怦直跳。他想快点走向他的车，尽可能离警车远一些，又不想显出是在有意躲着它。可车窗摇了下来，妈的。

"一切都好吧？"警官问道，头伸出窗外，仔细看了一番。

尼克停了下来，又一次陷入迷茫。他认不出这位警官的脸——不是拉斯巴克，也不是他的手下。荒诞的一瞬，他曾以为是拉斯巴克把头伸出打开的窗户。"都好，当然好。我睡不着。"尼克说。

警官点点头，摇上车窗，开走了。

尼克钻进车里，情不自禁地颤抖起来。过了几分钟，他才能够开车。

早餐时，梅和尼克没怎么说话。经历了湖边的事件后，尼克脸色苍白，心不在焉，而梅对此一无所知，尼克没有告诉她。梅很脆弱，她想念孩子，前一天尼克承认有过外遇，这也使她思虑过重。关于辛西娅，她还是不相信尼克。他为什么昨天从她家出来？如果他说了谎，那他还说了别的什么慌？她不信任他，但他们达成了休战协议，尽管不大稳定。他们需要彼此。也许不管怎样，他们仍然相互关心。

"今天早上我要去办公室。"尼克告诉她，声音有点颤颤巍巍。他大声地清了清嗓子。

她点点头。她知道公司发展不顺利。她并不是真的在意，可她认为他应该去，去看看他能否改善情况。她认为这对他有好处——他看上去不太好。这会转移他的注意力，即使只是很短的时间。她有些嫉妒，因为她没有投入工作、忘记一切的奢侈，哪怕只是忘掉片刻。屋里的一切都让她想起科拉，想起他们失去的东西。她没有解脱的方法，不管多么短暂。

尼克担心她，她看得出来。"我走了你做什么？"他问。

她耸耸肩："我不知道。"

"也许你可以去见见拉姆斯登医生，"尼克说，"你可以搭出租车从记者们旁边溜过去。"

"好的。"梅无精打采地说。

尼克走了。给医生办公室打电话预约还太早，不过她还是给医生办公室打电话留了言。之后，梅不知道自己该怎么办。她在屋子里徘徊，想着她的孩子。她想象着孩子死了，扔在大垃圾桶里，身上爬满了蛆；她想象着她在树林里一座浅浅的坟墓里，被动物们挖出来啃咬；她想象着她被关在一个笼子里。她没法把恐惧从脑中驱散出去。她恶心、恐惧，看着镜子中的自己，双眼睁得大大的。

她再也不会知道孩子究竟怎么样了，也许不知道最好。但她的余生里，她备受折磨的灵魂将产生比现实更糟糕的可怕想法。也许孩子死得痛快，梅祈祷如此。但她永远不会知道。

科拉出生的那一刻起，梅每时每刻都知道她在哪里，可现在不知道了。因为梅不是位好母亲。她不合格，悲观绝望，不够爱她的女儿。她把孩子独自留在家里，无人照管，还打过孩子。难怪她不见了。每件事情都有原因，孩子失踪的原因是梅不配得到她。

现在梅已不仅是在屋里徘徊，她是在踱步，越来越快。她的脑子飞快地思考着，思绪互相碰撞。对于女儿，她感到极度愧疚。尼克告诉她说，科拉十二点半时还活着，可她不知道是否要相信他。他说什么她都没法相信——他是个骗子。她不记得午夜她过去时科拉是否在呼吸，也不记得之前十一点她过去时发生了什么。她不记得替孩子换下了那件粉色的连体衣，什么也不记得。她的记忆中有一片空白，一个黑洞，一段抹掉的历史。她肯定是伤害了孩子，很可能是把孩子杀了，别的可能性都说不通。

　　这种可能性极其骇人，是个可怕的负担。她必须找人说。她想告诉尼克，可他不听，他拒绝接受。他想假装她没法伤害自己的孩子。她告诉他自己打过科拉，她记起他当时是怎样看着她，充满反感。他不想相信。

　　如果见过她打科拉，他也许会有不同的感受。

　　如果知道她的过去，他也许会有不同的感受。

　　不过尼克不知道她的精神病史，她从没告诉过他。她原以为一切都过去了。他不知道她才上三年级就开始看精神科医生。梅早年的记忆并不完整，她只记得自己总是非常焦虑，她会去嚼自己的头发和手指。她记得三年级时，她确信别人可以看透她的心思，这让她更加焦虑。她妈妈带她见了儿童发展方面的著名专家——普卢姆医生，她甚至还记得他的名字——医生告诉她，她感到内疚主要是因为她有"不好"的念头，这才担心人们知道她在想什么，直到她相信这是真的。他想向她保证，不好的念头跟不良的行为不一样，不好的念头是正常的。只要没有付诸行动，存在不好的念头就没什么大不了的。他只能胡乱猜测，因为梅没法告诉他自己究竟有什么不好的念头。她想不出来。

　　梅十分清楚这件事要瞒着继父，这让她感觉更加耻辱，仿佛她犯了大错。母亲告诉她，继父只知道她看医生是为了治疗焦虑症状。他似乎接受了：梅显然是个过于焦虑的孩子。

　　梅到青春期时又发作了，这一回更令人担心。梅记得母亲发现她在屋后草木丛生的沟里闲逛，不知道自己是谁，也不知道是怎么就到了那里。发作期过去后，无论母亲怎样刨根问底，梅都解释不出到底发生了什么。

梅回到一年前为她治病的医生那里，似乎她又需要恢复状态。这一次，梅的母亲更加焦躁，梅看得出来。梅知道，一定有哪里出了大错，她怕记不起来发生过的事情，也怕自己失去控制。

医生诊断她患了分离症。梅记得医生向她解释时，她真是难过极了。他告诉她，分离是无意识且不健康的方法，为的是逃避现实。患有分离症的人会脱离现实——或是通过短暂的健忘，或是感觉剥离了自身，或是把自己周围的人与事都感知成扭曲、虚幻的形态。医生告诉她，长时间的压力会让症状暂时恶化。

从那时起，梅又发作过几次。发作时她会失去时间的概念——好几分钟，有时好几小时，她都不知道发生了什么。这都是压力引起的。她会发现自己到了出乎意料的地方，还不知道自己是怎么到那里的。她给母亲打电话，母亲会来接她。不过从大一开始，她再没有发作过了。她以为自己已经摆脱了疾病。

绑架事件之后，这加深了梅的焦虑：要是最后母亲把她的真实情况告诉继父，那会怎么样？假如继父知道她不只是焦虑，还患有分离症呢？要是尼克发现了，用异样的眼光看着她，那该怎么办？就在那时，连体衣寄来了——母亲不再看她，仿佛认为或许是她杀害了自己的孩子，而尼克在帮忙掩饰。

梅害怕警察探究她的过去。若是了解到她的真实病情，他们会认为她有罪，不论她是否如此。但是还有比被冤枉更糟糕的事情。

梅现在最大的恐惧，就是她的确犯了罪。如果那天晚上她对科拉做了什么，而她却不知道呢？要是科拉哭个不停，她一气之下拿枕头盖住了她的脸呢？或者她用双手掐住了没有招架之力的小喉咙？她就是做了也不会记得。梅知道，如果她完全集中注意力，完全意识到她在做什么，她就不会做那样的事情。但她也明白，如果她在分裂的状态下真那么干了，她不会记得。

她不知道她可能做过的事情。她不知道如果潜意识占了上风，她会做些什么出来。

科拉被带走的最初几天，梅确信她是被陌生人抱走了——那是一段艰难的日子，梅不得不经受警察、公众，还有她母亲的怀疑。她和尼克承受住了，因为他们知道自己是无辜的。他们犯了错误——把自己的孩子丢下不管，但那不是抛弃。毫无疑问，监视器是开着的，并且每半小时看一次孩子，孩子应该是安全的，就像保姆在楼下沙发上戴着耳机睡着了一样安全。他们夜晚出门回到家后，她总是这样的。

科拉失踪后的前几天里，梅觉得她没有伤害科拉。可现在……这是因为她几天前发作了一回，当时她独自一人待在屋里，寻找尼克不忠的迹象。她滑进了那个黑洞，把寻找尼克不忠的迹象和寻找科拉混为一谈。现实扭曲了。她记起她曾认为是辛西娅偷走了孩子。

又犯病了。这病究竟是什么时候回来的？

"我很好，"她说，不耐烦地拒绝了那个女人，"我想见拉斯巴克警探。他在吗？"她有点焦虑。即使对她自己来说，她的声音都显得奇怪。

"不在，今天是星期天，"警官说，"我看看能不能给他打个电话。"

前台的警官在电话里简短地谈了几句，梅没有听到他们的谈话。她放下电话说："他在路上了，半小时就能到这里。"

梅坐下来等着。

不到半小时，拉斯巴克出现了，他衣着随便，穿着卡其裤和体恤。穿着夏日午后的服装，他看上去和平时很不一样。梅习惯了穿制服的他，有点不知所措。

"梅，"他说，"我能为您做点什么吗？"

"我要跟您谈谈。"梅飞快地说道。

"您的律师呢？"拉斯巴克问道，"听说没有律师在场，你们就不会再跟我们谈了。"

"我不想要我的律师。"梅强调。

"您确定吗？也许您应该给他打个电话。我可以等。"

"不，我确定。我不需要律师，也不需要其他人。请不要给我丈夫打电话。"

拉斯巴克找另一位警官陪着他们，然后请梅来到审讯室。他还没有坐好，她就说了起来。他让她等一等。

"为了备案，"拉斯巴克说，"请陈述您的名字，日期。我们建

227

议您给律师打电话，但您拒绝了。"

　　梅一切照办，而后他们开始了。

　　"您今天为什么来这里？"警探问道。

　　"我来认罪。"

The Couple Next Door

第二十七章

拉斯巴克警探仔细观察着梅。她不停绞着双手，显然很焦虑。她圆睁双眼，脸色苍白。他拿不准是否要继续下去。她放弃了获得律师协助的权利，这已经记录在了录像带上，但他不确定她的精神是否稳定，也不确定她能否理性地做出决定。不过他想听听她的说法。无论如何，他们可以驳回口供。他们可以不予采纳，但总得听听。

"我杀了她。"梅说。她很苦恼，但她看起来神智清楚，没有精神错乱。她显然知道她是谁，她在何处，做的什么。

"告诉我发生了什么，梅。"他说。

"十一点钟时我去看她，"梅说，"因为我一直在喝酒，就用奶瓶给她喂了奶。可她躁动不安，想要吮吸乳头，不要奶瓶。"她停了下来，越过拉斯巴克的肩头盯着那堵墙，似乎他身后的屏幕上播放着电影，一切都在那里重现。

"说下去。"警探说。

"我心想，妈的，就把她放在怀里。我难受得很，可她不肯用奶瓶，而且很饿。她一直哭个不停。以前拿奶瓶喂她都没有问题，她从没拒绝过。我怎么知道那天晚上我喝了几杯酒，她就偏要拒绝奶瓶？"

拉斯巴克等她继续说下去，不想开口打断她的思绪。她似乎处在催眠状态。

"我不知道还能怎么办。于是我给她喂了奶，也许在椅子上睡了一会，但不确定，我不记得。先前我说了谎，说我记得给她换下了那件粉红色的连体衣。其实我不记得，我对您那么说，只是因为我以为我换了，不过我一点也记不起来。"

"那您记得什么？"

"我记得给她喂过奶，她吮吸了一点，但没吃好，烦躁不安。

我抱起她走了走，给她唱歌，可她哭得更响了，我也哭了。"她看着他。"我打了她，"现在梅号啕大哭起来，"之后的事情我不记得了。我打她的时候，她穿的就是那件粉红色的连体衣，这我记得，可之后的事情我一点儿也不记得。我肯定给她换过衣服，也许把她扔到地上了，我不知道。也许我拿枕头盖住她的脸，让她别再哭，就像您说过的。她肯定是死了，因为我不是个好妈妈。"现在她异常激动地呜咽起来。

拉斯巴克由着她哭。最后他说："梅，如果您不记得，又怎么会认为是您杀了科拉？"

"因为她失踪了！因为我不记得。我有分离型障碍。有时压力一大，我就会精神分裂，脱离现实。然后我会意识到我恍惚了一阵，做出的事自己也不记得。以前发生过这种状况。"

"跟我说说。"

"我不想说。"

"为什么？"

"我不想谈。"

"梅，我觉得科拉不是您杀的。"

"不，您就是这么想的。您以前说过。"

"我不这么看了。如果我让您产生了这种想法，那我非常抱歉。"

"我肯定杀了她。尼克找人把她带走来保护我，这样我就不会知道我做了什么。"

她认为她知道。就是在绑架发生的那一晚，打了科拉之后，她旧病复发。她弄不懂时间，也不知道发生了什么。可那并不是因为她很疲惫，又喝了太多的酒。

　　现在意识到是她干的，几乎是个解脱。科拉被自己的母亲三下两下杀死在自己的房间里，墙上熟悉的羔羊们在一旁观望，比被某个禽兽带走、猥亵、折磨、惊吓、切成碎片、投入火堆要好得多。

　　她应该给她母亲打个电话。母亲会相信她，也知道该怎么做。可梅不想给母亲打电话。母亲会去掩饰，假装事情没发生过，就像尼克一样。他们都试图掩盖她的所作所为。

　　她不想再这样下去了。她必须告诉警察，现在就做，趁着还没有人打算阻止她。她想揭开一切，秘密、谎言，她再也忍不了了。为她做的事情，她活该受罚。她需要知道她的孩子在什么地方，她最后安息在哪里。她得最后一次抱抱她。

　　她很快穿好衣服，叫出租车带她去警察局。

　　似乎过了很长时间，但出租车总算到了。她坐在后座，感觉有点不舒服。她得了结这件事，她要告诉他们到底发生了什么，他们会找到尸体的。尼克不会再保护她，也不会再对她说谎。他只得告诉他们他把科拉的尸体放在了什么地方，那时她就知道了。她必须知道她的孩子在哪里，她受不了被蒙在鼓里。

　　她不信任其他人告诉她的真相，除非她走在前头。

　　到达警察局时，前台的警官认出了她，关切地看着她。

　　"您还好吧？"警官问道，"进来坐。我给您拿点水。"

"那她现在在哪里？"

"我不知道！尼克不告诉我！我求过他，可他不告诉我，他不承认。他不想让我知道我杀了自己的孩子，他在保护我。他肯定难过极了。如果我来告诉您发生的事情，他就不能再装，他就能告诉我们他把她安葬在了哪里，我就会知道，一切就都结束了。"

没错，一开始，拉斯巴克怀疑事情就是这样的。产后的母亲可能失去自控，杀了孩子，她和丈夫试图掩盖。这种情况有可能，但不是她讲的这样。因为如果她在十一点钟时杀害了孩子，或者甚至是在半夜十二点，尼克直到十二点半才意识到这件事，怎么可能已经有人等在小路上的车里，来把尸体带走？不，她没有杀孩子。这样说不通。

"梅，您确定十一点钟喂过她，她哭个不停？有可能更早吗？比如十点钟？"如果是那样，尼克或许知道得更早些。

"不，是十一点。我总是在十一点钟最后一次给她喂奶，她通常从那时起一直睡到早上五点左右。就只有那一次，我离开派对的时间超过了五分钟。您可以问其他人。"

"没错，尼克和辛西娅都说十一点钟时您离开了很长时间——您直到十一点半左右才回去，于是在十二点您又去看过她，"拉斯巴克说，"回到宴会时，您跟尼克说过您觉得或许伤害她了吗？"

"没有，那时我没想到。我最近才意识到是我干的，"她停顿了一下，"我昨晚才意识到，肯定是我杀了她。"

"但您瞧，梅，您描述的情况是不可能的，"拉斯巴克温和地告诉她，"尼克十二点半过去时还不知道孩子死了，怎么可能让人等在小路上的车里，几分钟后把她带走？"

梅一动不动，双手不再晃动，看上去迷惑不解。

有些事情他需要告诉她："现在看来，就是那个在小屋被谋杀的男人——德里克·霍尼格——把车停在你们家的车库里，带走了科拉。轮胎胎面花纹类型一致，至于究竟是否相符，我们很快就能知道。我们认为，科拉在卡茨基尔的小屋里待了一段时间，之后被带到了别的地方。"

梅看来似乎没办法理解这则信息。拉斯巴克为她感到担忧："要我打电话叫人接您回家吗？尼克在哪里？"

"他上班去了。"

"星期天上班？"

她没有回答。

"我能给您母亲打电话吗？或者您的医生？"

"不！我很好。我自己回家。真的，我很好。"梅说。她突然站起身来。"请不要告诉任何人今天我来过这里。"她说。

"至少让我帮您叫辆出租车。"他坚持道。

出租车到来之前，她突然转身面向他说："但是——在十二点半和我们回家之间还有一段时间。就算他给别人打了电话，您也不能确定科拉就在 12：35 开到小道上来的车里面。说不定还要更晚一些。"

拉斯巴克说："但如果尼克给别人打了电话，我们不可能不知道。我们有你们所有的通话记录。他没有给任何人打过电话。如果尼克安排人把孩子带走，那一定是预先安排的——早计划好了。"

梅一脸吃惊，似乎要说话，但这时出租车来了，她什么也没有说。

拉斯巴克看着她离开，从心底里怜悯她。

梅回到空荡荡的家里。她察看了电话答录机，没有医生办公室的回电。她躺在起居室的沙发上，想着在警察局的谈话。

拉斯巴克几乎让她确信不可能是她杀了科拉，可他不知道藏在墙里的那部手机。尼克应该给别人打过电话。她不知道自己为什么没有提起那部手机，也许她不希望拉斯巴克知道尼克的外遇。

又或许梅根本没有杀科拉。也许真是一个陌生人带走了她——在小屋里的那个男人。不然怎么解释寄来的连体衣，还有交易时被抢走的钱？她不能相信如果她杀了孩子，尼克为了掩盖，会伪造一起绑架案来拿赎金，正如警察之前暗示的那样。他怎么能拿到钱？钱被那两个人拿走了，尼克没能留住那笔钱。

除非……除非故意做出受骗的假象，他们事后再分赃。

梅不知道该相信什么。

为什么医生没有打来电话？

她记得过去常躺在这里，科拉躺在她胸口上。现在那似乎是很久之前的事了。那时她十分疲惫，不得不跟科拉一起躺一会。白天安静的时候，她们会一起偎依在沙发上，就像现在一样。眼泪顺着梅的脸颊流下来。

　　她听见了共用的那堵墙另一边传过来的声响。辛西娅在家，在她的起居室里走动。梅鄙视辛西娅，讨厌辛西娅的一切：辛西娅不生孩子，生性傲慢，颐指气使，她的体形、她性感的衣着，样样都惹梅嫌弃。她讨厌辛西娅玩弄她的丈夫，还想破坏他们的生活。她不知道因为自己的所作所为，她是否就可以原谅辛西娅，或者尼克。

　　辛西娅住在这栋半独立式房屋的另一半，这也使梅讨厌。她突然意识到他们可以搬家，把房子卖掉。反正她和尼克在这里已经声名狼藉——恐吓信每天越堆越多——这个家就像地窖似的，她觉得自己被活埋了。辛西娅住在墙的另一边，跟尼克触手可及，他们没法再在这里住下去了。

　　昨天尼克从她家后院出来，到底做了什么，看上去那么内疚？他坚决否认跟她有染，可是梅并不笨。她听到了警探说的话。况且尼克总是否认一切。否认一切，那就是他的套路。她没法从他那里得到真相。她厌倦了这些谎言。

　　她要亲自跟辛西娅对质，从她那里得到真相。可是，跟辛西娅谈也有问题：她怎么能知道什么是真相，什么是谎言呢？她想把自己对辛西娅的真实想法和盘托出，冲她喊叫，用指甲抓她的脸。

　　不过她没有这么做。她站起身，从后门出去，来到后院，去车库拿她的园艺手套。在车库里她停了下来，好让眼睛适应光线。她能闻到车库里油、旧木头和发霉的破布的味道。她站在那里，想象

235

235

着发生过的事情。某个人，很可能是那个已经死去的男人，从婴儿床里偷走她的孩子，十二点半之后把孩子放进车里，而她——还有尼克和辛西娅——在隔壁一无所知。

她很高兴他死了，她希望他不得好死。

她回到外面，开始除草。她从后面的草坪里猛力拔出杂草，直到双手起了水泡，后背也疼了起来。

The Couple Next Door

第二十八章

　　尼克来到办公室，关上门，在桌前坐下。他把手放在昂贵的红木桌表面，这是他创办公司时精心购买的。现在回顾那些纯真乐观的日子，他感到恶心。他怏怏不乐地环顾着办公室。办公室经过用心布置，为的就是打造坚实可靠的成功企业家形象。当初他告诉自己，这是为了打动客户。那是真的，而他现在知道，这也是为了打动他，打动他自己，给他自信。

他需要成功。他不能辜负梅和岳父母对他的期望。如果娶的是别人，他会满足于辛勤工作，用勇气、才干和长时间的工作缓慢地创立一个企业。可那时不费吹灰之力，人家就给了他一大笔钱，当然也就期待他马上成功。得到这么慷慨的施予，他怎么还能不成功？压力巨大。他一起步就成功了，没经过长年打拼。

似乎好得让人难以置信，但事实如此。

实际上他是个绣花枕头，如今人人都知道了。一路做下来，他没能掌握做生意的诀窍，他还没准备好就追求起了大客户，等追到了，他还是没准备好。如果他没有娶梅——不，如果没有接受她父母的钱——他们就会租一所公寓，他会在远离市中心的地方有一间简陋的办公室，开不了奥迪——不过他会努力工作，凭着自己的条件慢慢成功。他和梅会生活得很幸福。

科拉还会在家里。

可看看现在事情成了什么样子，看看现在的他。他的生意失败了，濒于破产；他成了绑匪、罪犯、骗子，遭到警方的怀疑；极端自我的岳父知道了他的所作所为，他只得受人钳制；还有一个冷酷无情的勒索者向他索要金钱，无休无止。他快破产了，虽然别人给了他那么多——公司运转的金钱，花岗岩俱乐部里理查德朋友们的人脉，还有购房款。

公司是有限公司——如果倒闭，他和梅仍然可以保住房产，那是他岳父母出钱买下来的。但是他们会损失公司的投资，就像他们为科拉付出去的五百万美金那样。现在理查德在跟绑匪们协商——为了把科拉带回来，他们还得付更多的钱。尼克不知道那是多少。

梅的父母肯定非常恨他。头一次，尼克从他们的角度思考，理解了他们的失望，也能理解他们为什么恨他。是尼克让他们灰了心，他的生意败得那么惨，即使得到了所有的帮助：钱、宜人的办公室、讲究的衣着，还有他岳父生意场上的人脉。尼克仍然相信，如果他以自己的方式经营，他本来可以成功——总会成功的。但理查德逼他承担了他没法履行的义务，几乎像是理查德把他推向了失败的境地。

于是尼克变得孤注一掷。

如果尼克可以回到过去，做出不同的选择、不同的决定，那该多好呢。是哪里出了差错？是从哪一刻开始，一切就都错得离谱？是他婚礼那天吗？不，他拒绝这么想。是他接受了梅的父母给他经营公司的借款的时候吗？还是理查德把他介绍给潜在的客户们，他陷了进去，客户们接着就拉来了大批业务的时候？但他认为还能更具体一些。就是他跟布鲁斯——德里克·霍尼格达成协议的那天。从那天起，他从怨天尤人转为谋划作案。

事情真正开始出岔子，变得不可收拾，那是在几个月前。回家面对他情绪阴郁、时常哭泣的妻子之前，尼克开始去街角的酒吧喝酒。他五点钟过去的时候总是很安静，之后人会多起来。他会坐在酒吧里，饮着他那一杯酒，对着琥珀色的液体沉思，思考到底该怎么办。

等酒吧繁忙起来，他就离开，去湖边散散步，不想回家。他会坐在他最喜欢的一张长椅上，盯着湖面看。

一天，一个男人走过来，挨着他坐在长椅上。尼克很恼火，感觉他的空间被侵占了，便想起身。还没等他离开，那个男人就对他说起话来。

"你看上去有点闷闷不乐。"他同情地说道。

尼克有些意外："可以这么说。"

"失恋了？"那个男人问道。

"真希望是这么简单的问题。"尼克说。

"啊，那肯定是生意上的麻烦了，"男人笑着说，"生意上的麻烦要更糟些。"他伸出手来。"我叫布鲁斯·尼兰。"他主动告诉尼克。

尼克握住他的手："我叫尼克·康蒂。"

他们聊了一会。尼克回家了。那之后，在晴好的晚春时节，尼克习惯去酒吧喝酒，再散散步，坐在湖边他的位置上。布鲁斯有时过来，大概一周一次。

尼克开始期待碰见布鲁斯。他发现找到一个人——一个不会评判他的人——来倾诉烦恼让他感到宽慰。他没法跟别人说：他跟自己的家人并不亲近，又绝对不能告诉梅出了什么事，因为她有抑郁症，还在期待成功。他没有跟她说过生意越来越差：起初就没告诉她进展不顺，现在也不能突然告诉她事情变得多么糟糕。他困在自

240

己造就的地狱里。

布鲁斯似乎理解他。他自己经历过一些艰难的时期，但还是挺了过来。他是位总承包商。光景时好时坏，又得嗅觉灵敏，又得与时俱进。年景好时盖高端别墅，不好时只得修修房顶——他讨厌修房顶。

布鲁斯有点儿怪，怪在哪里尼克也说不清楚。"我觉得你不是总承包商。"有一天尼克说。他看着坐在旁边的布鲁斯，一身外套剪裁得体，并不比尼克的衣服便宜多少。

"我可发了大财呢。"布鲁斯开玩笑道。

"不，说真的，你现在在干什么？"尼克问道。

"我不干承包了，年纪太大了。我攒了些钱，买了个拆迁公司，自己不用动手干活。我才不会整天冻僵了屁股。"

即使他衣着光鲜，你也看得出来，布鲁斯能在爆破点或者陡峭的屋顶上应对自如。他表面文雅安详，内里不屈不挠。他是打仗的好手，尼克想。

有一天，尼克在酒吧喝得多了点。随后在湖边，他告诉了布鲁斯一些本来没打算说的话。他跟岳父母的问题就这样脱口而出，布鲁斯听得聚精会神。

"我欠他们很多钱。"

"他们是你的岳父母。就算你还不上，他们也不会拿你喂鱼。"布鲁斯说。

"也许喂鱼更好。"尼克不悦地说。他解释了岳父母对他的控制——公司、房子、客户，甚至左右他的妻子反对他。

"得这么说，你整个都被他们攥在手掌心里。"

"没错。"

"你打算怎么办？"

"不知道。"

"你可以请他们再借你一笔钱，支撑你到业务好转。一不做，二不休。"

"我不想这样。"

布鲁斯看着他的眼睛："别傻，去问问吧。让你自己脱离困境，养精蓄锐下次再战。无论如何，他们也想保护他们的投资。你起码要让他们有得选。"

尼克仔细考虑起来。尽管他不喜欢这个主意，但对理查德说实话，告诉他公司陷入困境，这倒是明智之选。他可以请他保密，不拿这件事让梅烦心。话说回来，总有企业倒闭，经商就是这样。与理查德当初创业时比，现在生意难做得多。当然，理查德绝不会这么看。就算他这么看，他也绝不会承认。

"问问你岳父，"布鲁斯提议道，"别去银行。"

尼克没有告诉布鲁斯，他已经去过银行了。几个月前，他拿房子做了抵押。他告诉梅，公司正处在高增长时期，这么做为了扩大业务，她没有质疑。他让她答应不告诉她父母，说他们对公司的干预已经太多了。"

"也许吧。"尼克说。

他思考了两天，觉也睡不好。最后，他决定联系他的岳父。遇到涉及梅父母的财务问题时，他总是与理查德打交道，理查德喜欢这样。尼克给理查德打了电话，询问是否可以一起喝一杯。理查德似乎很惊讶，建议去花岗岩俱乐部的酒吧。当然，他总是要在他自己的混账地盘上。

尼克到达后紧张得很，飞快地喝着他的酒。快喝到冰块时，他试图慢下来。他意识到自己已经养成了下班后喝酒的习惯，而理查德正盯着他。

"怎么了，尼克？"理查德问。

尼克迟疑道："公司的运转不像我预料中那样好。"

理查德立马显得警惕起来。"有多糟糕？"他问。

这就是他讨厌他岳父的地方。这是在羞辱人，不给尼克留面子。他才不会慷慨一点。

"实话实说，非常糟糕，"尼克说，"我失去了一些客户，有些还没有付费。目前我周转不灵。"

"我明白了。"理查德说着，把酒喝下去。

长时间的沉默。他不会主动帮忙，尼克认识到了。他得让尼克求他。尼克从杯子上移开目光，抬头看着岳父铁板似的面孔。"你能贷给我一笔钱，让我度过这段艰难的时期吗？"尼克问，"我们可以像正规贷款那样操作。这次我想支付利息。"

岳父可能会拒绝，尼克还真没有考虑过。他觉得他不敢，否则他的女儿将会如何？此刻，他想避免的只是不得不寻求帮助，受理查德操控的耻辱。

理查德回头看他，眼神很冷。"不。"他说。

即使到了那个时候，尼克还心存误解。他以为理查德是说不用付息。"不，真的，我想付息。十万就可以。"

理查德倾身向前，笨重地横在他们之间的小桌子上："我说不行。"

尼克感觉脖子发热，脸上飞红。他一言不发，不相信理查德是认真的。

"我们不会再给你钱了，尼克。"理查德说。他仔细地对他说明。"我们不会再借钱给你，你得靠你自己。"他坐回他舒适的私人俱乐部座椅上。"这可不是一笔好投资，我一看便知。"

尼克不知道该说什么。他不会祈求。理查德一旦下定决心，事情就无可更改。显然他打定了主意。

"艾丽斯和我意见一致——我们决定不再给你施舍。"理查德补充说。

那您女儿呢？尼克想问，可他说不出话来。他不想再自取其辱。他意识到他已经知道了答案。

理查德会告诉梅的。他会告诉女儿，她丈夫把事情搞得一团糟。她的选择是多么不妥啊。理查德和艾丽斯从没喜欢过他。他们一直在耐心地等待着这一天，想让梅离开他，带着他的孩子离开他。这当然就是他们想要的。

他不能让这种事情发生。

尼克突然站起身，膝盖撞到了他们之间的小桌子。"很好，"他说，"我会自己想办法应付。"他转身离开了休息室，愤怒和羞愧蒙住了他的眼睛。他要自己先告诉梅，告诉她她父亲是个什么样的混蛋。

那是傍晚时分，回家之前喝上一杯的时间。他回到他自己经常去的酒吧，迅速地喝了一杯，然后去散步。布鲁斯已经在那里了，就在那张长椅上。就是在那一刻，事情真的出了岔子，再也无法回头。

The Couple Next Door

第二十九章

尼克挨着布鲁斯坐在长椅上。"你看上去真狼狈。"布鲁斯说。

尼克说不出话来。他陷入困境，无计可施，鼓起勇气去问，但他从未想过理查德会拒绝他。他想的更多的是他该如何用这笔钱去拯救濒临破产的企业。可以撑得下去，他确信。是有一些坏账，有些客户没有付费。他在寻找新客户，但他们得慢慢做决定。有一点钱来渡过难关，一切就还会有好结果。他仍然胸怀抱负，相信自己。他只是需要喘息之机，需要一笔资金。他要去哪弄钱？拿现有的账簿，他的公司借不到钱。

"我需要一些钱，"尼克告诉布鲁斯，"你认识放高利贷的吗？"他半开玩笑道。他知道他看上去有多么绝望。

不过布鲁斯拿他的话当了真，点点头："我认识。"

尼克意识到，布鲁斯这种人就是会认识放高利贷的。他像是跟他们打过交道，知道怎么找到他们，怎么跟他们做交易，而尼克不知道。尼克突然觉得，布鲁斯怕是个狠角色。他感到不安，不过又把这种感觉推到一边。

"不过你不想要的，相信我。"布鲁斯说。

"唉，我不知道我他妈还能做什么。"尼克说。

"你可以宣告破产，从头再来。这么做的人多了。"

"我不行。"

"为什么不行？"布鲁斯问道。

"这会要了我妻子的命。她……她现在脆弱不堪。她有产后抑郁。"

"你有孩子？"

"没错，"尼克说，"一个女孩。"

布鲁斯靠在椅背上，冷酷地盯着尼克。

"怎么了？"尼克说。

"没什么。"布鲁斯很快说。

"不，你有话要说。"尼克说。

布鲁斯显然在心里盘算着什么："你岳父母对他们的小外孙女怎么样？"

"溺爱得很。她是他们唯一的孙辈。我知道你的意思。他们会给她钱，让她受教育，也许等她二十一岁时能给她存点钱，但他们会将这笔钱交由信托机构保管，我拿不到。所以，这帮不上忙。"

"如果你有创意，那就帮得上。"布鲁斯说。

尼克盯着他："你的意思是？"

布鲁斯靠近他，压低声音说："你愿意冒一点险吗？"

"你什么意思？"尼克向四周打量了一下，看是否还有人听到，不过只有他们两人。这里通常空无一人。

"他们不会把钱给你，但我敢说，为了找回唯一的外孙女，他们很快就会付费。"

"你建议怎么做？"尼克轻声说。但他已经明白了。

两人注视着彼此。如果尼克不是喝了几杯，尤其是跟他岳父喝的那杯苦酒，他或许会坚定地拒绝布鲁斯，回家见他妻子，把实情告诉她，就像他计划的那样。宣告破产，重新开始，他们仍然拥有房子，拥有彼此，还有科拉。但在去湖边的路上，尼克在一家酒店停了下来。他随身带了一瓶酒，放在纸袋里。他打开酒瓶，分给他的朋友一些，然后直接从瓶子里喝了一大口。酒精让事情变得有点模糊不清，一切似乎都没有那么不可能了。

布鲁斯放低声音，耳语道："你策划一起绑架。不是真绑架，是假装的，谁都不会受到伤害。"

尼克盯着他。他靠得更近，低声说："那能行吗？对警察可没法假装。"

"是的，不过如果你方法得当，那就是完美犯罪。你的岳父母付钱，你把孩子带回去，几天后一切了结。一旦孩子回去了，警察就会失去兴趣。"

"听着就像你以前做过似的。"尼克说道，又不安起来。

"没有，不过我见过这种事，做得非常成功。"

尼克在心里盘算着。喝了酒，一切都显得不那么疯狂了。他们讨论了细节，起初是基于假设。他可以假装绑架自己的孩子，把她交给布鲁斯，他会带她去他在卡茨基尔的小木屋待几天。他有三个孩子，现在都已长大成人，但他知道该如何照顾婴儿。他们联系都用临时通信工具，就用那种难以追踪的预付话费手机。他得把那部手机藏起来。

"我大概需要十万。"尼克说。

布鲁斯讥笑道："你精神错乱了吗？"

"你这话是什么意思？"尼克说。

"如果你被抓住了，不管你要十万还是一百万，刑罚都是一样的。做上一回总得够本，区区小数我才不干。"

尼克和布鲁斯来回分享着那瓶酒，尼克在仔细思考。据他所知，理查德和艾丽斯有大约两千万资产。他们有钱，而且也该压一压理查德的气焰。如果尼克能拿到一百万，他就可以拯救他的公司，还清他的抵押贷款，不再需要梅的父母的帮助，起码不需要他们直接帮助。从那个浑蛋理查德手里拿走几百万，感觉应该很爽。

他们定下了两百万的赎金，两人平分。

"干上两天，这还不错。"布鲁斯打着保票。

"那得尽快，"尼克说，"明天晚上我们要出去——隔壁要举行一场宴会。我们会请一位保姆，但她总是戴着耳机在沙发上睡觉。我会出去抽根烟，溜回家，把她抱出来给你。"他们商量好细节。

尼克回到家，没有向梅提起跟她爸爸会面的情形，也没说到他的公司遇到的麻烦。他随口问她最近有没有跟她父母谈过，而她没有。

现在，如果他可以选择一个时刻返回过去，改变一切，那应该是他第一次遇见布鲁斯的时候。如果他没在春日里沿着湖边散步，如果他没坐在那条长椅上，如果布鲁斯没有凑巧经过，如果布鲁斯坐下来时他起身离开，互不相识，一切就都会截然不同。

他认为警方不可能找到什么人，将他跟布鲁斯联系起来。他们见面是偶然、随机的。那里阒无人迹——仅有的只是几个踩着滑轮或是慢跑着偶尔匆匆经过的人。他以前从没忧虑过，因为没人会再见到布鲁斯。布鲁斯会拿走他那一百万美元，然后消失。

但现在布鲁斯被谋杀了，尼克完全受骗了。

尼克在他的办公室里走来走去，发条一样紧绷着。他不知道科拉怎么样了。一切都向他逼来：梅的父母知道他做了什么，辛西娅也知道。他看不到出路。

他应该给那位律师——奥布里·韦斯特打电话吗？他应该把事

实告诉律师，寻求建议吗？他无处可去。尼克拿起手机，在联络人里找到奥布里·韦斯特。他正要拨号码，但又想起他们与这位收费极高的律师最近一次会面的情景。

奥布里清晰地阐明了他的观点。他在市中心他那间令人赞叹的办公室里跟梅和尼克见了面——梅的父母被安排在等候室，这显然让理查德心烦意乱。这位著名的律师相当坦白地说他不想知道真相——他不想知道他们有罪还是无辜。知道真相无益于他的工作。

尼克相当确定这话不对——如果客户是无辜的话。如果客户有罪，他的说法才有作用。奥布里显然认为他所有的客户都有罪——这就是他们来找他的原因。他只需确保情况没法证实，只能局限于合理怀疑。在这一点上，他出类拔萃。

尼克觉得现在打电话给他的律师对他没有帮助。还不到时候。

他需要给理查德打电话——这就是他来办公室的原因。避开梅，他才能跟她父亲私下里谈谈。他必须知道科拉怎么样了，理查德跟绑匪有没有做出新的安排。

他迟疑不决。他没法承受更多的坏消息了。他想要科拉回来，无论如何。不管又出了什么事，他都得把科拉带回来，这才是如今最重要的。他得相信理查德办得到这一点，至于别的，他以后再去处理。

他拨通岳父的电话号码，直接转到了语音邮箱。妈的。他留下一则简短的信息：“我是尼克，给我打电话，让我知道发生了什么事情。”

他站起身，在办公室里走来走去，就像一个已经关在牢里的人。

梅觉得听见孩子在哭，这才意识到她肯定是刚从小睡中醒来。她摘掉园艺手套，很快进入室内，在厨房水槽里洗手。她能听见科拉在楼上的婴儿床里哭着找她。"就一分钟，宝贝，"她叫道，"我马上来。"她很开心。

梅奔上楼去找她的孩子。她进入婴儿室。一切还是老样子，但是婴儿床空空的。她突然记起来了，就像一把虎头钳捣碎了她的心。她倒在哺乳椅上哭泣。她记起她的孩子死了，局势无可挽救。

她在黑洞的边缘往下滑，再往下滑。她应该给人打电话，给她的母亲，但她没打。她在哺乳椅里晃动着身子。

她记起抱着女儿的最后一晚，她打了孩子，骂了孩子。她想着那一晚，尼克跟辛西娅亲吻爱抚时，有人偷走了他们的孩子。警察认为是尼克把他们的孩子交给了一位同伙，然后回到派对上，跟辛西娅乱搞，就像什么都没有发生似的。

她没法相信，没法相信他会这么做。尼克绝不会这么做，他爱科拉，绝不会把她置于那样的危险中。是警察错了。她记起他那一晚的样子，脸上满是震惊和恐惧。看得出来，他承受了怎样的精神创伤啊。

不过他跟辛西娅之间的事情无可否认。

她想把所有的问题都怪到辛西娅头上，但她知道辛西娅没有偷走她的孩子。她的孩子死了，被陌生人绑架了，他们拿走了她父母的钱，杀死了她的孩子。她永远不会知道谁该为此负责。警察没有能耐，他们似乎在编造故事。

也许梅可以雇一位私人侦探，她的父母会付钱的。现在找回科拉为时已晚，但她想知道出了什么事。不了解真相，她就不得安宁。她必须知道她的孩子怎么样了，不管凶手是谁，她都要让他们付出代价。

还有辛西娅——辛西娅想抢她的丈夫，而她甚至不确定自己还想要这位丈夫。她讨厌辛西娅。有些日子，她认为尼克和辛西娅臭味相投。现在听见墙另一边辛西娅的响动，梅所有的厌恶都演变成了强烈的愤恨。如果他们那天晚上没去辛西娅家，如果辛西娅没不允许她带孩子，所有这一切就都不会发生。她还会拥有她的孩子，一切都会是正常的。

她知道辛西娅在家，就在隔壁。

梅在楼上打碎的浴室镜里端详自己，他们还没有更换镜子。她看上去断了似的，碎成一百个不同的碎块。她洗了脸，梳了头，进入卧室，穿上干净的 T 恤和牛仔裤。随后她走到隔壁，按响了前门的门铃。

辛西娅去应门，发现梅站在门口，大吃一惊。

"我能进去吗？"梅问道。即便是待在家里，辛西娅依然穿着讲究——亚麻短裤，漂亮的丝绸衬衫。

辛西娅警惕地看了她一秒，接着拉开门说："当然。"

梅走进屋里。

"你要喝咖啡吗？我可以煮一点，"辛西娅说，"格雷厄姆这几天出差了。"

"好的，"梅说着，跟随她进入厨房。现在她就在这里，却拿不准该如何开口。她想要知道真相。她应该友好些吗？还是要指责辛西娅？上次她在这间屋子里时，一切都还是正常的，她还拥有科拉。那似乎是很久远的事情了，是另一段人生。绑架发生那一晚之后，她还没有来过辛西娅家，但尼克来过。

在厨房里，梅注意到通向露台和后院的滑动玻璃门。看见露台上的几把椅子，梅想象着其中一把上面坐着辛西娅，就在尼克的大腿上，与此同时，那个死去的人开车把她的孩子带走了。她仍然满腔怒火，但尽量不表现出来。她练习了很久，不显得怒气冲冲。她是在掩饰，但人人不都如此吗？人人都在伪装，假装是另一个人，整个世界就建造在谎言和欺骗上。辛西娅是个骗子，就像梅的丈夫一样。

梅突然感到头晕，在厨房餐桌旁边坐了下来。辛西娅启动咖啡机，转身面向着她，靠在厨房台面上。从梅坐的地方看过去，辛西娅显得比以往更高，腿也更长。梅意识到她忌妒辛西娅，忌妒得发疯，辛西娅也明白。

两人都不想开始谈话，别扭极了。最后辛西娅说："调查有进展吗？"说这话的时候，她脸上挂着虚伪的关心。

梅看着辛西娅，说："我再也找不回我的孩子了。"她说得很平静，就像在谈论天气似的。她感觉没有条理，也没有根基。她坐在黑洞的边缘。她突然意识到来这里是个错误，她还不够强大，没法独自面对辛西娅。来这里是危险的，她害怕辛西娅。为什么？为什么她突然这么害怕辛西娅？发生了这么多事情，辛西娅还能对她做什么？真的，梅失去了那么多，她应该觉得自己不可战胜。她再没什么可失去的了，辛西娅应该害怕她。

这时梅明白了。她感到寒气刺骨。梅害怕她自己，害怕她要做的事情。她得离开。梅突然站起身来。"我得走了。"她脱口而出。

"什么？你才刚来，"辛西娅惊讶地说，目不转睛地看着她，"你还好吧？"

梅坐回椅子里，把头放在膝盖间。辛西娅走向她，在她身边蹲了下来，把一只精心护理过的手轻轻地放在她的背上。梅怕自己昏倒，感觉像要呕吐。她深吸了一口气，等待那种感觉过去。只要她等上一会，吸一口气，恶心的感觉就会过去。

"来，喝点咖啡，"辛西娅说，"咖啡因对你有好处。"

梅抬起头看辛西娅倒咖啡。这个女人根本不关心她，但是给她煮了咖啡。辛西娅把咖啡端给她，梅喝了一大口，又一大口。辛西娅说得没错，这让她感觉好些了。咖啡让她的头脑清醒起来，得以思考。她又喝了一口，把杯子放在桌上。辛西娅在她对面的座位上坐了下来。

"你跟我丈夫暧昧了多久了？"梅问道。她的声音不带感情，考虑到她有多么生气，就会觉得这不偏不倚的态度令人吃惊。听到的人会以为她满不在乎。

辛西娅坐在椅子上，比梅靠后得多。她双手交叠，抱在丰满的胸前。"我跟你丈夫没有暧昧关系。"她说，同样不带感情。

"别拐弯抹角，"梅说，"我都知道了。"

辛西娅看上去有些惊讶。"你这么说是什么意思？没什么好打听的，尼克和我没有暧昧关系。上次你在这里时，我们在后面的露台有点身体接触，不过无伤大雅，就像半大孩子胡闹似的。他喝醉了，我们都喝醉了，失去了自制力。这没什么大不了的。那是我们头一次碰对方，也是唯一一次。"

"警察知道。"梅告诉她。

"警察知道什么？"辛西娅问道，严厉地看着她。

"你和尼克的事情。"

"我和尼克怎么了？"

"他们知道绑架发生那天晚上你们在外面的露台上做的事情。"

辛西娅看上去迷惑不解："我告诉过你——也告诉过警察——我们在露台上调了一会情。你指的是这个吗？"

"我不明白为什么你们两个都在否认。我知道你们有暧昧关系。"

"我告诉你了，警察来这里时我也告诉过他们，我们在外面玩闹了一会，我们喝醉了，仅此而已。之前之后尼克和我之间什么也没有。绑架案发生的那一晚之后，我再没有见过他。你在胡思乱想呢，梅。"她的口气很傲慢。

"别骗我！"梅生气地低声说，"昨天下午我看见尼克从你们家后门出来。"

辛西娅全身僵直。

"别对我说谎了。你还说你没有见过他！我知道手机的事。"

"什么手机？"

"没什么。"梅说，想把这话收回。她记起那部手机或许是跟其他人联络用的。发生的一切都令人费解，她没办法把事情弄清楚。她感觉她的大脑出了毛病。她原本脆弱，但现在——现在她的孩子死了，她丈夫骗她——在这种情形下谁都会失去理智吧？没人能责怪她。即使她做了疯狂的事，那也没人能责怪她。

现在辛西娅的表情变了。虚伪的关心消失了，她冷冷地看着梅："你想知道发生了什么吗，梅？你确定你真的想知道？"

梅回头看着她，理解不了她的语气变化。梅想象得出辛西娅作为校园一霸的样子——高个的漂亮女孩奚落她这种矮小、臃肿、缺乏自信的女孩。

"没错，我想知道。"

"你确定？一旦告诉你，我就没法收回我说的话。"

"我比你想的要坚强。"梅说。她尖着嗓子，身体向着桌子往前倾，说："我的孩子没有了，现在还有什么可以伤到我？"

辛西娅笑了，笑得冷酷、狡猾。她坐回椅子里，看着梅，似乎在努力做决定。"我觉得你根本不知道发生了什么。"她说。

"那你为什么不告诉我？"梅厉声说。

辛西娅站起身，推开椅子，厨房地板发出嘎嘎的声音。"好的。待在这里，马上回来。"

　　辛西娅离开厨房，上楼去了二层。梅纳闷辛西娅会有什么给她看。她想跑开。她能承受多少现实？也许有照片，辛西娅和尼克在一起的照片。辛西娅是摄影师，是那种很会给自己拍照的人，因为她美丽动人，爱慕虚荣。也许她要给梅看她跟尼克的床照，尼克脸上的表情会与他跟自己在一起时截然不同。梅站起身，正要从后面的滑动玻璃门出去，这时辛西娅出现在厨房里，拿着一台笔记本电脑。

　　"胆怯了？"她问。

　　"不，我只是想呼吸一点空气。"梅说着谎，推上门，转回桌边。

　　辛西娅把笔记本电脑放在厨房餐桌上，开了机。她们等了几分钟，直到一切准备就绪。

　　辛西娅对她说："这件事我非常抱歉，真的。"

　　梅瞪着她，一时间难以相信她，然后勉强把注意力转向屏幕。那不是她预期中要看到的东西：那是一段黑白监控视频，拍的是辛西娅家和梅自己家的后院。她注意到了底部的日期和时间标记，全身发冷。

　　"等一等。"辛西娅说。

　　她就要看见那个死去的男人带走她的孩子。辛西娅真残忍，她自始至终都有录像，可为什么没有出示给警察？"为什么你没有把

258

录像给警察看？"梅询问道，她的双眼锁定在录像上，等待着。

梅难以置信地看见尼克出现在他们的后门，转动着动态监测器上的电灯泡：灯熄灭了。梅感觉浑身的血液都被抽光，像要呕吐似的。她看见尼克进入屋内。两分钟过去后，后门开了。尼克从屋里出来，科拉在他怀里，身上包裹着她的白色毛毯。他环顾四周，似乎在看有没有人注意到他，随后快步走到车库，进去了。梅的心怦怦跳着，剧烈敲打着她的肋骨。不超过两分钟，她看见尼克从车库出来，怀里没有科拉了。那时是 12：36。他穿过草坪，朝房子走回来，他的影像从视野中短暂地消失了，接着又重新出现在史迪威家后面的露台上。

"你瞧，梅，"辛西娅打破这惊出来的沉默，"这不是有关尼克和我有外遇的事情。尼克绑架了你的孩子。"

梅目瞪口呆，惊恐，懊丧，无言以对。

辛西娅说："你可以问问他她在哪里。"

The Couple Next Door

第三十章

　　梅突然冲了出去。她拉开厨房后面的滑动门，逃走了，留下辛西娅一个人坐在放着笔记本电脑的桌前。尼克抱着科拉在凌晨 12:32 时来到他家车库的影像留在梅的视网膜上，深入到她的大脑，她永远不能把这幅景象从脑际驱除出去。尼克抱走了他们的孩子。他在骗她，自始至终。她不了解她嫁的这个人。

她从后门跑回家里。她几乎不能呼吸，倒在厨房地板上，靠在底柜上啜泣、颤抖。她哭得上气不接下气，同样的景象在她脑中反复呈现。她最后一次看到孩子就是这样的景象。

一切都变了。尼克抱走了他们的孩子，对她撒了谎。他为什么要这么做？不可能是科拉死了，他要保护她。拉斯巴克警探已经对她解释过原因，这根本不可能。如果她杀了科拉，尼克在十二点半时发现了，他不可能有个同伙在 12:35 前到达那里。现在她知道了他把科拉抱出屋的确切时间。他肯定安排好了人——那个死去的男人，十二点半时就在车库，等在自己的车里，尼克知道那时他要去看科拉。这一切都是他计划的。他早有预谋，和那个现在已经死去的男人一道。她觉得以前见过那个男人，在哪里见过他呢？

尼克一直在幕后策划，而她对此一无所知。

尼克绑架了他们的孩子，和另一个男人一起，那个男人现在已经死了。她的孩子如今在哪里？是谁把她从小屋那个男人那里抱走的？到底出了什么事？

梅抱着膝盖坐在厨房地板上，试图弄明白。她想回警局，告诉拉斯巴克警探她看到的景象。他可以从辛西娅那里拿到录像带。她想知道辛西娅先前为什么没把录像带交给警察，辛西娅肯定自有原因。梅能想到的唯一的原因是辛西娅把这当作尼克的把柄，想从中渔利，操控尼克。辛西娅的的确确是这种人。

尼克为什么要绑架科拉？如果他抱走她不是为了保护梅，那就是为了自己的私利。唯一可能的原因是钱：他想要那笔赎金，她父母的钱。她现在知道公司运营不太好，又记起几个月前尼克让她在房子的抵押文件上签字——为了拿到扩张计划的流动资金。她以为公司业务在快速增长，以为一切都很好。但也许他那时就在说谎，现在都拼到一起了。公司情况恶化，抵押房子，最后是筹划绑架，从她父母那里拿到赎金。

公司陷入困境，尼克为什么不直接告诉她？他们本来可以去找她的父母，再多要些钱。为什么他要做这样的蠢事？为什么他要抱走他们心爱的孩子，把她交给那个后来被铁铲打死的男人？

科拉肯定被别人带走了，不管那个人是谁，他们拿到了赎金。现在没有理由让她活着。她的孩子死了，尼克肯定被骗了。

赎金被抢走后，是不是尼克去小屋跟那个男人对质，在愤怒中把他杀了？尼克是凶手吗？在她不注意的情况下，他有时间出门去小屋，然后再回来吗？她试图回忆那一天，试图回顾绑架发生后的每一天，但它们在她脑中乱成一团。

那部手机也是计划的一部分吗？她意识到她一直是错的。那与他跟辛西娅或其他人的风流韵事无关，而是用来绑架的。尼克绑架了科拉，他跟在小屋的那个男人共同策划了这桩案子。整件事是安排好的，可是事情出了差错，有人拿走了钱，欺骗了他们。尼克于是去小木屋，杀死了他背信弃义的帮凶，用一把铁铲把他打得稀巴烂。

她嫁给了这样一个男人。

随后他坐在那里，坐在他们的厨房，告诉她死去的那个男人看上去很眼熟。

她突然害怕起自己的丈夫。她不知道他是谁，是什么样的人。她开始明白他能干出什么样的事来。

显然尼克不知道科拉在哪里。

她现在要做什么？

过了很久，梅从地板上站起身来。她强撑着自己上楼去卧室，哆嗦着拿出一个旅行袋，开始打包。

梅从出租车下来，站在她父母家的环行沙砾车道口。这是她成长过程中住过的第二所房子，比第一所更富丽堂皇。她十一岁时搬到了这里：砖石结构的大房子，还有欣欣向荣、精心打理的花园，背靠着一条溪谷。她付了出租车费，在车道口站了一分钟，看着这栋房子。这里的住宅相隔甚远。对于富人来说，隐私非常重要——他们能付得起钱。没人会看见她，除非她母亲在家，刚好望向窗外。梅站在那，旅行袋在身边。生活几乎把她碾得粉碎。她清晰地记得那天她走出这栋房子，爬上尼克摩托车的后座，认定自己坠入了爱河。

发生了这么多事情，许多东西都变了。

而有些事情一点没变。

她不愿意回到父母身边。那样等于承认他们是对的，她是错的。他们从没认可过尼克，结果表明他们是对的。他们一直跟她说，她做出的是错误决定，故而他们一直试图替她决定一切。有时她感觉自己像是个牵线木偶，父母在幕后操纵着她生活的方方面面：她去哪里，跟谁在一起，穿什么衣服，在学校学什么。

她违背他们的意愿嫁给尼克，结果成了失败的反抗。她一嫁给尼克，摆出她威严的姿态，就让她父母重新控制了牵线。她是个胆小鬼。当她人生中第一次朝着独立迈出重要一步，当她知道自己的想法、自己的心，知道她爱尼克，跟他结婚——她应该再接再厉，过她自己的生活。她应该在她大婚的那天对父母说"再也不要"，可一嫁给那个他们讨厌的男人，她就听任他们把她买了回来。他们给她买了车，买了房子；他们给尼克钱，让他去开创事业。她让父母给她和尼克买来了光鲜的生活。直到她和尼克都纠缠在这些牵线里，直到他们都被她父母紧紧压制。她父母从来没有放弃过控制他们。她属于自己，拥有自己的生活，这都只是假象。她思忖着如果他们婚后离开，拒绝她父母的帮助，她和尼克的生活会不会不一样。

又或许尼克并不是她以为的那个人。也许她父母对她的评判是对的，她做了错误的决定。

站在父母家车道的尽头，梅突然记起她是在哪里见过那个死去的男人。她像风中的叶子一样颤抖，试图理解这条新信息。接着她拿出手机，叫了一辆出租车。

尼克又尝试给理查德打电话，又在他的语音邮箱里留了一条简短的消息。理查德在惩罚他，不让他知道内情。理查德要自己把握，只等一切结束，科拉安然返回时再告知他，如果她真能回来的话。

连尼克都承认这样更好。如果还有人能办成这件事，那这人就是理查德。理查德有钱，胆量过人。尼克只想躺在他办公室的沙发上，睡上几个小时，等待一个电话把他叫醒，告诉他科拉已经安全到家。但之后——之后会发生什么？

他记起他的一个文件柜抽屉后面有一瓶打开的苏格兰威士忌。他不再踱步，而是来到文件柜旁边，拉开抽屉。酒瓶空了一半。他拿起一个也藏在文件柜里的杯子，给自己倒了杯浓酒，继续踱步。他得想清楚。

尼克害怕再也见不到科拉，也害怕被逮捕入狱。他相信如果他被逮捕了，那位律师很有可能可以让他脱罪，然而奥布里·韦斯特不会再做他的代理，因为梅的父母不会付费，尼克自己又没钱请一位好律师。他只请得起收费便宜的律师，很可能没资格享受国家级律师的服务。他毫无成功的希望。

尼克再从瓶子里倒酒，斟满酒杯。现在瓶子开着，放在他那张昂贵的桌子的吸墨台上。尼克意识到他已经在思考被逮捕后该怎么办。如今被捕似乎不可避免。一旦从父母那里得知真相，梅就不会再站在他这边。她怎么会呢？她会恨他，她有充分的理由。如果她对他做出这样的事，他也永远不会原谅她。

还有辛西娅和那盘录像带。

他的鼻子深深地探进第三杯酒，尼克第一次考虑对警察说出真相。他直接告诉拉斯巴克又会如何？没错，他跟布鲁斯——其实是德里克·霍尼格——见过面；没错，他的公司陷入了困境；没错，他岳父拒绝帮他；没错，他策划抱走自己的孩子，想把她藏几天，再从他岳父母那里拿到赎金。但实际上，那不是他的主意，而是德里克·霍尼格的。

那完全不是尼克的主意，是德里克·霍尼格提出了建议。在尼克看来，那只不过是提前拿到他妻子的一点遗产。他本来不想让任何人死，不想伤害他的孩子，也不想伤害他的同伙。

尼克也是受害者，虽不算没有过错，但仍是个受害者。他绝望无助，碰到了坏人。他碰到了一个靠不住的人，那人告诉他一个假名字，为了自身利益，操纵他去绑架。优秀的律师可以扭转局面，奥布里·韦斯特可以扭转局面。

他可以对拉斯巴克警探和盘托出，说明一切，协助调查。

一旦科拉回到家。

他会进监狱。但是科拉，如果她活下来，起码能跟母亲在一起。理查德再没有他的把柄，只要出狱，他就能摆脱梅的父母。辛西娅就没那么幸运了，也许他甚至可以让她进监狱，因为她企图敲诈。一时间，他想象着辛西娅身穿难看的橘色连裤衫，顶着一头脏兮兮的乱发。

他痛苦地笑了。桌后挂着一张图画，他抬起头，在图画的玻璃表面上捕捉到了自己的映像，他几乎认不出自己了。

The Couple Next Door

第三十一章

天终于黑了，尼克回了家。他酒喝得太多，于是把车留下，搭了辆出租车。回到家时，他衣衫凌乱，眼睛充血，身体绷紧，体内的酒精也无济于事。

他不知道发生了什么，也不知道该告诉梅什么。他一整天都在给岳父打电话，可那个混蛋没接。他也一再给梅打电话，可他所有的电话都直接转入语音邮箱——家里的电话和她的手机都是一样。没人给他打过电话。

尼克甚为恐惧。他害怕回家，可到头来又想不出别的事情可做。

他在前门站定。屋里很黑。"梅？"他叫道，纳闷她会在哪里。房子里空无一人。他走到厨房，厨房静悄悄的。他一动不动，倾听着房子里的动静。也许她不在这里。"梅？"现在他的声音更大了，充满忧虑。他快步走进起居室。

看到她时他停了下来。黑暗中梅坐在沙发上，纹丝不动，手上拿着一把大刀——尼克认出那是他们厨房台面砧板上最大的一把刀。血从他的心脏抽离出去，积在双脚。他谨慎地往前走了一步，想好好看看那把刀，但他看不清。她拿把刀坐在暗处干什么？

"梅？"尼克轻声说。她似乎有点恍惚，他怕了起来。她拿把刀究竟要做什么？"梅，怎么了？"他对她说，就像有人试图跟一只危险的动物交谈。她没有回应，他用同样轻柔的声音问道："你拿把刀做什么？"

他得把灯打开，便慢慢地朝茶几边上的灯走去。

"别靠近我！"她把刀举起来。

尼克站定，盯着她，她举着刀，似乎想砍过去。

"我知道你做了什么。"她说，用的是一种低沉、绝望的口气。

尼克快速地转动着脑子。梅肯定跟她父亲谈过了。没有科拉的迹象，事情一定失去了控制。尼克陷入绝望，他意识到他是多么依

268

赖岳父挽救大局，替他们把科拉带回来。可显而易见，一切都已分崩离析。他们永远失去了孩子。梅的父母跟她说出了真相。

现在到了最后阶段，最后这一幕——他的妻子神志不清了。这全是他的过错。

"你拿刀干什么，梅？"尼克问，声音发闷。

"为了防备。"

"防备谁？"

"防备你。"

"你不需要防备我。"黑暗之中尼克对她说。她父亲告诉她什么了？什么谎话？他永远不会故意伤害他的妻儿，她没理由怕他。"你是个危险分子，尼克，一肚子阴谋诡计。"她父亲这么说过。"你见过你父亲吗？"

"没有。"

"那你跟他谈过。"

"没有。"

尼克不明白了："那你跟谁谈过了？"

"谁都没有。"

"你为什么拿把刀坐在黑暗里，梅？"

"不对，"梅记了起来，"我见过辛西娅。"

尼克沉默了，大为惊骇。

"她给我看了录像带。"她的表情很可怕，她所有的痛苦和愤怒全表现在脸上，还有她的憎恨。

尼克瘫了下去，感觉他的膝盖不听使唤。现在一切都结束了。他偷走了他们的孩子，就为这个，梅也许想切开他的喉咙。他不能怪她。他想抓住那把刀自刎。

突然他感到毛骨悚然。他得看看那把刀，好知道她是否用过。但是太暗了，他看不清她身上或者刀上是否有血。他又朝她走了一步，停了下来。"你伤害辛西娅了吗？"他问道，又害怕听到答案。

她没有回答，只是说："你绑架了科拉，我亲眼看到的。你把她抱出屋，她身上裹着毯子，你带她去了车库。那个男人把她带走了。整件事都是你策划的，你却对我说谎，一直骗我，从头到尾。"她的声音低沉愤怒。"他骗了你后，你去小木屋里，用铁铲把他打死了。"

尼克无比惊骇："不，梅——我没有！"

"接着你跟我一起坐在餐桌前，说他看上去挺眼熟。"

尼克难过极了。他想到她眼中事情的全貌，一切都是怎样的扭曲啊。

梅身体前倾，两手紧紧地握着大刀。"我一直和你一起住在这栋房子里，从科拉被人带走直到现在，你却一直对我说谎，事事都在说谎，"她盯着他，低声说，"我不知道你是谁。"

尼克一直盯住那把刀，绝望地说道："是我带走了她。是我带走了她，梅。但不是你想的那样！我不知道辛西娅是怎么告诉你的——有的事情她也不知道，她是在敲诈我。她想用那盘录像带找我要钱。"

梅注视着她，在黑暗中大睁着双眼。

"我可以解释，梅！听我说。我陷入了财务困境，公司运转不顺，遇到了一些挫折。就在那时，我碰到了这个男人，德里克·霍尼格，"尼克绝望地说，"他跟我说他叫布鲁斯·尼兰。他建议绑架，这都是他的主意。我需要钱，而他说这样又快又简单，没人会受到伤害。是他策划了整个行动。他待在车库，我把科拉抱出来给他。他本应该在 12 个小时内联系我们，我们最多两三天就能把她接回来。预想中，那的确是又快又简单。"尼克痛苦地说："但我们没有收到他的消息，我不知道出了什么事。我试着用你找到的那部手机给他打电话——这就是那部手机的用途——但他没接。我不知道该怎么办，也没有别的方法联系他。我以为他的手机丢了，或者他临阵退缩，也许他杀了她，离开了这个国家。我很恐慌。对我来说这也绝对是个地狱，梅——你不知道。"

"别跟我说我不知道！"梅冲他嚷嚷，"因为你，我们的孩子死了！"

他放低声音，试图让她平静下来。他得告诉她一切，他得说出来："我们收到寄过来的连体衣时，我以为是他想要和我联系。也许他的手机出了毛病，他不敢直接给我打电话。我以为他想要把她还给我们，即便他把赎金从两百万提高到五百万，我也没有怀疑有诈。我只是担心你父亲不会付钱。我以为他增加赎金，也许是他觉得风险变大了。"尼克停了一会。重新完完整整地经历这可怕的噩梦，他简直难以承受："不过我到那里的时候，科拉不在那里，"他

271

控制不住，哭了起来，"她本来应该在那里的。我不知道出了什么事！梅，我向你发誓，我从来没想要伤害任何人，尤其是科拉，还有你。"

他在她面前跪了下来。如果她想，现在她可以切开他的喉咙。他不在乎。

"你怎么能这样？"梅轻声说，"你怎么能这么蠢？"尼克抬起头看着她。"如果你急需要钱，为什么你不向我父亲要？"

"我要过了！"尼克愤怒地说，"但是他拒绝了我。"

"我不相信。他不会那样做。"

"我为什么要说谎？"

"你只会说谎，尼克。"

"那你就问问他！"

他们怒目对视了一会。

接着尼克更平静地说："你有理由恨我，梅。为我做的事情，我也恨我自己。但你不需要怕我。"

"就算是你打死了那个人？用一把铁铲？"

"我没有！"

"为什么你不把一切告诉我，尼克？"

"我都告诉你了！我没杀那个小屋里的人。"

"那是谁杀的？"

"如果我知道，我们就知道科拉在谁手上了！德里克·霍尼格不会伤害科拉，我确信。他绝不会伤害她——如果我觉得他会，就不会让他把她带走。"不过说这话的时候，尼克想起这个他以为叫布鲁斯的人有时会让他感到不安，他有时还想象那人戴着一对指节铜环的样子。他怎么能让那个人照顾他的女儿？他绝望到对风险视而不见。

比起他现在感觉到的绝望，那都算不了什么。不过对布鲁斯来说，赎金唾手可得，他为什么要伤害科拉？他没有理由这么做。尼克说："他为什么要伤害她？他只想完成交易，拿到他的钱，然后消失。肯定有其他人发现她在他那里，杀了他，抱走了她。然后他们安排了这次交易，欺骗了我们。"他请求她："梅，你得相信我，我没有杀他。我怎么会？你知道大部分时间我都跟你一起待在这里，或者在办公室。我不可能杀他。"

梅静静地思索着，随后她说："我不知道该相信什么。"

"那就是我去找警察的原因，"尼克说，"我告诉他们我见过他在屋子旁荡来荡去，于是他们就去调查他。我想给警察指出正确的方向，这样他们就能找出是谁杀了他，也能找到科拉，同时尽量不暴露我自己。可是一如往常，他们一无所获。"他沮丧地补充道："不过他们还是会逮捕我，只是时间问题。"

"哦，我说不好，他们真没用。"梅伤心地咕哝着。

尼克看着她，不知道她是否想让警察逮捕自己。她很难猜透。他现在担心她会伤害她自己。"我知道他们怀疑我，梅。我早晚会被逮捕。的确是我把科拉抱出去，交给了德里克。我们的确想从你父母那里弄到钱。但我没有杀德里克，我不会杀任何人。我对你发

273

誓，"他温柔地将一只手放在她的膝盖上，"梅，刀给我。"

梅看着手中的刀，似乎不知道刀在那里。

"你伤害过别人吗，梅？"尼克问道。他的声音中充满惊恐。求你了，上帝，但愿没有。"你对辛西娅做了什么吗？"

"我不知道，我不记得。"她轻声说。

不管他做了什么，造成了怎样的混乱，他也不想引发更大的损失。她的态度令人不安。他动起来，温柔地从她手中拿过那把刀。她没有反抗。他欣慰地看到刀很干净，上面没有血。他仔细端详着她：哪里都没有血，她没有用过这把刀。这是为了防备他，保护她自己不受他的伤害。他如释重负，把刀放在茶几上，在沙发上坐了下去，面向着她。他问道："你今天有没有收到你父亲的消息？"

"没有，不过我去我父母家了。"梅说。

"你不是说你没有见过他们吗？"

"我没有。我打了包，想离开你。离开辛西娅家，看过录像后，我恨你的所作所为。我觉得你是个谋杀犯，我怕你。"

"我能理解你为什么恨我，梅。我也明白，你永远都不会原谅我。但你没必要怕我，我不是谋杀犯。"

"我去了我父母家，但没有进去。"

"为什么呢？"

"因为我记起是在哪里见过那个人了，就是死去的那个男人。"

"你以前见过他？"尼克吃惊地问。

"我跟你说过。"

他简直不敢相信。那时他认为那只是诱发的结果。

"你在哪里见过他？"

"那是很久之前，"她轻声说，"他是我父亲的一个朋友。"

The Couple Next Door

第三十二章

尼克呆住了："你确定吗？"

"没错，我确定。"

她听起来有点异样，不像是她自己。他能相信她说的话吗？尼克快速地思考起来：理查德和德里克·霍尼格，还有那部手机。

莫非整个事件都是个圈套？是理查德一直在幕后操纵这场噩梦？科拉一直在理查德那里吗？

"我确定我见过他跟我继父在一起，"梅说，"他认识那个人。我继父怎么会认识带走我们孩子的那个男人，尼克？你不觉得这里面有蹊跷吗？"她听起来像是几乎没法相信事实。

"很蹊跷，"尼克慢腾腾地说，思忖着要不要告诉她自己的想法，认为他必须说出来，"梅，也许你继父在背后搞鬼。"

她看着他，厉声说："什么？你这么说是什么意思？怎么可能？"

尼克回顾着过去。霍尼格出乎意料地接近他，跟他交朋友，倾听他的烦恼，取得了尼克的信任。他建议尼克找理查德要钱，然后理查德拒绝了他。如果他们串通一气，理查德拒绝尼克要钱的请求，只因为知道霍尼格会在那里，等着收拾残局呢？就在同一天，霍尼格建议实施绑架。要是这一切都是他岳父精心策划的呢？尼克感到恶心。如果是这样，他受到的欺骗就比他认为的更为严重：被这世上他最讨厌的人骗了。"德里克·霍尼格找到了我，"他急忙告诉梅，话语喷薄而出，"他跟我交朋友，怂恿我找你父亲要钱。接着，你父亲拒绝再借给我钱的那天，他又出现了，就仿佛他知情，知道我很绝望。就是那时，他建议实施绑架。"尼克感觉像从噩梦中醒来似的，一切最终都变得可以理解。"我认为你父亲是幕后主使，梅，"他急迫地说，"我认为是他让霍尼格接近我，设计让我实施绑架。我被玩弄了，梅。"

"我不能相信，"梅说，惊呆了，"我父亲绝不会那样对我。他有什么理由这么做？"

这话刺伤了尼克。她似乎轻易就能相信他会残酷地用铁铲杀死一个人，却不相信她继父会陷害他。可他必须记着，她看过那盘该死的录像带，那会动摇任何人的信心。他得把其他事情也告诉她："梅，那部手机，霍尼格和我在用的手机。"

"怎么了？"

"你找到之后，我注意到有几个未接电话，有人用霍尼格的手机打了过来，于是我拨了过去。然后……是你继父接的电话。"

梅的脸色苍白如纸。

"还有，梅，他知道电话的另一头是我。他知道我带走了科拉，我问他是怎么拿到这部手机的，他说是绑匪寄给他的，附了张字条，就像连体衣那样。他说绑匪联系了他，因为报纸上说是你父母支付的赎金。他说他们要更多的钱才会交还科拉，你父母会付钱给绑匪，但他让我答应不告诉你。他说他不想让你抱太大希望，以免事情不如人意。"

"什么？"梅的表情此前痛苦而又茫然，现在却振奋起来，"他跟绑匪有联系？科拉还活着吗？"

"他是这么认为的。他说他要跟他们打交道，把她带回来，他自己来，因为是我把事情搞砸了。"

"这是什么时候的事？"梅厉声问道。

"昨天晚上。"

278

"你没有告诉我？"

"梅，他让我答应不说出去，以免事情出了差池。我今天一天都在试着联系他，但他没有给我回电话。我急得很，不知道出了什么事。"但现在尼克不这么看了，他被一个高手玩弄了。"可是梅——如果你父亲一直都知道科拉在哪里呢？"

"他为什么要这么做？"梅问道，声音颤抖着，"他为什么要这样伤害我们？"

尼克知道为什么。"因为你父母讨厌我！"尼克说，"他们想毁掉我，毁掉我们的婚姻，让你和科拉回到他们身边。他不只是控制狂，梅，他还是个疯子。"

"不，"梅摇着头，"我不相信。我知道他们不喜欢你，但是你说的话——我不能相信。要是他说的是事实呢？要是绑匪跟我父母联系，他在试图替我们把她带回来呢？"她语气中的希望令人心碎。

尼克没有说话，想给她点时间去审视她的想法。

梅记起那天早些时候，她站在她父母家的车道上想了些什么。她父母是怎样操控了她的每一步，她整个的人生；他们是多么讨厌尼克，又是多么想继续控制她。但疯子才会这么做。她继父疯了吗？这就那么难以置信吗？她有时觉得她自己都要疯了。她继父真有可能是幕后主使吗？但她母亲肯定不会参与其中。

"是他用铁铲杀了德里克·霍尼格吗？"她悄声说。

"可能。"尼克不确定地说。

"科拉呢？"梅轻声说。"她怎么样了？"

尼克扶住她的肩头，看着她的眼睛。她双眼圆睁，充满恐惧。"我认为她一定在你父亲手上，或者他知道她在谁手上。"

"她还活着吗？他会伤害她吗？"

"我不知道。"

"我们要怎么做？"梅大声喊道，"我们必须把她带回来！"

"我们得仔细想想。"尼克说。他从沙发上起身，在屋里走来走去，似乎这有助于理清思绪。"如果她在你父亲那里，我们就有两个选择。我们可以直接去警局，也可以跟他对质。"

"别去警局！"梅说，"如果去找我父亲，我能劝他放弃，我确定可以。他会把科拉还给我。他会很抱歉，我知道他会。他只希望我开心。"

尼克不再踱步，看着妻子，质疑她对现实做出的判断。如果德里克·霍尼格是她父亲的朋友，那么很可能是她父亲把尼克拖入经济困境，进而去绑架他们的孩子。应该是她父亲安排了那次搞砸的交易，他还可能冷酷地杀了一个人。他深深地伤害了他的女儿，并不在乎她是否开心。他只想我行我素。

他毫不留情。第一次，尼克意识到自己的岳父是个魔鬼。这个男人很可能是个反社会分子。理查德常常告诉他，要想在商业上成功，人必须冷酷无情。也许就是这样——也许他在试图教导尼克要冷酷无情。那个男人疯了。

尼克不喜欢妻子对她父母病态般的依赖。他们刚结婚时他就应

280

该带她离开，靠他们自己重新起家。那样的话，所有这些都不会发生，他们会过得很幸福。

现在，他看不出他们怎样才能再次收获幸福。

尼克说："可如果我们跟你父亲对质，他否认一切呢？我们要怎么带她回来？也许我们应该先去警局，把事情坦白清楚，告诉他们我做了什么，再告诉他们我们的想法。"

梅猛地摇了摇头。"不！"她说，"你不了解我父亲。如果这件事真是他做的——如果我们把警察牵扯进去——我不知道科拉会出什么事。"她的目光失魂落魄。"我们不能公然反抗他，也不能威胁他。"

尼克认识到她是对的。梅也许不想承认她父亲是个什么样的人，但在紧要关头，她知道他动机何在。

"我们得过去，"梅说，"我能告诉他我知道你抱走了科拉，你把她给了德里克·霍尼格，而那个男人在小木屋被人杀了，我们需要他帮忙把她带回来。但我们不能告诉他我认出了那个人，我知道他认识那个人。如果我父亲是幕后主使，那我们得给他一条出路，否则我们就永远不能带回科拉。我们不能指控他，得假装他跟这件事没有关系，我们得求他跟绑匪合作，想出一个办法，让科拉回到我们身边。"

尼克思考着她的话，点了点头。你不能把理查德·威尔斯这种人逼到死角。重要的是把科拉带回来，他们得谨慎地把游戏玩下去。

"也许爸爸不是幕后主使。也许他只是碰巧认识德里克，他真的在跟绑匪联系。"梅说。

　　"我表示怀疑。"

　　他们坐了一会，发生的一切让他们精疲力尽，但他们得坚强地应对即将发生的事情。最后尼克说："你觉得你母亲知道发生的事情吗？"

　　"我不知道，"梅说，"我不相信她会这么对我。但我觉得她有点怕他。我觉得她一直有点怕他。"

　　"你们家真乱。"尼克嘀咕道。

　　"我们得竭尽所能把她带回来，"梅绝望地说，"答应我！"

　　除了答应，尼克还能做什么？"我答应，梅。为了把科拉找回来，我愿意做任何事，"他痛苦地说，"这是我欠你的。"

　　他们乘出租车去了梅的父母位于罗斯代尔的家。天很晚了，但他们没有提前打电话，他们想要出其不意。梅和尼克并肩坐在出租车后座，不发一言。尼克能感觉到梅在颤抖，而他紧张得冒汗。

　　这件事不能乱来，尼克想。他们必须把女儿带回来，他们很有可能在跟一个疯子打交道。

　　出租车载着他们开到前门。尼克付了钱，告诉司机不用等着。梅按了门铃，屋子里还亮着灯。短暂的耽搁了一下，梅的母亲开了门。

　　"梅！"她说，显然很惊讶，"我没想到是你。"她似乎有点恐慌。

梅推开母亲，尼克跟随她进入前厅。

他们所有的计划都飞到了九霄云外。

"她在哪里！"梅逼问道。她激动地看着母亲。她母亲目瞪口呆，没有回答。梅开始快速地穿过屋子，只留尼克站在前厅，她的行为让他非常惊愕。梅情绪失控，疯狂左右着她。他不知道现在要怎么演下去。

梅发狂地在屋子里搜寻，她母亲跟着她。尼克听得到梅的叫声："科拉！科拉！"

他察觉有了动静，抬头向上看去。理查德正从豪华的楼梯上走下来。他们四目相对，来了个硬碰硬。他们都能听见梅的喊叫："科拉！科拉！她在哪里？"她叫得越来越狂乱。

尼克认为梅终于神志不清了，这已经超出了她的承受能力。这不在他们的计划中。尼克突然开始质疑一切——梅真的认出了德里克·霍尼格吗？德里克真是她父亲的朋友吗？还是她的大脑提供了完全虚假的细节？他发现她时她正在黑暗的家中，拿着一把刀。她说的那些话可信度如何？一切都取决于理查德是否认识德里克·霍尼格。尼克必须找出真相。

"我们坐一坐，好吗？"理查德说着，与他擦肩而过，去了起居室。

尼克跟了上去。他口干舌燥。他害怕，怕理查德叫警察来抓他，他们会再也见不到科拉。如果梅说得没错，德里克·霍尼格是她父亲的朋友，如果尼克的想法是对的，理查德在陷害他，那么理查德就很可能是个反社会分子，对科拉没有感情，杀她对他来说不值一提。也许他对梅也没有真感情。尼克不是在跟一个正常人打交道。他感到茫然，不知道该怎么应对这种情形，而一切都取决于他如何应对。

梅……他不知道她要干什么。

尼克听见了梅的脚步声。她现在跑了起来，从精巧的楼梯跑上二楼。他和理查德盯着彼此，听见梅沿着走廊跑着，推开一间间卧室的门搜寻着。

"她找不到她。"理查德说。

"她在哪里，你这个混蛋？"尼克说。他也背离了脚本，他们的计划中没有这一出。

"哦，她不在这里，"他岳父冷漠地说，"我们何不等梅安定下来呢？我们所有人可以一起谈一谈。"

尼克强忍住自己，才没有起身去掐他岳父肥胖的喉咙。他迫使自己坐着不动，静观其变。

最后，梅冲进起居室，紧张过度的母亲跟在她身后。"她在哪里？你对她做了什么？"梅对她父亲喊道。她的脸上泪水斑驳，看上去异常激动。

"坐下来，梅。"她父亲命令道。

梅看着尼克。他点点头，她走过来，挨着他坐在垫得厚厚的大沙发上。

"你知道我们为什么来这里。"尼克开口道。

"梅似乎认为科拉在这里。她为什么会这么想？"理查德问，假装关心，"尼克——是你告诉她绑匪在跟我联系吗？我特意叮嘱过你不要告诉她。"

尼克结结巴巴，不知道要怎么开始。

理查德打断了他的话，又转向梅。"很抱歉告诉你，梅，但是绑匪又让我们失望了。我本来以为今晚可以把科拉带回来，但是他们没有现身。我按照约定带了追加的钱，可他们没有露面，"他转向尼克，"当然，我也没有让他们拿到钱，不像你那样，尼克。"

尼克怒气陡升——要让尼克出丑，理查德真是不放过任何机会。

"我告诉你别跟她说，就是为了避免这种痛苦。"理查德说。他扭过头看着梅，目光充满同情："为了把她带回来，我尽了全力，梅。我很抱歉。不过我答应你，我不会放弃。"

尼克注视着这种转变。一旦跟女儿交谈，理查德展现给他的冷漠就变成了热情。尼克看出梅犹豫不决，脸上显出怀疑的表情。

理查德说："很抱歉，你母亲和我没有早点告诉你，梅，但我们害怕发生这样的情况。我们不想让你期望太高。绑匪联系了我们，要更多的钱。你知道，为了把科拉带回来，我们愿意付出任何代价。可他们没有现身。"他沮丧地摇摇头。

"这是真的。"梅的母亲说。她在沙发另一头挨着女儿坐了下来。"我们悲痛欲绝。"她张开臂膀，梅便投进母亲的怀抱，难以抑制地啜泣起来，肩膀一起一伏。

尼克想，这不可能。

"恐怕唯一能做的事就是去警局。"理查德说。他转身看着尼克，冷冷地白了他一眼。

尼克也瞪着他。"梅，把你知道的事情告诉他们。"他说。

可她在母亲怀里茫然地看着他，似乎已经忘了她知道些什么。

绝望之下，尼克说："那个被杀害的男人——德里克·霍尼格，警察知道是他从我们家里带走了科拉，把她带到他位于卡茨基尔的小木屋。但我确定你早就知道这件事。"

理查德耸耸肩："警察什么也没跟我说。"

"梅认出了他。"尼克断然说道。理查德的脸色变得更苍白了吗？尼克不确定。

"所以呢？"

"她认为他是你的一位朋友。这是怎么回事，理查德？我们的孩子在你朋友那里？"

"他不是我的朋友，我从没听说过他，"理查德平静地说，"梅肯定搞错了。"

"我可不这么认为。"尼克说。

梅一言不发。尼克绝望地看着她，可她转过了脸。她要背弃他吗？她要站在父亲一边，不管他了吗？因为她更相信她父亲，而不是他？或者她要牺牲他，把她的孩子找回来？他感觉脚下的地面在移动。

"梅，"理查德说，"你觉得那个被杀的男人，也就是据称带走了科拉的那一个，他是我的朋友？"

她看着她父亲，微微摇了摇头。

"跟我想的一样。"理查德看着尼克。"回顾一下我们知道的事情吧。"理查德说。他转向女儿："抱歉，梅，下面要说的话对你来说会很痛苦。"他坐回桌前，开始之前深吸了一口气，似乎在暗示这一切对他来说也很艰难。"绑匪联系了我们。他们知道我们的名字，因为报社登过是我们付了先前那五百万赎金。绑匪给我们寄了个包裹，包裹里有一部手机和一张字条。字条上说孩子的父亲就是同谋，这部手机是原先那个绑匪拿着偷偷跟孩子的父亲联系用的。我试图呼叫这部手机里输入的唯一一个号码，但一直没有人接。我一直留着它，终于手机响了，是尼克打来的。"

"这些我都知道，"梅低沉地说，"我知道那天晚上是尼克抱走了科拉，把她交给等在我家车库的德里克。"

"真的吗？"她父亲吃惊地说，"你怎么知道的？尼克告诉你的吗？"

尼克身体僵直，怕她提起那盘录像带。

"是的。"梅说着，看向尼克。

"很好，尼克，你能向她坦白，够男人。"理查德说。他继续说："我不知道那之后到底发生了什么，但肯定有人杀死了小木屋里的那个男人，并且带走了科拉。这个叫德里克的家伙肯定认识一些相当可疑的人，他们在交易时愚弄了尼克。我以为一切都完了，直到他们联系了你母亲和我，"他懊悔地摇摇头，"我不知道他们还会不会再联系我们，我们只能祈祷。"

尼克被逼到极限，失去了控制。"你在胡说！"尼克大喊道，"你知道发生了什么事，整件事都是你策划的！你知道我的公司运营不顺，你让德里克来找我，让他建议绑架——那不是我的主意，从来都不是我的主意！是你在操纵每件事、每个人，尤其是我。德里克逼我找你要钱，然后你拒绝了我，你知道我有多么绝望。你一拒绝我，他就刚好在那里，在我最黑暗的时刻，说出了他的绑架计划。你就是这一切的幕后策划！告诉我，是你用铁铲打碎了德里克的头吗？"

梅的母亲倒抽了一口气。

"我认为事情就是这样的，"尼克逼问道，"你杀了他，带走了科拉，或者你雇别人做了这些事。你知道她在哪里，自始至终你都知道。你他妈没损失一个子儿，因为你就是交易时那场骗局的幕后主使。你安排人不带孩子现身，只把钱拿回去，但你想让我进监狱。"尼克停下来喘了口气："告诉我，你在乎科拉是死是活吗？"

理查德的目光从尼克看向梅，说："我认为你丈夫精神不正常。"

The Couple Next Door

第三十三章

"把字条拿来看看。"尼克逼迫道。

"什么？"理查德有点措手不及。

"绑匪的字条，你这个王八蛋。拿出来给我们看！好证明你在联系他们。"

"手机在我这里，字条我没留下来。"理查德泰然自若地说。

"是吗？那张字条你怎么处理了？"尼克问。

"我把它毁了。"

"为什么你要那么做？"尼克问。显然，房间里的每个人都看得出来，他不相信有那么一张字条，从来都没有过。

"因为牵连到你，"理查德说，"就是因为那张字条，我才知道电话那头是你。"

尼克笑了，但一点也不诙谐。那是怀疑的冷笑，近乎盛怒。"你想要我们相信你毁掉字条是因为牵连到我？你的目的不就是让我因为绑架遭到逮捕，永远远离你的女儿吗？"尼克问道。

"不，尼克，那从来都不是我的目的，"理查德说，"我不知道你为什么要那么想。我做的一切都只是为了帮你，你知道。"

"你满口屁话，理查德。你在电话上威胁我——你做的事你自己知道。是你策划了整桩事件，就是为了摆脱我。不然你为什么要这么做？因此——如果真有一张字条，你绝不会毁掉它。"尼克向前探身，压低声音，嘘声说道："没有字条，不是吗，理查德？绑匪没有跟你联系，因为你就是绑匪。德里克的手机在你手里——是你杀死他后拿走的，或者找人干的。你知道他把科拉藏在哪里，因为你筹划了整件事。你突然攻击德里克——那很可能就是你一直以来的计划。告诉我：用绑架罪把我送进监狱，你说要付给他多少钱？"

尼克看见艾丽斯惊骇万分地盯着他。

尼克控诉他时，理查德坐在一边，平静地看着尼克。接着他转向他的女儿，说："梅，他编造这一切就是为了转移你对他罪行的注意力。我跟这一切无关，除了尽全力找回科拉，并且保护他免受警察的追捕。"

"你是个骗子！"尼克绝望地说，"你知道科拉在哪里。把她还回来！看看你的女儿！你看看她！你这是在要她的命！把她的孩子还给她！"

梅抬起头，现在她从丈夫看向父亲，表情困惑，痛苦不已："妈妈，发生了什么事？"她问，转向她的母亲。

但她母亲僵住了，一脸茫然，要么是不知道，要么是不想说。

"我们要报警吗？"理查德挑衅道，"让他们把事情理顺？"

尼克快速思考着。如果梅不承认她知道德里克是她父亲的朋友，或者她不确定，他的话就没法证实。警方已经把他视为头号嫌疑人。理查德，这位备受尊敬、功成名就的商人，可以轻而易举地把他交出去。梅和她父亲都知道，是尼克把科拉从婴儿床里抱出去，递给了德里克。尼克仍然相信理查德是幕后主使，可他没有任何证据。

尼克完了。

他们仍然没有找到科拉。

理查德会永远藏着科拉，如果有必要的话，只要他能获胜。

尼克怎样才能让理查德认为他胜券在握，进而把科拉送回来？

他应该向警方招供吗？这就是理查德想要的吗？也许一旦他被逮捕，"绑匪"就会奇迹般的与理查德恢复联系，把孩子安全送回。

因为尽管理查德在梅面前说了那些话，尼克知道，理查德还是不会让他摆脱干系。他想让尼克进监狱，又不希望看上去是他把尼克交给警方的。

尼克答应过梅，他会不惜一切代价。

"很好，给警察打电话。"尼克说。

梅哭得更厉害了。她母亲抚摸着她的背。

理查德去拿手机。"现在很晚了，不过我确定拉斯巴克警探不介意出来一趟。"他说。

尼克知道他要被逮捕了。他需要一位律师，一位好律师。房子还有一些净值，只要梅同意让他再次抵押。但一个女人怎么会同意抵押自己的房子，为被控绑架他们自己的孩子的丈夫辩护？她父亲会劝阻她的。

理查德似乎读懂了他的心思，说："不用我说你也知道，我们不会为你请辩护律师。"

他们在冰冷的沉默中等待警探到来。尼克想着事情是如何发展到这一步的。理查德赢了，这个操纵他人的混蛋。梅最后一次落入家庭的围栏，永远地掉进去了。只要她顺从父母，做个好女儿，一切都会迎刃而解。理查德会找个法子把她的孩子还给她，他会成为英雄。尼克在监狱日渐憔悴时，他们会照顾她和孩子，让她们衣食无忧。她只需要牺牲尼克，她做出了选择。

他不能怪她，也没有怪她。他的思绪突然前所未有地清晰起来。最近几天，压力和疲惫一直在损害他的大脑和思维。但现在，思路清楚地勾画出来，他准备好面对即将发生的事情。

门铃响了。每个人都吃了一惊。理查德起身去应门，因为他的妻子忙于安抚他们哭泣的女儿，梅的脸埋在母亲胸前。

尼克听着理查德去应门。他最好供认一切，尼克想。之后，科拉安全回家，他将告诉警察理查德在事件中的角色。他们也许不会相信他，但他们肯定会去调查理查德，也许他们能找到理查德和德里克·霍尼格的联系。不过尼克敢肯定，理查德已经把罪证藏起来了。

理查德把拉斯巴克警探引到起居室。警探似乎一眼就了解了状况：梅在大沙发一头，在她母亲的怀抱里哭泣，尼克脸色苍白地坐在另一头。

理查德对警探说："很抱歉，我知道您不喜欢我们跟绑匪打交道，而且直到事后才告诉您，但我们不敢做别的事。"

拉斯巴克脸色阴沉："您是说他们给您打电话了？"

"是的，昨天。我和他们约定再带钱去跟他们会面，约在今晚早些时候，可他们没有露面。"

尼克看着理查德，想知道他到底在做什么。给他打电话？理查德要么是在对警察说谎，要么是在对他和梅说谎。他准备什么时候告诉警察是尼克把科拉从房子里抱出去的？

拉斯巴克坐下来，拿出他的笔记本，仔细记下理查德告诉他的一切。理查德没有提到尼克，连看都没看尼克一眼。这都是为了梅吗？尼克思忖着。他是在向她表明他要有意保护尼克，即使他们知道尼克做的事情？理查德又在搞什么把戏？也许理查德没想过要告诉警察尼克做过的事情——他只想制造悬念，让尼克受尽折磨。这个十足的混蛋。

或者他在等待尼克自己站出来，想看尼克是否有勇气这么做？这是为了把科拉带回来，他必须通过的一场测试吗？

"就这些吗？"拉斯巴克最后说道，站起身来，合上笔记本。

"我想是的。"理查德说。他完美地扮演了忧心忡忡的父亲、外祖父的角色，像花岗岩一样圆滑。好一个老练的骗子。

理查德见警探到了门口，而尼克无精打采地瘫在沙发上，疲惫而困惑。如果这是一场测试，他没有通过。

梅接触到他的目光，只是一会，然后又看向别处。

理查德回到起居室。"好啦，现在你相信我了吧？"他对尼克说，"我毁掉那张字条就是为了保护你。我刚刚对警察说了谎，告诉他绑匪联系我是打的电话——为了保护你。我没有告诉他们绑匪给我寄了那部手机，因为这会牵连你。我不是坏人，尼克。你才是。"

"谢谢你，爸爸。"梅平静地说。她从母亲的怀抱里挣脱，无力地坐着，盯着她的大腿。

"不客气，虽然我不知道我为什么要这么做。我不知道你为什么要嫁给这个家伙。"

尼克需要离开这里，这样他能想一想。他不知道理查德在搞什么。"走吧，梅，我们回家。"他说。

梅没有看他。

"梅?"

"我觉得她哪也不会去。"理查德说。

想到梅不跟他一起回家,尼克心里一沉。

显然理查德不想让他进监狱。也许理查德不希望自己的女婿是个罪犯,免得当众受辱。也许从一开始他就只想让梅知道他是什么样的人,想要分开他们。看来他成功了。

尼克用手机叫了辆出租车。出租车到来时,梅跟她父母待在一起,看着他走。

他见她站在车道里看着他,父母站在她的两旁。他看不透她的表情。

尼克心想:她再也不回会我们家了,我成了孤零零的一个人。

开车回家的路上,拉斯巴克有些不安。他有很多问题悬而未决。最重要的问题是——失踪的孩子在哪里?他似乎没有进展。

他想起尼克。他脸上满是痛苦,看上去疲惫不堪。自从这件事情发生以来,尼克显然瘦了很多。倒不是拉斯巴克特别同情他,而是他知道情况比看上去更复杂。他想查出是怎么回事。

从一开始,拉斯巴克就对理查德·威尔斯起了疑。在他看来——也许这是一种成见,因为拉斯巴克自己起家时相当贫穷——要赚到那么多钱,就非去利用别人不可。如果你不在乎你伤害了谁,挣钱会更容易些。如果你有所顾忌,谋生就会更艰难。

在拉斯巴克看来，尼克不符合绑匪的形象。在拉斯巴克眼中，尼克总像是一个被推到墙上的绝望的人。如果受到逼迫，有人就会去做错事。但理查德·威尔斯是个商人，拥有可观的财富，不管是对是错，这都向拉斯巴克指出了种种危险信号。这些人有时很自大，他们觉得自己可以凌驾于法律之上。

理查德·威尔斯值得关注。

故而拉斯巴克在他的电话上装了窃听器。

他知道绑匪没有给他打电话，理查德在说谎。

The Couple Next Door

第三十四章

在她自己的卧室里，艾丽斯一面在长毛绒地毯上来回踱步，一面思考。她跟理查德结婚二十多年了。就在几年前，她还不相信他会这样。可现在，他是一个有着各种秘密的人。

她知道他有婚外情。她知道有一段时间了，他在跟某个人幽会。这不是他第一次偷偷摸摸。可这一次，她知道和以注不一样。她感觉他在从她身边溜走，似乎一只脚已经跨出了门，似乎他准备好了退出计划。她以前从没想过他会离开她，她觉得他没那个胆。

因为他知道，如果离开她，他连一分钱都拿不到。这就是婚前财产协定的优势。如果他离开她，他不会拿到她一半的财产，他什么都得不到。他需要她的钱，因为他自己没多少钱。这么多年来，他的生意做得并不好。他保持无利可图的公司正常运转，这样人们就不会知道他失败了。她一直将自己的钱投入公司，只为了保全他的面子。一开始她并不介意，那时她爱他。可现在她不爱他了，再不会爱他了。

她不能相信发生的一切。好几个月了，她知道他在认真地跟某个人会面。起初她视而不见，静待结束。毕竟，他们婚姻中肉体的那一部分很久之前就结束了。但随着这段婚外情继续下去，她一心想要找出这另一个女人是谁。

但是理查德很聪明，擅长隐藏行踪。她没能让他露出马脚。最后，她克服自己的尴尬和反感，雇了位私家侦探。她雇用了她能找到的最昂贵的一位，她理所当然地认为，他会是最谨慎的一个。几个星期之前，他们见面察看了他的报告。她以为她已经做好了准备，但侦探发现的事情还是让她惊愕万分。

与他幽会的女人是辛西娅·史迪威——住在她女儿家隔壁的那个女人，一个比他小一半的女人、他女儿的朋友。他在女儿庆祝乔迁的聚会上碰到了这个女人。真是丢人。

那位戴着劳力士手表、收费昂贵、行事严谨的侦探核查他的报告时，艾丽斯坐在星巴克里，面无血色。她看了看那些照片，很快就将目光移开。他核对了时间线——地点和日期。她把现金付给他，感到恶心。

随后她回家等候，等着理查德说他要离开她。她不知道他打算怎么挣钱，她不关心。她只知道如果他请求她，她会拒绝。她让那位私家侦探密切注意她的银行账户，看他是否在抽取她的钱。她决定让这位侦探成为她的雇员，不过他们不会再去那家星巴克见面，她要找个更私密的地方。整个经历留给她的无非是龌龊的感觉。

随后科拉被偷走了，理查德令人不齿的外遇被绑架的恐惧推到一边。一开始艾丽斯害怕是她女儿伤害了孩子，梅和尼克或许害怕被人发现，把尸体藏了起来。梅患有那种病，她还当不好母亲。她经受了很大的压力，压力是触发因素。之后她大感欣慰——他们收到了绑匪寄来的字条。情况真是急转突变。本以为他们会把科拉带回来，结果交易失败了。她对外孙女的悲痛和忧虑贯穿始终，也为她女儿脆弱的情感状态感到担忧。

接着……今晚。

直到今晚她才想通。听到尼克说是他自己把科拉抱了出去，她十分震惊，更震惊的是听到尼克控诉她丈夫陷害他。但后来，她坐在那里，抱住她崩溃的女儿时，一切都合理起来，合理得可怕。

那么这就是理查德的宏伟计划。绑架，设计让尼克做替罪羊。那五百万在哪里？她敢肯定是理查德把它藏起来了。还有第二次的两百万，就放在前厅壁橱后面，在一个大购物袋里，等待下一次的尝试。她没有见过字条，还有那部手机。他告诉她，他给毁掉了。理查德要拿走她的七百万美元，打着从绑匪那里接回她唯一的外孙女的名义。这个王八蛋。

这样他就可以离开她，跟那个荡妇辛西娅在一起。

他不忠实，为了一个跟她女儿一样年轻的女人离开她已经够糟糕了，他还试图拿她的钱。但他怎么敢这样伤害她女儿？

她伸手去拿电话，给拉斯巴克警探打电话。她有事情要告诉他。她还想看一下那个男人——德里克·霍尼格的照片。

梅在她以前的房间，躺在她以前的床上，辗转难眠。她整晚醒着，边听边想。除了失去孩子的痛苦而外，她感觉自己被所有人背弃了：被尼克背叛，因为他参与了绑架；被她继父背叛，他的角色更加可鄙，如果尼克对他的看法是对的。她确信尼克是对的。

她不了解她母亲，母亲知道多少呢？

昨天晚上一开始，她几乎毁了一切。然后她控制住自己，记起了她要做的事情。她昨天晚上没有大胆地说出来，为此她对尼克感到愧疚——考虑到他做的事情，也没有那么愧疚——但她希望找回她的孩子。她确信她之前见过死去的那个男人，好几次，就在这栋房子里，多年以前。过去她深夜上床睡觉以后，他和她父亲常常在后面的树林旁边交谈，她从她的窗口看着他们。就是这一扇窗。她从没见过德里克·霍尼格和她父亲坐在池边喝酒，或者还有其他人在场，连她母亲都没有。他总是来得很晚，天黑后来，然后他们去后面的树林旁边。作为孩子，她本能地知道不要向她父亲问起这件事，他们做的事要保密。如果是他们绑架了她的孩子，那这么多年来他们在一起做了什么？她继父还有什么本事？

她起身望向卧室窗外，对面是屋后的庭园，树林通向溪谷。这是个炎热的夜晚，但现在有一丝微风吹进纱窗。时间还很早——她只能看见窗外世界的轮廓。

她听见楼下的声响——一扇门轻轻关上了。听起来像是后门，从厨房那边发出来的。一大早谁会出去？也许她母亲也睡不着。众所周知，她有失眠症。梅想穿上睡袍下楼找她，私下跟她谈谈，直接面对她，看她能否把一切都告诉自己。

还没等看到他，她就听见了他的响动。她父亲从后门溜出去，穿过后面的草坪。他果断地迈开大步，仿佛很清楚要去哪里，手里拿着一个大购物袋。

她从窗帘后面注视着他，就像小时候那样，害怕他会转身，发现她在窥视，然后惩罚她。可他没有转身。他向树林间的空地走去，也就是那条路开始的地方。那条路她熟得很。

在家里，尼克睡不着觉。他在屋子里独自啪哒啪哒地走来走去，痛苦地思考着。起码现在对他来说事情更明朗了：理查德是幕后黑手，他得到了他想要的。梅知道尼克筹划绑架是为了得到钱，他对她说了谎，科拉失踪的这段时间里他一直对她说谎。然而理查德不知道的是，辛西娅的录像带更毁掉了尼克在梅眼中的形象，比

301

理查德那部手机的证据有效一千倍。

尼克完全毁了。梅永远离开了他。她鄙视他，昨晚辜负了他，没有承认她见过父亲跟德里克·霍尼格在一起。不过他不怪她，她做了她必须要做的事情。因为她做了该做的事，他还希望不久以后，科拉就能还给他们。

还给梅，不是给尼克。尼克想到他也许再也见不到科拉了。梅当然会跟他离婚，他们会请最好的律师，梅会拿到完全监护权。如果他试图得到探视权，理查德会威胁把他在绑架中的角色告诉警察。他失去了对他孩子的一切权利。

他孑然一身。他失去了世上对他最重要的两个人——他的妻子和孩子。他失去了她们，无可挽回。其他事情都无所谓了。现在陷入财务困境、被人勒索对他来说都不重要了。也许他仍然要终老于监狱，如果辛西娅决定交出录像带，如果他没钱付给她。

他只能在屋子里走来走去，等待别人找到科拉。

他想，还会有人告诉他吗？他被彻底排斥在他们紧密的家庭圈子之外。也许他会从报纸上得知科拉从鬼门关里回来的消息。

梅只犹豫了片刻。她想到她父亲在这个没人会看到他的时间前往溪谷只有一个原因：去接科拉。也许有人要在溪谷跟他会面。她父亲拿着一个大购物袋。很可能是带科拉回来的钱。她不知道应该怎么看待这件事。

她不确定该怎么做。她应该跟随他去看看会发生什么事吗？还是应该留在原地，相信他会把她的孩子带回来？但是梅不再信任她继父，她需要知道真相。

她匆匆穿上前一天穿的衣服，甚至没来得及去洗手间，很快下了楼梯，来到厨房，出了后门。一阵带着露水的凉风吹来，她胳膊上起了鸡皮疙瘩。她开始穿越那片湿草地，跟着她父亲的脚步。她没有计划，只凭直觉行动。她想把她的孩子带回来，想了解真相。

她在通往溪谷的木制楼梯上轻捷地跑起来，一只手放在栏杆上，几乎在黑暗中飞了起来。这条路她以前很熟，但是好多年没有走过了。不过她还记得，或许那是本能。

这里是一片树林，更加幽暗。脚下的地面又软又湿，吞噬了她的脚步。她尽可能快地追着父亲在那条路上移动，尽量不发出声音。黑暗中阴森恐怖，她看不到他在前面，但估计他一直在这条路上。

因为恐惧和劳累，梅的心狂跳起来。她知道一切都取决于这一刻，她相信继父会来这里找回孩子，并带她回去。如果闯去会面，她会毁掉一切。她必须躲起来作见证。她可以一动不动，倾听、凝视着晦暗的森林。除了树木和阴影，她什么也没有看到。她认为到目前为止，她还没有被发现，于是再沿着那条路往前走去，更加谨慎，对她前面的声音保持着警觉。

梅沿着小路前进，没听见前面有任何声响，但突然听见身后有声音。她又停下来倾听。她听见了脚步声，走得快而轻巧，朝她的方向走来。她被跟踪了。谁会在峡谷里跟踪她？她突然很害怕。她希望尼克在这里,可她扔下了尼克,背叛了他。

她尽可能快速行动,几乎盲目,由于恐惧、疲劳,她气喘吁吁。她来到道路尽头的转弯处,那里有一组木制楼梯通向上面的街道。她抬头看,就在那儿,在前方,她看到他了,她看到她父亲了。他一个人沿着从峡谷出来的台阶往下走,转入另一条街,怀里抱着一个孩子。黑暗中他能听出森林里是她吗?

"爸爸!"她叫道。

后面仍有脚步声在追逐她。她父亲似乎在看向她身后,声音就是从那里来的。

"梅?"他喊道,"你在这里干什么?你怎么没有睡觉?"

"那是科拉吗?"她走上前去,大口喘着气。她现在到了楼梯下面,她父亲下楼下了一半。现在天亮了些——她能看清他的脸,也能看出他的眼睛深处,大脑在飞速旋转。

"没错,是科拉,总算成了!"他喊道,"我终于替你把她带回来了!"婴儿没有扭动,像死尸似的垂在他的胳膊上。他下楼梯朝她走来。

她惊骇地盯着他怀里那个一动不动的婴儿。

梅尽可能快地跑上楼梯与他会合。她绊了一下,用双手保持平衡。她伸出手臂。"把她给我!"她叫道。

他把孩子递给她。她拉开盖住孩子小脸的毯子,害怕她可能看到的景象。孩子仍然一动不动。她看着孩子的脸,那是科拉,看上去像死了一般。梅不得不仔细端详,来判断她是否还在呼吸。她在呼吸，但很微弱，眼睛在她苍白的眼皮后面闪动着。

梅轻轻把手放在科拉胸口。她能感觉到轻微的跳动——心脏的跳动，小胸脯起起伏伏。孩子还活着，但不是很好。梅在台阶上坐下来，马上把科拉放到乳房前。过了一周了，不过奶水还没有完全枯竭。那里还有奶，她必须给孩子喂点母乳。

虚弱的孩子稍加鼓励便用嘴叼住乳头，饥饿地吃起奶来，显得颇有力量，之前她缺乏活力。梅坐着，孩子在她胸前，她原以为再不会有这一刻了。她哭了起来，不过是欢乐的泪水。

她抬头看着父亲，他仍然站在旁边。他把目光移开。她在喂奶，他总是感觉不自在。

他解释说："大约一个小时前，他们又打来电话，安排了一次会面，就在峡谷的另一边。这次一个男人现身了。我把钱给了他，他就把她交给了我。我正要带她回家，把你叫醒。"他笑着对她说："都过去了，梅。我们把她带回来了，我帮你把她带回来了。"

梅的目光又回到孩子身上。她不知道应该怎么看待这件事，但这不重要了，孩子回到她身边了。她必须给尼克打电话。

一个人从他们身后的树林里走出来，是位穿制服的警官。"这里一切都好吧？"他问。他看到这位母亲，还有她拼命吮吸乳房的婴儿。随后他拿起了对讲机。

The Couple Next Door

第三十五章

　　尼克的出租车停在梅的父母家门前，他的胃在翻腾。他在前门附近看到了警车、救护车，还认出了拉斯巴克警探的车。

　　尼克在脑海里重现了那一时刻，就在几分钟前，梅拨通他的手机说："她在我这里。她很好。"

　　科拉活着，梅给他打了电话。接下来会发生什么，他不知道。

尼克马上给司机付了款，冲上这栋几小时前他才离开的宏伟别墅的前门台阶，进入起居室内。他看见梅抱着科拉坐在沙发上。一位穿制服的警官站在沙发后面，似乎在保护她。梅的父母不在房间里。尼克纳闷他们在哪里，出了什么事。他完全蒙在鼓里。

　　尼克冲向梅和孩子，一把抱住她们。接着他松开手，仔细查看着科拉。她看上去很瘦，病恹恹的，但她安宁地睡着了。"感谢上帝。"尼克颤抖着说，泪水顺着脸颊流下来。"感谢上帝。"他盯着他的女儿，温柔地抚摸着她的头。他从来没有像此刻这般幸福。他想留住这一刻，永远铭记在心中。

　　"救护车的医务人员替她检查过了，说她目前还好，"梅说，"我在等你来，我们一起带她去医院彻底检查一下。"

　　拉斯巴克来到起居室。

　　"祝贺你们。"警探说。

　　"谢谢您。"尼克说。一如往常，他看不透这位警探，不知道他在想什么。

　　"我非常高兴，你们的孩子健康地回到了你们身边，"拉斯巴克直视着尼克说，"以前我没这么说，不过生还概率确实很小。"

　　尼克紧张地坐在梅旁边，看着科拉，想着这个快乐的时刻是否就要被从他身边夺走，拉斯巴克是否要告诉他自己已知道一切。尼克想要推迟这一时刻，可是他必须知道。"出了什么事？"他问。他需要别人告诉他细节。

"我睡不着，"梅告诉他，"从我卧室的窗户，我看见爸爸出门去了峡谷。他拿着一个购物袋。我想他是要再次跟绑匪见面。我跟着他到了峡谷，追上他时她已经在他那里了。他说绑匪又打来电话，安排了交易。这次有个男人现身了。"她转向警探："我追上我父亲时，那个男人已经走了。"

尼克呆住了，等待着。原来他们要玩这种把戏。他想推演出结果：理查德会成为英雄，为了接回科拉，他们又付了一次钱。是梅刚刚对警察这么说的，尼克不知道她是否当真相信这件事。

尼克不知道这位警探相信什么。和往常一样，他猜不透。

"现在怎么样了？"尼克问。

拉斯巴克看着他："现在，尼克，我们说实话。"

尼克感觉面无血色。他看见梅的目光从警探那里转移到他身上，这是灾难的警报。

"什么？"尼克说。

拉斯巴克在他们对面的椅子上坐下来，身子向前探去："我知道您做了什么，尼克。我知道就在 12：30 后，您从婴儿床里抱起您的孩子，把她放到了德里克·霍尼格车子的后座。我知道德里克载着她到了他位于卡茨基尔的小木屋，几天后，他在那里被残忍地杀害了。"

尼克什么也没有说，不过马上开始出汗。他知道拉斯巴克一直以来都保有这样的观点，不过他有什么证据呢？理查德跟他们说过那部手机的事吗？

"我是这么想的，尼克，"拉斯巴克说，说得相当慢，似乎他知道尼克极为痛苦，可能跟不上他，"我认为您需要钱。您跟德里克·霍尼格策划绑架，想从您妻子的父母那里弄到钱。我认为您妻子对此并不知情。"

尼克摇着头，不清楚是在对他妻子不知情表示赞同，还是在否认一切。

"随后，"拉斯巴克说，"我就不清楚了，也许您能帮我。是您杀了德里克·霍尼格吗，尼克？"

尼克激动地说："没有！为什么您会那么想？"他躁动不安，在他的裤子上擦他汗湿的手。

"德里克背叛了你。他没有带孩子到交易地，他自己拿走了钱。您知道他跟孩子在哪里，知道森林中的那间小木屋。"

"不！"尼克叫道，"我不知道那间木屋在哪里！他从没告诉过我！"

房间里安静无声，你能听到针落在长毛绒地毯上的声音。

尼克抽噎着把脸埋在双手里。

拉斯巴克等待着，让该死的沉默充满整个房间。接着他更加柔和地说："尼克，我认为您并不希望事情这样发展。我认为您没有杀德里克·霍尼格，而您的岳父——理查德·威尔斯，是他杀了德里克·霍尼格。"尼克抬起头来。"如果您对我们毫无保留，告诉我们您知道的一切，在我们控告您岳父的案子中帮助我们，我们就可以给予您绑架控告起诉的豁免权。"

尼克突然看到了此前没有看到的希望，说："他诬陷我，那个王八蛋。他陷害我，让德里克来找我。都是他的主意，他们知道我需要钱。"

梅开口了："我们认为我继父是幕后黑手。可您是怎么知道的？"

拉斯巴克回答道："我知道他在说谎。他说绑匪给他打了电话，但是我们在他的电话上装了窃听器，我们知道他们没有给他打电话。接着，昨天深夜，您母亲给我打了电话。"

"我的母亲？"

"您的继父有外遇。"

"外遇？"梅重复道，"这跟这事有什么关系？"

"您母亲雇了一位私家侦探，来调查他在忙些什么。几个星期前，侦探在您继父的车上安装了 GPS 跟踪设备，现在还在那里。

尼克和梅专注地看着警探。

"在谋杀案发生当天，您继父开车去了那间木屋。"

"他认识德里克·霍尼格，"梅说，"他认识他很多年了。他们过去常常半夜三更在这里会面，就在树林旁边。我认出了他。"

"我给您母亲看了他的照片，您母亲也一眼就认出了他。"

尼克用颤抖的声音说："理查德拿着那部手机，德里克的手机。我们本来用那部手机来保持联系，可是德里克从没联系过我，也没有接听。然后有一天，我注意到有几个未接电话。我拨打那个号码，理查德接的。他说是绑匪把手机寄给他的，还有一张字条。可我怀疑是他杀了德里克·霍尼格，拿走了手机。我从来不相信有字条这回事。他说他毁掉了字条，为的是保护我，因为字条牵连到我。"

拉斯巴克说："艾丽斯没见过那张字条，也没有见过那部手机。理查德说东西寄来时她出门了。"

"理查德为什么要杀害德里克？"

"也许他不想分钱。也许他觉得德里克知道的事情太多了，他信不过他。"

"科拉被从木屋带走后又去了哪里？谁在照看她？"梅问。

"我们还不知道。理查德肯定还有个帮凶，那个人今天一大早把孩子带到了这里。我们会找到他的。"拉斯巴克站起身，进入厨房。

梅和尼克仍然待在起居室，但他们能听到每一个词。"理查德·亚当斯·威尔斯，您因为杀害德里克·霍尼格和绑架科拉·康蒂被逮捕了。"

尼克坐在原地，目瞪口呆。梅在他身边，他的孩子安然无恙，理查德被揭穿了。尼克脱离了嫌疑，不会遭到检控，辛西娅不能勒索他了。自从噩梦开始时起，他第一次感到自己又能呼吸了。结束了，终于结束了。

两个穿制服的警察领着理查德穿过起居室，去往前门。拉斯巴克警探走在后面。理查德什么也没有说，他不看他的妻子、孩子、外孙女，也不看他的女婿。尼克、梅和艾丽斯看着他离开。

尼克瞥了一眼妻子。他们心爱的孩子回来了，他不会面临控告。梅知道一切，他们之间再没有秘密。

可他们未来的生活还不明朗。

梅、尼克和科拉终于回到家里。他们带科拉去过医院，医生给她做了检查，开了健康证明。梅和尼克一起坐在起居室沙发上，疲惫不堪但深感宽慰，科拉又贪婪地吃了回奶。目前，还没有媒体在他们门口喧嚷。不过等到早上，消息会传出去，媒体又会回来，不过梅和尼克不会理睬他们。他们已经决定不对媒体讲话。到合适的时候，等一切安定下来，他们会把房子卖掉。

他们终于把科拉放进了她自己的婴儿床。他们给她脱了衣服，打量着她全身，仔细端详着她，正如她刚出生时那样，确保她一切都好。把她从死神手中寻回来，这是一种重生。对他们来说，这也许是新的开始，也许不是。

医生说科拉轻微脱水，体重有点下降，除此之外，她身体健康。梅已经在担心被迫跟母亲分离可能会给婴儿造成的长期心理伤害。离开的这段时间里，她是怎么被照看的？谁在照看她？不过梅现在不能忧虑这些。她告诉自己，孩子适应性强，会没事的。

他们站在婴儿床旁边，低头看着他们的孩子，她对他们笑，发出咯咯声。看见她笑真让人宽慰，一开始她只是吃奶，哭个不停。不过现在科拉开始放松起来，又笑了。她平躺在婴儿床里，印制的

312

小羊图案和她的父母低头看着她，她踢着腿。

"我从没想过会有这一刻。"梅轻声说。

"我也是。"尼克说。

他们安静了一会，看着他们的女儿入睡。

"你觉得你能原谅我吗？"尼克终于问道。

梅想了想：我怎么能够原谅你？你那么自私，软弱而且愚蠢。她说："我不知道，尼克。我得一步步来。"

他点点头，面带愧色。过了一会他说："我从来没有过其他女人，梅。我发誓。"

"我知道，"她转向他，"明天我希望你把浴室的镜子换了。"声音轻快干脆。

"没问题，明天一早我就换。"

梅把科拉放回婴儿床里，希望这是晚上最后一次哺乳，孩子可以一觉睡到早上。很晚了——非常晚——但她还是能听到隔壁房子里辛西娅走动的声音。

今天揭露的内幕令人震惊。她继父被戴上手铐从家里带走后，母亲把梅拉到一边，当时尼克在起居室里抱着熟睡的孩子。

"我觉得你应该知道，"她说，"你继父在跟谁幽会。"

"这重要吗？"梅问道。她继父跟谁幽会有什么分别呢？那个女人应该是更年轻，更美丽。当然。梅不在乎她是谁，重要的是继父绑架了她的孩子，想得到她母亲的几百万美元。现在，他将为绑架

313

和谋杀进监狱。她仍然没法相信这是真的。

"跟他幽会的是你的隔壁邻居，"母亲说，"辛西娅·史迪威。"梅难以置信地看着她。尽管发生了这么多事，这则消息还是让她震惊。"他在你的乔迁宴上碰到了她，"她母亲说，"她跟他调情。那时我真觉得没什么。是私人侦探发现了一切，我有照片，还有发票的复印件。"梅仍然说不出话来。"这位侦探是我最好的一笔投资。"她母亲说。

现在，梅想知道隔壁的辛西娅在想什么。格雷厄姆不在家，她一个人在隔壁。她知道理查德被捕了吗？这件事上新闻了吗？她在乎理查德出什么事了吗？"

孩子在婴儿床里酣睡，尼克在他们的床上睡着了，呼噜打得很响。一周多以来，他第一次真正睡着了。但是梅很清醒，隔壁的辛西娅也是。墙壁很薄。

梅趿拉上拖鞋，从后门出来。她悄悄地走了几步，来到辛西娅家的后院。她小心翼翼，不让门发出嘎吱声。她穿过露台，站立在黑暗中，脸离玻璃只有几英寸，透过滑动玻璃门往里看去。厨房里有灯光。她能看见辛西娅在里面走来走去，但辛西娅很可能没看到她。梅在黑暗中注视了她一会——鬼魅般的身影徘徊着。辛西娅在给自己泡茶。梅轻轻敲了敲玻璃，她看见辛西娅跳了起来，转向声音传来的地方。梅把脸贴在玻璃上，她看得出来，辛西娅不知道该怎么办。不过接着，辛西娅来到门前，打开了几英寸。

"你想干什么？"辛西娅冷漠地问。

"我能进来吗？"梅问道。她的声音相当谨慎，不带感情。

辛西娅没说不行。梅把门开得更大，走了进来，小心地关上身后的门。

"你想干什么？"辛西娅无礼地重复道。

"我的孩子已经找回来了，"梅高兴地说，"你可能听说了。"她把头歪向那堵共用的墙：她知道辛西娅肯定能透过这堵墙听到孩子的哭声。

"你真开心啊。"辛西娅说。她双手交叉在胸前，靠在厨房台面上，似乎想尽可能地离梅远些。她们之间是一个岛式橱柜，砧板上满是切肉刀。梅家也有同样的一套——前不久这套刀具在杂货店里特价出售。

梅朝厨房又走了一步："我只是想搞清楚一些事情。"

"搞清楚什么？"辛西娅说。

"你没法用录像带勒索尼克了。"

"哦，为什么呢？"辛西娅说，仿佛她一时难以相信，认为这全是在装样子。

"因为警察知道尼克做了什么事，"梅说，"我跟他们说起了你的录像带。"

"真的？"辛西娅一脸怀疑的神色。她似乎觉得梅在哄她。"为什么你要告诉他们那些？难道尼克不会进监狱？哦，等等……你想让他进监狱，我没法责怪你。"

"尼克不会进监狱。"

"这我可没有把握。"

"尼克不会进监狱，因为我继父——你的情人——由于绑架和谋杀被捕了。尼克和警方达成了协议。"

梅看到辛西娅脸上掠过惊恐的表情。突然梅将一切都连贯起来，她吃惊地看着辛西娅说："你早就知道！你一直熟知内情。"

"就算这样又如何？"辛西娅厉声说，"你没法证明。我从没接近过你那呜呜哭的讨厌孩子。我跟理查德说，他应该一开始就杀死她——那样会少很多麻烦。"

这时候辛西娅似乎害怕了——她意识到她说得过了火。

梅朝辛西娅扑过去。辛西娅惯常的自鸣得意被莫名的恐惧取代了。

尼克睡得很踏实，自从出事以后这是头一次。不过半夜他突然醒了。他睁开眼睛。天很黑，但有红色的灯光闪烁，在卧室墙上盘旋。那是紧急车辆的灯光。

他旁边的床是空的。梅肯定又起来给孩子喂奶去了。

他有点好奇，起身走到卧室窗边，那里可以看到街上。他拉开窗帘，费力地向外张望。那是一辆救护车——闪烁的红光就是从那里来的。车子就停在他正下方，靠左边一点。

在辛西娅和格雷厄姆家的前面。

他浑身绷紧。现在他在街道的对面看见了黑白的警车，正当他注视时，更多的警车到来了。他放在窗帘上的手不由自主地抽动起

316

来，全身都忽然兴奋起来。

一副担架出现在屋外，由两个救护车随员看管。担架上肯定有人，但他看不真切，直到随员移动起来。他们并不急迫。随员动了动，尼克才看见担架上有人，不过看不出是谁，因为脸被盖住了。

担架上的人死了。

尼克全身的血液流入他的下肢，他感觉要晕倒了。正当他注视时，一绺乌黑的长发掉落到担架下面。

他回头看了一眼空空的床铺。"哦，上帝，"他轻声说，"梅，你做了什么？"

他跑出卧室，迅速地扫了一眼婴儿房。科拉在她的婴儿床里睡着。他现在非常惊恐，跑下楼梯，在黑暗的起居室里猝然停了下来。他能看见妻子的后脑勺，黑暗中她坐在沙发上，一动不动。他走近她，充满恐惧。他来到她面前。她瘫倒在沙发里，好像处于恍惚之中，但听见他靠近，她还是转过头来看他。

她大腿上放着一把大大的切肉刀。

窗外闪烁的灯光给了他微茫的光线，他能看出这把刀和她的双手是黑色的——血染黑的。她浑身是血，脸上和头发里都有溅上去的黑血。他感觉恶心，仿佛他要呕吐。

"梅，"他哑着嗓子轻声说，"梅，你做了什么？"

黑暗中她直视着他说："我不知道。我不记得。"